外国文学名著丛书

〔乌克兰〕谢甫琴科／著

谢甫琴科诗选

戈宝权　任溶溶／译

"外国文学名著丛书"编委会

人民文学出版社
PEOPLE'S LITERATURE PUBLISHING HOUSE

ТАРАС ШЕВЧЕНКО
СТИХОТВОРЕНИЯ И ПОЭМЫ

根据 ТАРАС ШЕВЧЕНКО. СОБРАНИЕ СОЧИНЕНИЙ В ПЯТИ ТОМАХ,
ТОМ I, ТОМ II (МОСКВА, ГОСУДАРСТВЕННОЕ ИЗДАТЕЛЬСТВО
ХУДОЖЕСТВЕННОЙ ЛИТЕРАТУРЫ, 1955), ТАРАС ШЕВЧЕНКО.
СОБРАНИЕ СОЧИНЕНИЙ В ПЯТИ ТОМАХ, ТОМ I, ТОМ II (МОСКВА,
ХУДОЖЕСТВЕННАЯ ЛИТЕРАТУРА, 1964 – 1955), ТАРАС
ШЕВЧЕНКО, СОБРАНИЕ СОЧИНЕНИЙ В ШЕСТИ ТОМАХ, ТОМ I,
ТОМ II (Киев, Академіі наук УРСР, 1963) 译出, 根据 ТАРАС
ШЕВЧЕНКО. КОБЗАРЬ: СТИХОТВОРЕНИЯ И ПОЭМЫ (МОСКВА,
ХУДОЖЕСТВЕННАЯ ЛИТЕРАТУРА, 1972) 样订。

图书在版编目(CIP)数据

谢甫琴科诗选/(乌克兰)谢甫琴科著;戈宝权,任溶溶译. —2
版. —北京:人民文学出版社,2022
(外国文学名著丛书)
ISBN 978-7-02-016994-8

Ⅰ.①谢… Ⅱ.①谢…②戈…③任… Ⅲ.①诗集—乌克兰—近代
Ⅳ.①I511.324

中国版本图书馆 CIP 数据核字(2021)第 023756 号

责任编辑	柏 英
装帧设计	刘 静
责任印制	王重艺

出版发行	人民文学出版社
社　　址	北京市朝内大街 166 号
邮政编码	100705
印　　刷	北京盛通印刷股份有限公司
经　　销	全国新华书店等
字　　数	279 千字
开　　本	850 毫米×1168 毫米　1/32
印　　张	17.625　插页 3
印　　数	1—4000
版　　次	2016 年 3 月北京第 1 版
印　　次	2022 年 1 月第 1 次印刷
书　　号	978-7-02-016994-8
定　　价	66.00 元

如有印装质量问题,请与本社图书销售中心调换。电话:010-65233595

谢甫琴科

出 版 说 明

人民文学出版社自一九五一年成立起,就承担起向中国读者介绍优秀外国文学作品的重任。一九五八年,中宣部指示中国科学院文学研究所筹组编委会,组织朱光潜、冯至、戈宝权、叶水夫等三十余位外国文学权威专家,编选三套丛书——"马克思主义文艺理论丛书""外国古典文艺理论丛书""外国古典文学名著丛书"。

人民文学出版社与中国科学院文学研究所,根据"一流的原著、一流的译本、一流的译者"的原则进行翻译和出版工作。一九六四年,中国社会科学院外国文学研究所成立,是中国外国文学的最高研究机构。一九七八年,"外国古典文学名著丛书"更名为"外国文学名著丛书",至二〇〇〇年完成。这是新中国第一套系统介绍外国文学作品的大型丛书,是外国文学名著翻译的奠基性工程,其作品之多、质量之精、跨度之大,至今仍是中国外国文学出版史上之最,体现了中国外国文学研究界、翻译界和出版界的最高水平。

历经半个多世纪,"外国文学名著丛书"在中国读者中依然以系统性、权威性与普及性著称,但由于时代久远,许多图书在市场上已难见踪影,甚至成为收藏对象,稀缺品种更是一书难求。在中国读者阅读力持续增强的二十一世纪,在世界文明交流互鉴空前频繁的新时代,为满足人民日益增长的美好生活的需要,人民文学出版社决定再度与中国社会科学院外国文学研究所合作,以"网罗经典,格高意远,本色传承"为出发点,优中选优,推陈出新,出版新版"外国文学名著丛书"。

值此新版"外国文学名著丛书"面世之际,人民文学出版社与中国社会科学院外国文学研究所谨向为本丛书做出卓越贡献的翻译家们和热爱外国文学名著的广大读者致以崇高敬意!

"外国文学名著丛书"编委会

二〇一九年三月

编 委 会 名 单

（以姓氏笔画为序）

1958—1966

卞之琳	戈宝权	叶水夫	包文棣	冯 至	田德望
朱光潜	孙家晋	孙绳武	陈占元	杨季康	杨周翰
杨宪益	李健吾	罗大冈	金克木	郑效洵	季羡林
闻家驷	钱学熙	钱锺书	楼适夷	蒯斯曛	蔡 仪

1978—2001

卞之琳	巴 金	戈宝权	叶水夫	包文棣	卢永福
冯 至	田德望	叶麟鎏	朱光潜	朱 虹	孙家晋
孙绳武	陈占元	张 羽	陈冰夷	杨季康	杨周翰
杨宪益	李健吾	陈 燊	罗大冈	金克木	郑效洵
季羡林	姚 见	骆兆添	闻家驷	赵家璧	秦顺新
钱锺书	绿 原	蒋 路	董衡巽	楼适夷	蒯斯曛
蔡 仪					

2019—

王焕生	刘文飞	任吉生	刘 建	许金龙	李永平
陈众议	肖丽媛	吴岳添	陆建德	赵白生	高 兴
秦顺新	聂震宁	臧永清			

目　次

译本序 ……………………………………………………………… *1*

早期诗选（1837—1847）

一个得了邪病的姑娘 …………………………………………… *3*

歌（一）………………………………………………………… *15*

歌（二）………………………………………………………… *17*

歌（三）………………………………………………………… *20*

歌（四）………………………………………………………… *22*

悼念科特利亚列夫斯基 ………………………………… *24*

卡泰林娜 ……………………………………………………… *30*

塔拉斯之夜 …………………………………………………… *64*

"我的歌啊，我的歌" ………………………………………… *72*

佩列本佳 ……………………………………………………… *78*

白杨 …………………………………………………………… *84*

致奥斯诺维亚年科 …………………………………………… *94*

伊万·波德科瓦 ……………………………………………… *99*

施特恩贝格留念 ……………………………………………… *103*

献给尼古拉·马尔克维奇 …………………………………… *104*

海达马克 …………………………………… 106

"风和树林在谈话" ………………………… 220

长诗《修女玛丽亚娜》的献词 …………… 222

被掘开的坟墓 ……………………………… 225

少女的夜 …………………………………… 228

梦 …………………………………………… 231

"星期天我没有出去游逛" ………………… 259

"为什么我这样沉重,为什么我这样难过" … 263

"你给我算个卦吧,魔术师" ……………… 264

献给果戈理 ………………………………… 266

"不要羡慕有钱的人" ……………………… 268

"不要跟有钱的女人结婚" ………………… 270

霍洛德内·亚尔 …………………………… 271

大卫的诗篇 ………………………………… 275

给小玛丽亚娜 ……………………………… 278

"过去了多少白天,过去了多少黑夜" …… 280

三年 ………………………………………… 282

遗嘱 ………………………………………… 287

牢房诗抄 …………………………………… 290

流放诗选(1847—1858)

"我的歌啊,我的歌啊" …………………… 317

长诗《公爵小姐》的前言 ………………… 319

长诗《公爵小姐》的片断 ………………… 321

N.N.(一) ………………………………… 322

N. N. （二） ······ 323

N. N. （三） ······ 326

"在异乡太阳并不温暖" ······ 328

致波兰人 ······ 330

"这个人问另一个人" ······ 332

"我自己也感到惊讶。该怎么办呢？" ······ 333

"哦，我一针一针地缝啊" ······ 334

致安·奥·科扎奇科夫斯基 ······ 335

"现在我在给你写信" ······ 342

"哎，让我们来重新写诗吧" ······ 344

"哦，我看着，我望着" ······ 346

"上帝没有给过谁" ······ 347

"幸福的人，是他有个老家" ······ 348

"好像是在追逼人头税" ······ 350

冈·扎 ······ 351

"假如我们什么时候重新相会" ······ 354

先知 ······ 355

"阴暗的天空，沉睡的波浪" ······ 357

"我在异乡成长" ······ 358

"既不是为了别人，也不是为了荣誉" ······ 361

"假如我有双高跟皮靴" ······ 363

"我很有钱" ······ 365

"我爱上啦" ······ 367

"妈妈在高大的邸宅里" ······ 368

"哦，我把自己的丈夫" ······ 370

"哦，我磨快了伙伴" ······ 372

"大风在街道上呼啸" ⋯⋯⋯⋯⋯⋯ *374*

"哦,我坐在茅舍下面" ⋯⋯⋯⋯⋯⋯ *375*

一只杜鹃鸟儿在歌唱 ⋯⋯⋯⋯⋯⋯ *376*

"哦,他没有喝啤酒和蜜" ⋯⋯⋯⋯ *377*

"我在大街上不开心" ⋯⋯⋯⋯⋯⋯ *379*

"那个卡泰林娜的家啊" ⋯⋯⋯⋯⋯ *380*

"太阳从树林的后面升起" ⋯⋯⋯⋯ *384*

"哦,我到山谷边去取水" ⋯⋯⋯⋯ *386*

"哦,睡吧,睡吧,我的小乖乖" ⋯⋯ *387*

"哦,绿色的田野" ⋯⋯⋯⋯⋯⋯⋯ *389*

"白雾啊,白雾在山谷里弥漫" ⋯⋯ *391*

"我到小树林里去" ⋯⋯⋯⋯⋯⋯⋯ *392*

"星期天的大清早" ⋯⋯⋯⋯⋯⋯⋯ *394*

"并不是狂风" ⋯⋯⋯⋯⋯⋯⋯⋯⋯ *396*

"我踏着小路" ⋯⋯⋯⋯⋯⋯⋯⋯⋯ *397*

"无论是辽阔的深谷" ⋯⋯⋯⋯⋯⋯ *399*

"在菜园里,紧靠着浅滩旁" ⋯⋯⋯ *400*

"假如我,妈妈啊,有个项链" ⋯⋯ *401*

"这次邮车又没有给我" ⋯⋯⋯⋯⋯ *403*

"哦,老父亲已经去世" ⋯⋯⋯⋯⋯ *405*

"一个当骠骑兵的军官" ⋯⋯⋯⋯⋯ *407*

"像秋天在草原上走着的盐粮贩子" ⋯ *408*

"在太阳旁边,飘着一小片白云" ⋯ *409*

"哦,灰色的鹅群" ⋯⋯⋯⋯⋯⋯⋯ *410*

"通往家乡的道路" ⋯⋯⋯⋯⋯⋯⋯ *412*

"在复活节的这一天" ⋯⋯⋯⋯⋯⋯ *414*

"那黄金般的、宝贵的" ……………………………… 416

"我们曾经同在一块儿长大" …………………… 418

"一切都准备就绪！扬帆启航" ………………… 421

"在流放中我数算着白天和黑夜"（一） …… 422

"在流放中我数算着白天和黑夜"（二） …… 426

"我们唱完了歌,大家就各自分散开" ………… 428

"妈妈没有为我祈祷" …………………………… 430

"要是你们能知道,公子哥儿们" ……………… 433

"火光在燃烧着,乐队在演奏着" ……………… 437

"见鬼去吧,干吗我要浪费" …………………… 438

"我这时梦见:在山岗下面" …………………… 439

"我的仁慈的上帝啊,不幸的日子

　　重新来到!……" …………………………… 441

晚年诗选(1858—1861)

命运 …………………………………………………… 445

缪斯女神 ……………………………………………… 446

光荣 …………………………………………………… 448

梦 ……………………………………………………… 450

"我没有生病,不会用毒眼看人" ……………… 453

致马尔科·沃夫乔克 ……………………………… 455

仿《以赛亚书》第三十五章 ……………………… 457

N．N． ………………………………………………… 460

"哦,在山岗上开着一朵啤酒花" ……………… 462

"哦,我有一双漂亮的眼睛" …………………… 464

写给妹妹 ……………………………………… *465*

"我曾经用愚蠢的头脑" …………………… *467*

仿爱德华·索瓦诗作 ……………………… *468*

"一个可爱的黑眉毛的小姑娘" ………… *470*

"哦,深黑色的橡树林啊!" ……………… *471*

祈祷词:《帝王们,全世界的酒馆老板们》 *472*

"那些贪婪的眼睛" ………………………… *473*

雅罗斯拉夫娜的悲泣 …………………… *475*

"从黎明一直到夜晚" ……………………… *478*

修女的赞美歌 ……………………………… *480*

"在第聂伯河的水面上" …………………… *482*

"我们曾经在一块儿成长,长大" ……… *484*

"我的明亮的光明啊!我的平静的光明啊!" … *485*

给利克丽娅(一) ………………………… *486*

"长春花开出了花朵,长出了绿叶" ……… *488*

"无论是阿基米德,还是伽利略" ……… *489*

给利克丽娅(二) ………………………… *490*

"我不责备上帝" …………………………… *491*

"我的青春年华已经消逝" ……………… *493*

"蒂塔丽夫娜–涅米丽夫娜" ……………… *495*

"虽说不打倒躺下去的人" ……………… *497*

"无论在这儿,还是在所有的地方" …… *499*

"哦,人们!可怜的人们!" ……………… *500*

"白天消逝过去,黑夜消逝过去" ……… *502*

"溪水从白桦树旁" ………………………… *503*

"有一天夜里"……………………………………… 505
"我们相遇了,结婚了,生活在一起"…………… 507
"该是时候了吧"………………………………… 508

译 本 序[*]

　　在我死以前,哪怕再有一次
　　看一看第聂伯河、基辅和乌克兰。

　　当我死了的时候,
　　把我在坟墓里深深地埋葬,
　　在那辽阔的草原中间,
　　在我那亲爱的乌克兰故乡……

　　我的生活的历史,组成了
　　我的祖国的历史的一部分。

　　在乌克兰人民和苏联多民族人民的文学史上,农奴出身的伟大的乌克兰人民诗人、画家和革命民主主义者塔拉斯·谢甫琴科(1814—1861)的光辉的名字,占着一个非常重要的地位。谢甫琴科继承和发展了俄罗斯文化与乌克兰文化的优秀传统,以自己不朽的诗歌创作在乌克兰文学史上开创了一个新的时代。正像普希金被尊称为俄罗斯近代文学的奠基人和现代俄罗斯文学语言的创造者,谢甫琴科则一向被尊称为乌克兰近代文学的奠基人和现代乌克兰文学语言的创建者。

<hr />

　　[*]　本序言初次发表时标题为《乌克兰伟大人民诗人塔拉斯·谢甫琴科和他的诗歌创作》。

作为一个伟大的乌克兰人民的儿子,谢甫琴科出自人民的底层,和人民血肉相连;他深深知道人民的生活疾苦,他忠于受苦受难的人民。为了反对沙皇暴政和农奴制度,他忍受了一切折磨,一生中自始至终进行着不屈不挠的斗争。作为一个伟大的乌克兰人民诗人,谢甫琴科不仅在自己的诗歌作品当中歌颂了乌克兰人民英勇斗争的过去,写出了乌克兰人民在沙皇暴政和农奴制度之下所遭受的重重压迫和不幸命运;他还表达了他们对美好生活的向往和追求,并用充满革命激情的诗句唤醒他们,号召他们起来为争取民族和社会的解放而斗争。

谢甫琴科一生的命运是极其悲惨的,他的生活道路是布满了荆棘的坎坷不平的"苦难的历程"。他一共只活了四十七岁:最初的二十四年(1814—1838)过的是农奴生活;赎身后获得了十年(1838—1847)的自由;接着是十年(1847—1857)的流放;被释放后度过了三个多病的年头(1858—1861),实际上他的十三个所谓"自由"的年头,是在沙皇宪警的监视之下度过的。但无论是"最粗暴的亚洲式的农奴制度"(列宁语),还是"巨棒"①沙皇尼古拉一世的暴政,都不能把这个坚强的巨人摧毁。乌克兰著名作家和诗人伊万·弗兰科这样讲起过谢甫琴科:

> 他曾经是个农民的儿子,后来成了精神王国的主宰。
>
> 他曾经是个农奴,后来成了人类文化界的巨人。
>
> 他曾经是个自学出身的人,后来却向教授们、学者们

---

① "巨棒",俄国人民为沙皇尼古拉一世所取的绰号,因为尼古拉一世曾镇压1825年十二月党人起义,迫害普希金、莱蒙托夫和谢甫琴科等人,还作为欧洲的宪兵镇压过1848—1849年的匈牙利革命。

指示了新的、光明的和自由的道路。

在俄国兵役制度的重压之下,他曾经受过十年的折磨,可是为了俄国的自由,他却做出了比十支常胜无敌的军队更多的事情。

命运尽可能地迫害了他一生,却不能把他心灵的黄金化为铁锈,不能把他对人的热爱化为憎恨和蔑视,也不能把他对上苍的信念化为疑惑和悲观失望。

命运毫不吝啬地把一切苦难都加在他的身上,却不能遏止从健康的生活源泉里流出的欢乐。

只有在他逝世以后,命运才把最美好和最珍贵的财宝给予了他——不朽的光荣,还有他的创作在千百万人的心灵中所唤起的并且还将继续唤起的不断增长的欢乐。

对于我们乌克兰人,塔拉斯·谢甫琴科过去是这样一个人,现在还是这样一个人。①

伊万·弗兰科所写的这段话,虽然非常简短,却为谢甫琴科的艰苦而又光辉的一生下了一个确切的定论,并把这个伟大的乌克兰人民诗人、这个伟大的"科布扎歌手"②的光辉形象活生生地呈现在我们眼前。

当一八八九年谢甫琴科诞辰七十五周年纪念时,在谢甫琴科和弗兰科等人的诗歌传统影响之下成长起来的年方十八

---

① 这段文字原题为《献词》,是伊万·弗兰科 1914 年 5 月 12 日为纪念谢甫琴科百年诞辰用德文写成的,最初发表在维也纳出版的《乌克兰评论》杂志第 314 期,译自《弗兰科著作集》俄译本第 9 卷第 177 页。

② 科布扎是乌克兰的一种古老的弦乐器,过去乌克兰的民间歌者唱民歌时都用科布扎伴奏,因此被称为"科布扎歌手"。谢甫琴科在 1840 年出版的第一本诗集就叫《科布扎歌手》,因此乌克兰人民通常尊称他为"科布扎歌手"。

岁的女诗人乐霞·乌克兰英卡曾这样写道：

> 你的科布扎琴啊，
>
> 用明朗的琴弦在喧响，
>
> 它在每个人的心里，
>
> 都引起了纯洁的回响。
>
> 我们的父亲啊，
>
> 你静静地长眠在坟墓里，
>
> 但是你的歌声啊，
>
> 却在乌克兰唤醒了人民的思想。
>
> 但你的歌声啊，
>
> 在我们中间闪耀着光芒，——
>
> "烈焰中的星星火花"①
>
> 永远不会消亡！

一

塔拉斯·格里戈里耶维奇·谢甫琴科于一八一四年三月九日(俄历二月二十五日)诞生在乌克兰基辅省兹维尼戈罗德县莫林采村的一个农奴家庭里。他的祖父伊万是个皮鞋匠，"谢甫琴科"这个姓就是从这行职业而来的。② 他的父母和全家人都是地主恩格尔哈特家的农奴，生活极其贫困，因此农奴的悲惨生活从童年时起就像烙印一样铭刻在谢甫琴科的心上。三岁时，他随着父母迁居到邻近的基里

---

① 这句诗引自谢甫琴科的长诗《异教徒》的序言。
② 谢甫琴科的祖父是伊万·安德烈耶维奇·施维茨。"施维茨"(швец)这个姓在乌克兰语中是"皮鞋匠"的意思。谢甫琴科的祖父生于十八世纪五十年代，是海达马克起义的见证人。

洛夫卡村①去居住。九岁时,他的母亲留下五个孩子去世了,接着父亲就和一个恶毒的生了三个孩子的寡妇结了婚。谢甫琴科在回想自己的童年生活时曾这样写道:"谁要是从远处看见这个后娘和她的那几个孩子,谁就在她那种最可恶的扬扬得意的表情中看见了地狱,在我们孩子中间几乎无时无刻不是流泪和打架,在父亲和后娘之间几乎无时无刻不是争吵和咒骂。"在这种毫无幸福的童年生活当中,只有祖父伊万成了他唯一的亲人。在漫长的冬夜里,祖父常常把许多古老的民间传说乌克兰人民光荣的统帅波格丹·赫梅利尼茨基和十八世纪乌克兰农民反对波兰贵族地主的英勇斗争的事迹讲给他听。他还喜欢听那些流浪的盲乐师——"科布扎歌手"所唱的关于扎波罗热哥萨克反对土耳其人和波兰人的英勇斗争的民歌。这些英勇的故事和传说都在他的心里留下了很深的印象,后来成为他的诗歌作品,特别是长诗《海达马克》——的题材。十一岁时,他的父亲去世了。在分家产的时候,他的父亲这样讲道:"我的儿子塔拉斯不需要我的产业当中的什么东西;他不会成为一个无用的人。"继母是一向不喜欢谢甫琴科的,因此在父亲死后他不得不离开家庭独自出去谋生。他做过牧童,当过教堂里酗酒的执事和神父的童仆,生活极其艰苦,但他却利用这些机会学会了读书识字,而且从这个时候起对绘画发生了很大的兴趣。

当谢甫琴科十五岁的时候,年轻的地主恩格尔哈特把他编为自己的仆人,最初是在厨房里当帮手,后来就当地主内室

---

① 基里洛夫卡村,属于地主恩格尔哈特,现改名为谢甫琴科沃村。

的小厮，整天守在前厅里供地主使唤。他时常跟随在地主的马车后面，步行到基辅和维尔诺①等地去。在维尔诺他学习了波兰文，读到了波兰大诗人密茨凯维奇的诗歌作品。这期间，他时常偷偷地学画。在一八二九年十二月的一个深夜里，地主出去参加舞会，他点起蜡烛来作画，因此曾被地主痛打一顿。一八三一年初，十七岁的谢甫琴科随着地主到了圣彼得堡，这是他生活中最重要的转折点。

京城圣彼得堡的生活像一片新的天地展现在谢甫琴科的眼前。一八二五年十二月党人起义的英勇事迹还留在很多人的脑海中，这对于谢甫琴科并不陌生。普希金的充满革命激情的诗歌作品，也激动了他的年轻的心灵。一八三二年，地主恩格尔哈特想把他培养成为一名家庭画家，就把他送到画匠希里亚耶夫的油漆装裱作坊里去当了四年学徒，为圣彼得堡各大剧院、为贵族人家的天花板和墙壁绘制彩画。尽管希里亚耶夫是个非常严厉的人，但是谢甫琴科还是有可能看到各种绘画、版画和雕刻的作品，而且还能利用夏天白夜的机会，偷偷地跑到涅瓦河旁的夏令花园里去画林荫路上的各种雕像。就在一八三五年的一个夏夜里，美术学院的一个名叫伊万·索申科②的乌克兰学生发现了这个很有才能的少年画家。索申科就把他介绍给著名的画家卡尔·布留洛夫③、大诗人茹科夫斯基④和乌克兰作家格列宾卡等许多人。大家都

---

① 维尔诺，现名维尔纽斯，立陶宛的首都。
② 伊万·索申科(1808—1876)，乌克兰画家，在帮助谢甫琴科从农奴的枷锁之下获得解放以及后来进美术学院学习等事上曾起很大作用。
③ 卡尔·布留洛夫(1799—1852)，俄国大画家，被尊称为"伟大的卡尔"。
④ 瓦西里·茹科夫斯基(1783—1852)，俄国著名的浪漫主义诗人。

非常关心谢甫琴科的命运,而且要设法把他从农奴的枷锁下拯救出来,让他能进美术学院学习。当时美术学院的另一位著名的老画家韦涅齐安诺夫,曾专为这件事情去拜访地主恩格尔哈特,请他从慈善的观点出发释放谢甫琴科,但是恩格尔哈特却让他在前厅里等候了一个小时,而且粗暴地回答道:"这里有什么慈善可言?只要出钱,其他没有多话可说。"他还立即提出了两千五百卢布作为赎身的代价。要筹集这笔巨款并不是一件容易的事,于是就由布留洛夫为茹科夫斯基作了一幅画像拍卖出去,用所得的代价在一八三八年四月二十二日从地主恩格尔哈特的手中把谢甫琴科赎了出来。对于谢甫琴科,这是他一生当中最难忘的日子。一八三八年他在写作著名的长诗《卡泰林娜》时,在诗前的题词中写道:"献给瓦西里·安德烈耶维奇·茹科夫斯基,纪念一八三八年四月二十二日。"他在一八三九年十一月十五日写给大哥尼基塔的信里也讲道:"我在生活,我在学习,我对谁都不低头行礼,我也不用害怕谁。作为一个自由的人,是多么大的幸福!"

谢甫琴科在获得自由之后就进了美术学院,成了布留洛夫的心爱的学生。从一八三八年到一八四七年的十年自由生活,既是谢甫琴科在政治和文化水平上不断发展和提高的年代,也是他的诗歌和艺术才能日益成熟的年代。这时候,他专心研究历史、哲学和艺术史,阅读荷马、莎士比亚、歌德、司各特、茹科夫斯基、普希金、莱蒙托夫、果戈理、赫尔岑以及乌克兰的科特里亚列夫斯基、克维特卡-奥斯诺维亚年科等作家的著作,还学习法文。由于勤奋好学,他终于成为一个杰出的肖像画家和水彩画家,先后得过三个银质奖牌,现在只有一幅得奖的名画《占卜的茨冈女人》保存在基辅的谢甫琴科博物馆里。就在这个时候，他开始从事诗歌创作。最初的诗歌作品都是在一八三七年夏天明亮的白夜里写成的。一八四〇年，他的第一本诗集《科布扎歌手》由他的一位乌克兰朋友出钱印刷出版了。这本诗集里的八首诗立即带给他很高的荣誉，在乌克兰和俄罗斯的读者当中引起了很大的反响。别林斯基曾为当时的《祖国纪事》杂志写了评论文字，对这位新诞生的诗人的作品给予相当高的评价。

一八四三年春天，谢甫琴科回到久别了的乌克兰去探望亲人。乌克兰人民的悲惨不幸的生活深深地刺痛了他的心。他在写给自己的朋友库哈连科的信中说道："我到过乌克兰，访问了所有的地方，到处都是一片哭声……"他在一八四四年回到圣彼得堡之后，就和秘密的革命团体彼得拉舍夫斯基小组的某些成员发生了联系，并在当年写成了著名的革命讽刺诗《梦》，揭露了沙皇暴政的可怕景象，最初表现出他作为革命民主主义者的政治信念。一八四五年三月，谢甫琴科从美术学院毕业，荣获"自由艺术家"的称号。一八四五年春天他回到乌克兰，准备在基辅定居。这时他受到乌克兰考古委员会的委托，遍访了基辅、波尔塔瓦、切尔尼戈夫、沃林尼亚、波多利亚等地的名胜古迹，作了不少绘画，接着在基辅大学担任了绘画的教职。在这两次回到乌克兰期间，他写了不少充满革命激情的诗歌作品，其中尤以《遗嘱》最为有名。

一八四六年，谢甫琴科在基辅认识了一个年轻的历史学家，同时也是他的诗歌作品的热爱者——科斯托马罗夫。科斯托马罗夫是当时在乌克兰刚成立的秘密文化政治团体"基里尔-梅福迪协会"的组织者之一。这个团体主张团结所有的斯拉夫民族进行政治和文化的交流，并主张废除农奴制度，争取自由解放。谢甫琴科参加了这个协会的集会之后,接近了它的左派。他不同意协会的温和的自由主义的立场,而主张用起义的方法来推翻封建农奴主的统治。由于有人告密,一八四七年三月,协会的很多成员被捕。四月五日,谢甫琴科从切尔尼戈夫回基辅,在第聂伯河渡口被宪警逮捕,在他的箱子里搜查出了长诗《梦》和他的诗集《三年诗抄》中的一些作品。接着谢甫琴科就被押送到圣彼得堡去,经沙皇当局第三厅①的秘密审讯和关押了一个半月之后,在五月被判处流放到奥伦堡的兵营里去,贬为一名小兵。沙皇尼古拉一世还在判决书上加了一句批语:"严加监视,禁止写诗和作画。"从此,刚获得自由的谢甫琴科又成为一个丧失自由的人。

十年艰苦的流放生活从此开始了。他先被送到离奥伦堡二百多公里的奥尔斯克要塞去当小兵,被编为 191 号普通列兵。兵役的生活损害了他的健康,但并不能伤害他对生活的信念和对真理的向往。他这样讲过:"受尽折磨,吃尽苦头,……但我决不后悔认错!"这几句话成了他在流放生活中的座右铭。他虽然被严格禁止写诗和作画,过着非人的生活,但他还是偷偷地用纸订成小本子,写成了一百多首诗,藏在自己的皮靴筒里,留下了四本《靴筒诗抄》。

一八四八年春天,由参谋部的军官布塔科夫组成的中亚咸海科学考察团即将出发,他们特别挑选了谢甫琴科,要他负责描绘咸海一带的风景。谢甫琴科怀着愉快的心情接受了这个任务,因为这样他就可以摆脱步兵司务长的磨难,走出囚人

---

① 第三厅,沙皇尼古拉一世和亚历山大二世统治时代的秘密宪警组织,专门迫害进步人士。

而又肮脏的营房。他们穿越过卡拉库姆大沙漠来到咸海边,然后乘上帆船沿着咸海航行,在科斯-阿拉尔岛过冬,直到一八四九年十一月方回到奥伦堡。在这次考察当中,谢甫琴科写了不少抒情诗,作了三百五十多幅美丽的水彩风景画和肖像画。由于谢甫琴科对这次考察有功,奥伦堡的司令奥布鲁切夫将军曾向圣彼得堡请示,把他从列兵升为军士。但这时有人告密,说谢甫琴科违背皇上的禁令,仍在写诗作画,因此沙皇拒绝了将军的请求,并在一八五〇年六月下令把他押送到里海边的诺沃彼得罗夫斯克要塞去严加管制,前后将近七年之久。幸好他在一八四七年至一八五〇年三年当中在奥尔斯克要塞、科斯-阿拉尔岛和奥伦堡所写的《靴筒诗抄》事先请朋友藏匿起来,没有被搜查到,因此这份珍贵的遗产能一直保留到今天。一八五一年,谢甫琴科被派往参加卡拉特山脉的地质考察队,又作了不少画。在诺沃彼得罗夫斯克要塞期间,谢甫琴科偷偷地用俄文写了好多个中篇小说,其中尤以《音乐家》等几篇自传体小说最为有名。

一八五五年,沙皇尼古拉一世逝世,新皇亚历山大二世登基宣布大赦时,谢甫琴科很希望能获得释放,但是亚历山大二世却把他的名字从大赦的名单中划掉了。当亚历山大二世举行加冕典礼宣布第二次大赦时,谢甫琴科仍然遭到拒绝。新沙皇在想到谢甫琴科在《梦》一诗当中辱骂了皇室时这样讲道:"要是我能宽恕他的话,那就太屈辱了我的母亲和我的先父了。"后来靠了许多朋友的营救,特别是美术学院副院长托尔斯泰夫妇的奔走,一八五七年六月初他方得到即将释放的消息,七月二十一日接到正式通知。从这时起,谢甫琴科就开始用俄文写《日记》。他当时这样写道:"我觉得,我还是和十年前一样。在我的内心里没有丝毫改变。这是好现象吗？是好现象……"

十年零三个月的流放期满了。一八五七年八月二日，谢甫琴科就从诺沃彼得罗夫斯克乘上渔船，沿着里海航行了三天到达阿斯特拉罕，再从当地改乘轮船，沿着伏尔加河到了尼日尼诺夫戈罗德①。谢甫琴科是被禁止到莫斯科和圣彼得堡去的，他在当年十一月十二日写给他的好朋友、农奴出身的著名演员史迁普金的信中说："现在我在尼日尼诺夫戈罗德，算是获得自由了——但，这样一种自由，就像一条狗被系在铁链上。"史迁普金虽然已是七十岁的高龄，还是冒着冬季的严寒来到尼日尼诺夫戈罗德探望谢甫琴科，带给他很大的温暖和慰藉。就在停留当地期间，谢甫琴科有机会读到了赫尔岑在伦敦出版的《钟声》和《北极星》两种刊物。直到一八五八年二月二十五日，谢甫琴科在四十四岁诞辰这一天，方最后获得前往圣彼得堡的许可。路过莫斯科时，他又见到了史迁普金，还和名作家阿克萨科夫②、十二月党人伏尔康斯基等许多人相见。三月二十七日，他回到圣彼得堡之后，认识了批评家车尔尼雪夫斯基和杜勃罗留波夫，诗人涅克拉索夫、米哈伊洛夫和库罗奇金，小说家屠格涅夫、托尔斯泰，还有乌克兰女作家马尔科·沃夫乔克和格鲁吉亚诗人蔡烈泰利等许多人。大家都对这位经历了十年苦役流放生活的农奴出身的诗人和画家表示了最热烈的欢迎。

谢甫琴科在回到圣彼得堡之后写了不少革命诗歌，号召

---

① 尼日尼诺夫戈罗德，曾名为"高尔基城"（1932—1990）。

② 阿克萨科夫（1791—1859），俄国著名小说家，著有《家庭纪事》等书。

广大人民"要把斧头磨得更加锋利",一致起来反对沙皇暴政和农奴制度。一八五九年五月,谢甫琴科被允许回到乌克兰去。他访问了自己的故乡基里洛夫卡村,见到了那些活着的但仍然是农奴的亲人。谢甫琴科原想从此就留在乌克兰,定居在第聂伯河旁,但没有得到当局的允许。他在这次访问期间在农民当中进行了不少革命宣传工作,当局接到了密报,说谢甫琴科到处讲着渎神的话,还说"既不要沙皇,也不要神父,更不要地主"。七月间,谢甫琴科又被逮捕,由宪警押送到基辅,要他立即返回圣彼得堡。一八五九年八月十四日,谢甫琴科永远地离开了乌克兰。回到圣彼得堡之后,他开始准备出版诗集《科布扎歌手》的新版。由于审查的原因,很多革命诗歌都被删掉了,但当这本诗集在一八六〇年出版时,还是在广大读者当中获得了很好的反响,杜勃罗留波夫在当时写的一篇评论中给了它很高的评价。此外,他又着手编辑乌克兰文的《识字课本》,专心研究铜版画艺术。在一八五九至一八六〇年的学院展览会上,谢甫琴科荣获院士版画家的称号。

多年的士兵和流放生活使得谢甫琴科的健康受了很大的影响,最后他患了严重的心脏病和水肿病。在他一八六一年四十七岁诞辰这一天,他接到不少朋友来的贺电,祝他早日恢复健康,希望他能回到乌克兰去。这正是沙皇当局准备颁布所谓废除农奴法令的前夜,但他在第二天,即三月十日(俄历二月二十六日)的清晨五时半,在美术学院自己的画室里弃世长逝了。

谢甫琴科逝世的消息立即传遍圣彼得堡、莫斯科和乌克兰等地,沙皇当局马上采取了各种措施,严防发生游行示威,但是整个进步的社会人士——作家、诗人、画家和大学生,还是对这位伟大的人民诗人表示了深深的敬意。在一个寒冷的三月天，谢甫琴科的朋友都来到斯摩棱斯克公墓，其中有诗人涅克拉索夫、库罗奇金，小说家屠格涅夫、萨尔蒂科夫－谢德林、陀思妥耶夫斯基、文学史家比平等许多人。库罗奇金在墓旁致了悼词，涅克拉索夫在悼诗中把他称为"俄罗斯大地上的杰出人物"。甚至当时赫尔岑在伦敦编辑出版的革命刊物《警钟》上，也特别刊出了讣告，对这位伟大的人民诗人表示了悼念。赫尔岑曾这样讲到谢甫琴科："他之所以伟大，是因为他完全是位人民的作家。"

谢甫琴科一八四五年十二月二十五日在乌克兰的古城佩列雅斯拉夫利卧病时，写过一首题为《遗嘱》的诗，其中有这样的句子：

> 当我死了的时候，
> 把我在坟墓里深深地埋葬，
> 在那辽阔的草原中间，
> 在我那亲爱的乌克兰故乡，
> 好让我能看得见一望无边的田野，
> 滚滚的第聂伯河，还有峭壁悬崖；
> 好让我能听得见奔腾的河水
> 日日夜夜在喧吼流荡。

诗人生前曾经梦想在康涅夫的山脚建一座茅舍以度过晚年，但这个愿望在他逝世四十多天之后才实现，这时他的遗体被允许迁移到乌克兰去安葬。沿途的城市和村镇的人民都迎接了这位伟大人民诗人的遗体。一八六一年五月十日，他的遗体安葬在第聂伯河旁离康涅夫不远的修道僧山①上，从此谢甫琴科就长眠在他心爱的乌克兰故乡的泥土里。

这就是伟大的乌克兰人民诗人谢甫琴科的一生。他在逝世的前一年所写的《自传》中曾讲过："我的生活的历史，组成了我的祖国的历史的一部分。"从他一生中所经历过的充满苦难的道路来看，这句话并不为过。

二

作为一位伟大的乌克兰人民诗人和画家，塔拉斯·谢甫琴科留给我们的文学和艺术遗产是极为丰富而又珍贵的。在诗歌方面，收集了二百五十多首诗歌作品的诗集《科布扎歌手》，是谢甫琴科一生中最重要的作品。此外他还写过《尼基塔·加达伊》（1841）、《纳扎尔·斯托多利亚》（1843—1844）等诗剧。在散文方面，他先后用俄文写了将近二十个中篇小说，现在只留下了《女雇工》（1844）、《苦役犯》（1845）、《公爵夫人》（1853）、《音乐家》（1854—1855）、《不幸的人》（1855）、《上尉夫人》（1855）、《双生子》（1855）、《艺术家》（1856）、《满心高兴和并非毫无道德的漫游》（1858）等，其中不少作品带有自传性。他在流放期满时写成了一卷《日记》（1857年6月12日至1858年7月13日）。在造型艺术方面，谢甫琴科一向被尊称为乌克兰现实主义绘画的创建者。他留给我们几百幅作品，其中有油画、水彩画、暗棕色画、铜版画、素描等。他所作的许多人物画像和自画像，比如《美丽如画的乌克兰》（1844）和《浪子》（1856—1857）等几套组画，还有流放期间在

———————

① 修道僧山，现名塔拉斯山。

咸海和卡拉套山脉一带所作的风景画，以及描绘哈萨克人民和吉尔吉斯人民生活的绘画，都是极为有名的。

谢甫琴科的诗歌创作道路，正像他的生活道路一样，大体上可分成三个时期：从最初从事创作到被逮捕；从被逮捕到流放结束；从释放到逝世。

谢甫琴科远从童年时起就热爱乌克兰的美丽的大自然，尤其喜欢听盲乐师们所唱的有关乌克兰古老的传说和往事的民歌与民谣，这对于他后来走上诗歌创作道路是有很大影响的。他到了圣彼得堡之后，读到了茹科夫斯基、普希金、莱蒙托夫等诗人的作品，他就偷偷地开始从事写作。据谢甫琴科回忆说，在一八三七年的"明亮的无月的白夜里"，他在夏令花园里写出了他最初的诗歌试作。在现在保留下来的早期作品当中，只有一首民谣《一个得了邪病的姑娘》。他作为一个真正的诗人的诞生，是在一八三八年获得自由以后。他在《自传》中这样写道：

> 乌克兰的严肃的诗神，在长久的时间里是不愿意接近我那被小学校里、地主的前厅里、旅店里以及城市寓所里的生活所败坏了的爱好的；但当自由的呼吸把在父亲的贫苦的茅舍顶下所度过的童年时代的纯洁重新在我的感情里恢复起来的时候，她呀，应该感激她，在异乡将我拥抱，并给我以安慰。

当谢甫琴科走进美术学院的圣殿，在布留洛夫的画室学习时，诗神也时常来访问他。谢甫琴科回忆道：

> 那时候，我开始写起小俄罗斯的诗歌来了。……在布留洛夫的美极了的作品前面我沉思着，并且在自己的

心里孕育着自己的盲乐师科布扎歌手和勇猛的起义者们的形象。在他的优美豪华的画室的阴影里，就正像在第聂伯河上炎热的粗犷的草原上一样，我的可怜的黑特曼首领们受尽苦难的影子在我的眼前闪现过去，散布着许多荒冢古墓的草原，展现在我的眼前，我的美丽的，我的贫苦的乌克兰，带着它全部纯洁无瑕的忧郁的美丽浮现在我的眼前……于是我沉思着：我不能把自己心灵的眼睛从这种亲切而又迷人的美丽转移开去。……

在这种情况之下，谢甫琴科的早期诗歌作品就接二连三地涌现出来。一八四〇年，谢甫琴科的第一本诗集《科布扎歌手》由圣彼得堡的费谢尔印刷所出版了，卷首由他的朋友和同学施特恩贝格绘制插图，画了一个盲歌手，由一个小男孩带路，坐在茅舍的屋檐下弹着科布扎琴歌唱。谢甫琴科选用这个书名绝不是偶然的，这正表明了他同人民、同人民的创作血肉相连，而这种联系贯穿了他的一生。这本包括了《卡泰林娜》《塔拉斯之夜》《"我的歌啊，我的歌"》《佩列本佳》《白杨》《"黑色的眉毛，褐色的眼睛"》《致奥斯诺维亚年科》《伊万·波德科瓦》的诗集，立即引起了文艺界的注意，使他成为一个著名的乌克兰人民诗人。在这本诗集出版之后，乌克兰老作家克维特卡-奥斯诺维亚年科写信给谢甫琴科说："当我和我的妻子开始阅读《科布扎歌手》的时候，头发在我的头顶上耸立起来，眼睛里发出光亮，心里感到了某种痛苦。……我把你的书紧按在胸前……你的思想也留在我的心上……好极啦，真是好极啦，我再讲不出更好的话来。"大批评家别林斯基在读到这本诗集之后，立即为《祖国纪事》杂志写了评论文字，一开头就说道："谢甫琴科先生的名字，假如我们没有错的话,还是第一次出现在俄国文坛,而我们更加高兴的就是在那本非常值得评论界赞扬的诗集上见到这个名字。"别林斯基在为《文学报》所写的文章中讲道:"我们怀着极大的满足阅读了这本诗集,并且把它推荐给所有小俄罗斯文学的爱好者。在谢甫琴科的诗歌当中,有很多的热情,有很多深邃的感情,到处透散着对祖国热爱的气息。"但是反动的批评家们却对谢甫琴科竭尽毁谤之能事,说他玷污了俄罗斯语言,骂他是个"庄稼汉诗人"。可是谢甫琴科却怀着骄傲的心情说道:"让我就当一个庄稼汉诗人吧,只要是诗人就行,我再不需要什么!"伊万·弗兰科后来讲道:"这本小小的诗集,立即好像展开了一个诗歌的新世界,它好像一股纯洁、清凉的泉水涌现了出来,并且使在乌克兰文学上以前无人知晓的表现力的明朗性、朴素性与诗意的优美放射出光彩。"

谢甫琴科在自己早期所写的诗歌作品当中,继承了乌克兰民歌和科布扎歌手的传统,用民歌体的诗句歌唱了辽阔的第聂伯河和一望无边的草原,写出了乌克兰黑眉毛姑娘们的不幸的命运(《卡泰林娜》《白杨》);刻画出流浪的科布扎歌手的形象(《佩列本佳》);歌颂了乌克兰人民为了争取自由解放和土耳其人及波兰贵族地主所进行的英勇斗争(《塔拉斯之夜》《伊万·波德科瓦》)。尽管这些作品带着浓厚的浪漫主义色彩,而且也只能用悲怆的无言的愤怒对民族压迫和社会的不义提出抗议,但它们表达出了乌克兰人民内心的痛苦、愤怒、斗争和向往,因此在乌克兰获得广泛的流传。诗人在一八四三年回到乌克兰时,在很多地方都听到盲乐师唱他的诗歌作品。他在民谣《一个得了邪病的姑娘》开头的十二行诗,早就成为乌克兰著名民歌,一直流传到今天。

一八三九年秋天，谢甫琴科开始写他早期的重要作品——长诗《海达马克》。这篇二千五百多行的长诗受到审查机关的长期留难，一八四一年方才出版。在这篇长诗中，谢甫琴科继《塔拉斯之夜》《伊万·波德科瓦》等以历史为题材的诗歌之后，描写了他从童年时就熟悉的乌克兰人民在一七六六年所进行的反对波兰贵族地主的英勇斗争的故事。谢甫琴科在诗里塑造了在马克辛·热列兹尼亚克和伊万·冈塔领导下的被称为"海达马克"的起义者的光辉形象。他们击败了波兰贵族地主的军队，焚毁了地主的庄园，声势非常浩大。谢甫琴科还在乌克兰文学当中最早创造出了贫雇农出身的起义者亚廖马和他心爱的姑娘奥克珊娜的动人形象。谢甫琴科在全诗的《尾声》中写道：

> 想当年我还是没依靠的孤儿，
> 穿一身破衣服，没帽子，没粮，
> 我沿着热列兹尼亚克和冈塔走的路，
> 在咱们乌克兰曾到处流浪。
> 想当年我曾用孩子的小脚步，
> 沿海达马克们走过的路跑，
> 我边走边流泪，把好人寻找着，
> 要找到这些人，向他们学好。
> ……
> 想起爹，还想起我那位老爷爷……
> 我的爹早去世，爷爷还健存。
> ……
> 他就求老爷爷讲海达马克起义，
> 讲农民怎样漫游在乌克兰，
> 讲冈塔、马克辛怎样杀敌，

老人的两只眼像星星一闪闪，

他的话夹着笑，像流水滔滔：

讲鬼子被消灭，斯美拉被焚烧……

邻人们静听着，又急又苦恼。

就连我这孩子也为了那长老

不知道伤心地流下了多少泪，

可没人知道我在屋角痛哭……

爷爷啊，谢谢你把整整百年前

哥萨克的光荣保存在脑子里：

我如今又把它向孙子叙述。

善良的人，请原谅我，

没用一点典故，

把哥萨克的光荣，

只是信笔写出。①

就在这篇长诗当中，谢甫琴科不只是动人地描写了历史往事，他也和在一八四一年所写的诗剧《尼基塔·加达伊》一样，直接号召乌克兰人民起来斗争。

谢甫琴科在一八四三年至一八四五年所写的《三年诗抄》中的作品，代表了他的创作新时期，也是他在政治思想上更为成熟的时期。这个时期，他从早期的浪漫主义走向现实主义的道路，不再把乌克兰的历史加以理想化，而开始用充满革命激情的诗歌作品来揭发和暴露残酷的现实，表明自己的政治信念，鼓舞和号召大家起来进行反对沙皇暴政的斗争。谢甫琴科在一八四四年所写的称为"喜剧"的长诗《梦》，通过三个梦乡的旅行影射和讥讽了沙皇尼古拉一世的暴政。在第

① 引自任溶溶的译文。

一个梦里,诗人在美丽迷人的乌克兰上空飞翔,但他所见到的却是在农奴制度重压之下的一片悲惨现象。在第二个梦里,他飞到了西伯利亚,在那里见到了被流放到当地去做苦役的十二月党人,他向这些为自由而斗争的战士表示了自己的敬意。在第三个梦里,他飞到京城圣彼得堡,看到了这个建立在劳动人民的尸骨和血肉上面的城市。他在诗中嘲笑了沙皇的宫廷,讽刺了一切贵胄,还痛骂了沙皇尼古拉一世本人是个最残酷的刽子手。这是一首强烈的政治性的诗歌,伊万·弗兰科后来在《黑暗王国》一文中评论了这首诗,说它是"政治诗歌的典范"。

谢甫琴科在一八四五年十二月写成的通称为《遗嘱》的诗中,公开地号召推翻沙皇统治和农奴制度,更达到了他的思想的最高峰。他嘱咐人们在他死后把他埋葬在辽阔的第聂伯河旁,而且号召大家:

> 把我埋葬以后,大家要一致奋起,
> 把奴役的锁链粉碎得精光,
> 并且用敌人的污血
> 来浇灌自由的花朵。
> 在伟大的新家庭里,
> 在自由的新家庭里,
> 愿大家不要把我遗忘,
> 常用亲切温暖的话语将我回想。

接着,在谢甫琴科的生活当中,黑暗的日子来临了。十年的流放剥夺了诗人的自由,但是牢狱的铁窗、营房的黑暗、"非人的禁令"都不能禁锢住诗人的自由奔放的思想。这时候,他称自己失掉自由的诗神是"被俘虏了的缪斯女神",称自己失掉自由的诗歌是"被俘房了的诗歌"，但尽管这样，他还是在牢房和要塞中写成了《牢房诗抄》《靴筒诗抄》，表达了他当时的心情：渴望自由，怀念乌克兰故乡，热爱祖国和人民。我们从他这个时期的作品当中可以读到不少这样的句子一八四七年下半年他在奥尔斯克要塞写道：

> 哦，我的歌啊！哦，恶毒的荣誉啊！
>
> 为了你，我在异乡无缘无故地遭苦受难，
>
> 我受尽折磨，吃尽苦头……但我绝不后悔认错！……
>
> 我像热爱自己真诚的女友一样，
>
> 热爱着亲人似的可怜的乌克兰！

一八四八年下半年他在科斯-阿尔岛写下（一八五八年在圣彼得堡改写）：

> 既不是为了别人，也不是为了荣誉，
>
> 我只是为了自己，我的同伙弟兄们啊，
>
> 我才在纸上写出了这些精美的诗行！
>
> 在囚禁中写出这些诗句，
>
> 我心里感到了轻松愉快。
>
> 就好像这些诗句，
>
> 是从遥远的第聂伯河边飞来，
>
> 最后落在我的纸上。
>
> 它们哭啊，笑啊，
>
> 如同孩子们一样。
>
> 它们使得我那孤独的
>
> 不幸的心灵快乐起来。
>
> 和它们在一起，心里是多么欢畅，
>
> ……

我非常满意，我非常愉快，

我要祈祷上苍，

在这遥远的异乡，

我不会让自己的孩子们进入梦乡。

谢甫琴科在流放期间写的不少诗歌作品中，虽然带有悲伤的情绪，但这并不是悲观主义，正如高尔基曾经指出的："在他对个人苦命的诉苦当中，可以听见整个小俄罗斯的诉苦的声音。"

一八五七年八月，谢甫琴科从流放的地方归来之后，重新获得自由写作的可能。他在一生的最后三四年当中，还是写了不少诗歌作品，并且它们的锋芒都是针对着沙皇暴政的。

一八五八年二月，谢甫琴科先后写成的《命运》《缪斯女神》《光荣》三组诗，表达出他对于艺术的信念，认为艺术应该为崇高的理想服务。他在《缪斯女神》一诗中写道：

你用我的星星啊，

我的神圣的安慰啊，

你用神的光辉在我的头顶上照耀着。

你是我年轻的命运！

不要离开我啊。

无论黑夜，无论白天，

无论黄昏，无论早晨，

你在我的头顶上飞翔吧，教导我吧，

教我用不撒谎的嘴

去讲出真理。

一八五八年十月一日，在赫尔岑编辑的革命刊物《钟声》上，发表了唤起俄国被奴役的农民拿起斧头来进行斗争的号召,要他们不要指望沙皇,也不要指望地主——"你们只有指望自己,指望自己的坚强的两手:磨快斧头,行动起来!"在这年的十二月二十二日,谢甫琴科就用自己的激昂的诗句来响应这个号召:

> 不要妄想好的日子马上会来临!
> 也不要等待大家期望的自由——
> 它现在正在沉睡:
> 是沙皇尼古拉把它催进了梦乡。
> 为了把虚弱可怜的自由唤醒,
> 大家要一致起来铸造巨斧,
> 要把斧头磨得更加锋利,
> 只有那时才能把它从睡梦中唤醒。

一八六〇年十一月三日,也就是在谢甫琴科逝世之前四个月,他在讽刺皇室的诗《"哦,人们! 可怜的人们!"》中这样写道:

> 哦,人们! 可怜的人们!
> 为什么你们需要沙皇?
> 为什么你们需要看管猎狗的人?
> 要晓得,你们不是狗,你们是人!
> ……
> 什么时候审判才会来临?
> 大地上所有的沙皇和皇太子
> 什么时候才会遭到严惩?
> 在人们中间什么时候才会出现真理?
> 真理一定会来到;当太阳一升起,
> 就要把这片玷污了的大地烧光。

除此以外，谢甫琴科还写过不少政治性很强的诗歌作品，甚至通过赞美诗或是拟作《圣经》章节的形式表达思想。他的一位同时代人写道："谢甫琴科的揭发，成为不可遏止的力量；他打击着和鞭挞着；他整个的人像被某种狂烈的和要焚毁一切的火焰所燃烧着。"

一八六〇年，谢甫琴科的诗集《科布扎歌手》的新版终于通过将近两年的层层审查和留难出版了。谢甫琴科这样写道："今天，书报审查机关才从自己的利爪当中把我的不幸的诗歌释放出来，这个该诅咒的机关把它们那样清洗了一番，弄得我几乎都认不出我的可怜的孩子们了。"在他的《自传》中有这样的话："在两年长久的拖延之后，书报总审查委员会只批准印刷那些在一八四七年以前发表过的作品，还从它们当中删掉了几十页（这就是所谓进步）。"从这两段话中我们不难看出，反动的沙皇当局是怎样害怕谢甫琴科的诗歌作品了！

谢甫琴科从事诗歌创作虽然只有短短的二十多年，而且其中还有十年是在流放中度过的，但我们从他留给我们的仅有的这卷《科布扎歌手》当中，可以看出他所走过的创作道路：从早期的浪漫主义走向批判现实主义，从朴素的民歌发展为充满革命激情的诗歌，而他本人也终于成为一个革命民主主义者和伟大的人民诗人。谢甫琴科在自己的一生中，自始至终用诗歌作品来揭发和反对沙皇暴政与农奴制的黑暗统治。他热爱自己的祖国和人民，他写出了乌克兰人民的生活疾苦，表达出他们对自由解放的强烈渴望，而且还用诗歌来激励他们，号召他们起来为争取自由解放而斗争。谢甫琴科的诗歌作品是用朴素的人民语言写出来的，它们在乌克兰广泛地流传着，受到广大人民群众的喜爱，正因为这样，乌克兰人民把谢甫琴科尊称为"科布扎歌手""我们伟大的科布扎歌手"绝不是偶然的。

谢甫琴科是属于人民的,他是人民的诗人,并且无愧于人民诗人这个光荣的称号。他在为《科布扎歌手》新版写的序中这样讲:"为了要知道人民,就应该和他们生活在一起。为了要写他们的事情,自己就应该首先是一个人,而不是一个粗制滥造的作家。那时候,你再去写作吧;只有那时候,你的作品才会是真挚的作品。"谢甫琴科本人正是用这种精神来写作的,这也正是他的作品充满人民性的原因。杜勃罗留波夫在一八六〇年新版《科布扎歌手》出版之后写过一篇评论,其中明确地指出:"他是一个真正的人民诗人。……他的思想和同情的全部范围,是和人民生活的含义与情况完全相符合的。他从人民当中出身,他和人民一起生活,他不仅在思想上,而且在生活的各方面,都是和人民紧密地血肉相连的。"普列汉诺夫、高尔基和卢那察尔斯基等人对谢甫琴科都有过很高的评价。普列汉诺夫在一八九〇年就指出了谢甫琴科的重大意义,他说:"塔拉斯·格里戈里耶维奇是属于全世界文学史上那些最伟大的人民诗人之列的。"高尔基则把谢甫琴科和普希金、密茨凯维奇两位大诗人相提并论:"谢甫琴科、普希金、密茨凯维奇——都是用最高的美、最大的力量和完整性体现出了人民精神的人。"卢那察尔斯基在一九一一年谢甫琴科逝世五十周年时讲道:"伟大的诗人谢甫琴科和他的亲密的故乡是分不开的,他把自己的天才的巨大坚强和充满花朵芳香的树枝远伸到乌克兰的边境以外去。作为一个乌克兰的民族诗人,谢甫琴科是伟大的;作为一个人民的诗人,他就更为伟大。但是他最为伟大的地方,还是作为一个深刻的革命诗人,同时就精神本质来讲,也是一个社会主义的诗人。"

三

伟大的乌克兰人民诗人塔拉斯·谢甫琴科的名字和他的作品,对于中国广大的读者并不生疏。早在一九一二年,周作人就曾经在绍兴出版的《民兴日报》上,用文言文编译介绍过谢甫琴科的一首诗:"是有大道三歧,乌克兰兄弟三人分手而去……"这可能是我国最早翻译谢甫琴科的作品。五四运动以后,当俄国文学被广泛地介绍到我国来的时候,谢甫琴科的名字和他的作品也就随着被介绍过来。首先是在一九二一年九月出版的《小说月报》的号外《俄国文学研究》上刊载了沈雁冰(茅盾)编写的《近代俄国文学家三十人合传》,其中就专门介绍过谢甫琴科(当时译为"西芙脱钦科")。同年十月,《小说月报》出版了《被损害民族的文学号》,其中发表了鲁迅用"唐俟"的笔名翻译的《小俄罗斯文学略说》一文。① 这篇文字是从德国学者古斯塔夫·凯尔沛来斯写的《文学通史》中翻译出来的,除对谢甫琴科(当时译为"绥夫专珂")的生平作了简短的介绍之外,还引用了他所写的《遗嘱》一诗的全文。在同一期专号所刊载的沈雁冰的《杂译小民族诗》中,选译了谢甫琴科的《狱中感想》②。根据我们目前发现的史料来看,这都是我国最早介绍谢甫琴科的文字和译文。

在此后的许多年代当中,谢甫琴科的作品被陆续地介绍

① 《鲁迅译文集》,人民文学出版社,1958 年,第十卷,第 89—94 页。
② 原诗并无题名,是谢甫琴科 1847 年在奥尔斯克要塞时写成的。

过来。一九四二年一月在桂林出版的《诗创作》的《翻译专号》中介绍过他的评传，并译了他的《遗嘱》《在茅棚旁边》《我在异国人中间生长》《快活的日子呀！黄金的青春呀！》《如果你知道》《我不感伤》《梦》等七首诗。同年六月在重庆出版的《中苏文化》杂志上，刊载了谢甫琴科的评传。同年十一月在上海出版的《苏联文艺》第一期上，发表了鲍哥穆列次、柯尔纳楚克、帕乌斯托夫斯基等人写的关于谢甫琴科的文字，译了谢甫琴科写的《自传》和《遗嘱》《梦》等诗，还刊载了他的两幅自画像和《遗嘱》一诗的原稿。一九五四年三月号的《译文》杂志上，发表了他的无题诗《"说真话，那对我全是一样"》《文艺女神》①《写给妹妹》《我走在涅瓦河上》等诗，还印了他的自画像以及《吉卜赛女子》《卡泰林娜》《盲人》等画。乌克兰基辅电影制片厂在一九五一年摄制的传记片《塔拉斯·谢甫琴科》，曾被制成华语对白在我国各地放映，一九五六年他写的电影剧本也被译成中文（《舍甫琴珂》，艺术出版社），都受到我国广大观众和读者的欢迎。

一九五九年上海文艺出版社出版了谢甫琴科的小说《音乐家》（项星耀译）。一九六一年谢甫琴科逝世一百周年时，各大报纸和《世界文学》《诗刊》等刊物都编印了特辑，《文学评论》上发表了专文来纪念这位伟大的人民诗人。当年三月在北京举行的纪念会上，曹靖华作了报告《春风啊，把"亲切温存的细语"送到塔拉斯耳边》。一九八三年，上海译文出版社出版了由戈宝权、张铁弦、梦海、任溶溶等四人合译的《谢甫琴科诗选》，这是我国第一本完整介绍谢甫琴科作品的

① 又译作"缪斯女神"。

集子。

谢甫琴科的丰富而又珍贵的文学遗产尚待我们研究和介绍，而且其中也有不少史料可以证明他对中国的关心，特别是他在一八五七年九月所写的一段有关太平天国的文字，更引起我们很大的兴趣。①当一八五七年九月谢甫琴科从流放地归来之后，在从阿斯特拉罕乘轮船前往尼日尼诺夫戈罗德的途中，方知道我国的太平天国运动。他在九月六日的日记中写道：

> 在船长室的地板上，我看见一张揉皱了的老相识《俄罗斯残疾军人报》，我把它捡了起来，由于无事可做，就开始阅读上面的一篇文章②。这篇文章讲到了中国起义军的情况，还讲到起义军的领袖洪秀全在进攻南京之前所发表的讲话。

我们知道，俄国革命民主主义者对我国的太平天国运动是非常关心的，车尔尼雪夫斯基曾为《现代人》杂志写过专门的论文。从谢甫琴科所写的这段文字中，我们可以看出他对太平天国运动的关心和同情。尤其是他在这段文字后面所写的一句话，更反映出他当时对沙皇和贵族地主们的憎恨，这和他在一八五八年所写的号召大家"要把斧头磨得更加锋利"、一致起来反对沙皇的统治，在思想上可说是前后相呼应的。

① 据我所知，乌克兰文学史家波波夫在这一方面做了些研究工作，1957 年曾写成《谢甫琴科论中国太平天国革命》一文（载该年《乌克兰科学院通报》第 3 期第 26—31 页），1958 年又写成《谢甫琴科论中国》一文（载 1958 年基辅出版的《第六次谢甫琴科学术会议论文集》第 185—205 页）。

② 系 1857 年 7 月 31 日圣彼得堡出版的第 163 期《俄罗斯残疾军人报》上的文章《关于中国起义军活动的最新情况》。

塔拉斯·谢甫琴科这位伟大的乌克兰人民诗人,生前在沙皇暴政和农奴制度的重压之下受尽了一切折磨和苦难,他的充满革命激情的诗歌作品受到审查当局的任意删改和禁止,但他的光辉的名字和不朽的作品却早已超越了沙皇俄国的国境,流传到欧洲各国。从不少史料中我们知道,伟大革命导师马克思熟悉谢甫琴科的生平和作品,在他的藏书中有乌克兰政论家德拉戈曼诺夫在一八七八年用法文写的《被俄国当局禁止的乌克兰文学》,马克思曾在有关谢甫琴科的地方留了记号;此外,马克思可能还曾读过奥地利翻译家奥布里斯特在一八七〇年用德文翻译的谢甫琴科的诗歌作品。当谢甫琴科逝世的时候,沙皇当局采取了各种措施,严防群众举行示威游行。甚至当一九一四年谢甫琴科诞辰百年纪念时,沙皇当局也禁止举行任何纪念活动。伟大革命导师列宁当时曾以布尔什维克党和广大劳动人民的名义,对这种禁令表示了严正的抗议,而且指出:"利用禁止纪念谢甫琴科的事件来反对政府,是最好的、绝妙的、最顺利的和最成功的宣传方法,再也想不出比它更好的宣传方法来了。我认为我们所有反对政府的社会民主党的优秀宣传家,在反对政府方面,决不能在如此短促的时间内,取得像用这种方法取得的那种惊人的成就。自从采取这种方法后,千百万'庸人'都变成了自觉的公民,都深信俄国是'各族人民的牢狱'这句名言是正确的了。"

　　谢甫琴科生活在十九世纪前半叶,无论是他的思想还是他的作品,不可能不受到时代的局限和阶级的局限,而且在当时的具体历史条件下,他只能达到革命民主主义者的高度。但是由于他出身自人民的底层,和人民血肉相连;由于他用自己的诗歌作品来鼓舞人民和激励人民,自始至终忠于人民争取民族解放和社会解放的斗争事业，因此他的光辉名字和他的不朽作品一百多年来一直活在广大人民的心中。他在乌克兰文学上所创建的光荣传统——浪漫主义、现实主义、人民性、革命民主主义和爱国主义的传统，在十九世纪后半叶和二十世纪的许多乌克兰作家和诗人的作品当中被继承着和得到进一步的发展。

　　在今天，谢甫琴科的光辉名字，不仅在乌克兰，不仅在他所预言的"伟大的新家庭里，自由的新家庭里"，就是在全世界各国进步人士的心中，都得到了应有的尊敬和热爱；他的不朽的文学和艺术作品，不仅成为乌克兰人民和前苏联境内各民族人民最珍贵的遗产，同时也成为全世界文化宝库中一份珍贵的遗产，正因为这样，他的不朽的诗歌作品今天也为中国广大的读者所欣赏和喜爱！

戈　宝　权

早期诗选（1837—1847）

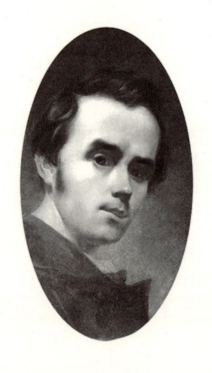

一八四〇年自画像

一个得了邪病的姑娘[*]

辽阔的第聂伯河在喧吼、呻吟，
激怒的狂风在空中呼啸、吹荡，
高高的柳树枝干被吹得弯向大地，
河水也被掀成山一样的惊涛骇浪。

这时候苍白无光的月亮
从乌云里勉强露出脸庞，
它好像是蔚蓝大海上面的一只小船儿，
一会儿沉到水底，一会儿又冲到水上。

到处还听不见有人讲话的声音，
报晓的雄鸡还没有第三次啼唱，
猫头鹰在树林里遥相呼应，

〰〰〰〰〰〰〰

* 《一个得了邪病的姑娘》是谢甫琴科留存至今的最早的诗歌作品之
   一，估计作于 1837 年。这首民歌体的浪漫抒情叙事谣曲取材自乌
   克兰的民间传说和生活，1841 年首次发表后立即使他享有盛名，标
   志着诗人谢甫琴科的诞生。这首诗开头描写乌克兰大自然景色的
   十二行诗，由乌克兰作曲家克尔日然诺夫斯基在 1886 年谱成歌曲
   《辽阔的第聂伯河在喧吼、呻吟》，后来成为全乌克兰最流行的民歌
   之一。

榉树枝儿不断在发出脆响。

就在这时候,在山坡下面,
紧靠着树林的地方
有个白色的人影,
在河边独自彷徨。
也许是个小鱼美人①,
出来寻找自己的亲娘;
也许是在等候年轻的哥萨克,
好呵得他全身发痒。
不,这不是小鱼美人在游逛:
走着的是个年轻的姑娘,
她自己也不知道(因为她中了邪),
怎么会变成这样。
这是巫婆搞出的名堂,
为了少让她忧愁悲伤,
瞧,就让她在半夜里,
到处梦游,等待着
那个年轻的哥萨克,
他上一年就离开了家乡。
他答应一定要回来,
说不定,他已经死在外乡!

~~~~~~~~~~

① 鱼美人,或美人鱼(露莎尔卡),亦译作女落水鬼。据古代斯拉夫民间传
说,妇女或少女在水里溺死后,会变成身披长发、长着鱼尾的裸体鱼美
人。没有受过洗礼的小女孩,会变成小鱼美人。她们经常在月夜里出
来歌唱,当她们找到一个生人时,就会使这个人全身发痒,以至于死。

人们没有用红色的绸缎，

把哥萨克的两眼蒙上，①

姑娘也没有用眼泪，

把他的面孔洗得光亮：

大鹰啄掉了他褐色的眼睛，

在那外乡的田地上，

豺狼把白色的尸体啃光，——

这就是哥萨克的命运。

看来，这个年轻的姑娘啊，

白白地空等了一场。

黑眉毛的年轻人永远不再回来，

他不会再爱抚自己心爱的姑娘，

他不会再为她拆开长长的辫发，

也不会再把头巾扎在她的头上；

这个孤苦伶仃的姑娘啊，

不是睡在床上，而要躺进坟场！

这就是她的命运……哦，我的仁慈的上帝啊！

你为什么要惩罚这个年轻的姑娘？

难道因为她全心地热爱着那个哥萨克的眼睛？

恳求你宽恕这个孤苦伶仃的孤儿吧！

她又能爱谁呢？她没有父亲，没有亲娘；

她一个人，就像一只小鸟儿流落在遥远的外乡。

---

① 乌克兰的习俗，当举行葬礼时，要用红色或蓝色的绸缎或是土制的麻布把死者的两眼蒙起来。

你赐给她幸福吧，——她那样年纪轻轻的，

否则外人会嘲笑她一场。

难道一只热爱着公鸽的母鸽①有过错吗？

难道一只被大鹰杀伤了的公鸽有过错吗？

她忧愁悲伤，咕咕地哀鸣，在世上苦恼，

她飞翔着，寻找着，心想——他迷失在什么地方。

母鸽是幸运的：因为她能高高地飞翔，

她要一直飞向上苍，——打听心爱的人在哪儿。

可是她是个孤儿，她能向谁打听，

有谁能告诉她，有谁能知道，

她心爱的人在哪儿过夜：在阴暗的树林里露宿，

还是正在滚流的多瑙河上饮马，

或者他正和另一个姑娘谈情说爱，

早已经把这个黑眉毛的姑娘遗忘？

假如她有一双大鹰的翅膀，

她要飞到蔚蓝的海外，去寻找她心爱的人；

假如他还活着——她就爱他，把另一个姑娘掐死，

假如他已经死了——她就走进坟墓躺在他的身旁。

但是心啊并不是这样爱着，能够和别人同甘共苦，

但是心啊并不是这样爱着，正像上帝嘱咐的那样，

它不愿意生活，也不愿意忧愁悲伤，

"你悲伤去吧。"——心里这样说道，它是在自寻烦恼。

哦，我的仁慈的上帝啊！这就是你的意志，

这就是可怜的人的幸福，这就是她的命运！

①　公鸽、母鸽和小鸽子，都可作心爱的人或可爱的人讲。

她一声不响,尽在漫游、彷徨。

辽阔的第聂伯河不再喧响;

风啊,吹散了天空里的乌云,

它也在大海旁边沉入梦乡,

只有月亮从天空里撒下清光;

在大河上,在树林里,

周围到处是一片宁静安详。

突然间,一群小鱼美人

从第聂伯河探出身子在嬉笑着。

她们叫喊道:"让我们出来取一取暖吧!

太阳已经落山啦!"(她们全都光着身子;

用苔草缀成辫发,因为她们是姑娘。)

……

妈妈问她们:"大家都到齐了吗?

让我们去寻找晚饭吃吧。

我们大家玩一玩,逛一逛,

我们大家快乐地高声歌唱:

　　呜嘿,呜嘿!

　　一个稻草人的灵魂①,灵魂!

妈妈把我生下来,

没有受洗礼就把我埋葬。

① 稻草人的灵魂,指民间传说中的鬼怪或妖精。

明亮的月亮啊！

我们亲爱的小鸽子啊！

快到我们这儿来吃晚饭吧：

我们有一个哥萨克躺在芦苇丛里，

他躺在芦苇丛里的苔草上面，

还有一个银戒指戴在手指上！

他是一个长着黑眉毛的年轻人；

我们昨天晚上在橡树林里找到了他。

月亮啊，在明净的田野里照得更长久一些吧——

因为我们要尽情地游逛。

这时候女妖们还在飞翔，

这时候报晓的雄鸡还没有啼唱，

照耀着我们吧……是谁在那儿走着！

是谁在橡树下面游逛。

呜嘿，呜嘿！

一个稻草人的灵魂，灵魂！

妈妈把我生下来，

没有受洗礼就把我埋葬。"

这些没有受洗礼的孩子大笑起来……

树林里充满了各种各样的回响：喧哗声，叫喊声，

这群孩子好像在被人宰割。她们像发了疯一样，

一起飞奔到橡树旁……大家一声不响，……

没有受洗礼的孩子们忽然惊醒过来，

她们看见——一个人影子闪过，

正沿着橡树往上爬，
一直爬到了树顶上。
原来这就是那个姑娘，
她梦游似的在游逛：
看来，是巫婆让她得了
这样一种可怕的邪病！
她站在摇摆着的树顶上，……
她的心儿乎都破碎了！
她向四面八方张望，
又重新爬回到地上。
小鱼美人们围绕着橡树，
静静地在等候着她；
她们拉住这个姑娘，
就呵得她全身发痒。
她们长久地、长久地
欣赏着这个姑娘的美丽、漂亮……
但当雄鸡第三次喔喔啼叫！——
她们立刻都到水底潜藏。
清晨时云雀唱着歌，
在向天空飞翔；
杜鹃鸟站在橡树上，
应和着它歌唱；
夜莺在树丛里啼叫
月亮落到树林后方；
山后面的天空泛起了红光；
庄稼人在田野里歌唱。

波兰地主们曾经到过的地方，
树林在大河上显得黑影重重；
远处一座座高高的荒冢古墓，①
在第聂伯河上闪耀着青光；
橡树叶子发出簌簌的喧响；
浓密的葡萄枝藤在絮语着。
而这个姑娘在橡树底下，
在平坦的大路旁长眠着。
看来，她那样沉睡着，
也没有听见杜鹃鸟在歌唱，
也用不着计算她活了多么长，
看来，她深深地长眠在梦乡。

就在这时候，从橡树林里，
一个哥萨克骑着马走了出来。
他身子下面的乌黑色的骏马，
勉强地提起马蹄。
"我的伙伴，你疲困啦！
今天我们就可以休息啦；
茅舍已经很近啦，
姑娘会为我们把大门打开。
也许，她已经打开大门，
但不是为了我，而是为了另一个人……

① 在乌克兰的草原上至今还耸立着许多古代民族遗留下来的荒冢古墓。
十六至十七世纪时哥萨克曾利用这些荒冢古墓作为瞭望哨，和入侵的
鞑靼人进行斗争。

（库特金 绘）

加快吧,马啊,加快吧,马啊,
快快地赶到家门!"
乌黑色的骏马疲困啦,
刚走了一步,就几乎绊倒,——
哥萨克心里也感到难过,
像有条毒蛇在心里盘绕。
"瞧,这就是那株枝叶茂盛的橡树……
她在那儿,仁慈的上帝啊!
瞧,我的灰蓝色翅膀的小鸽子,
等待得就睡着啦!"
他从马上跳下来,走到她身旁:
"天哪! 我的天哪!"
他呼唤她,他狂吻她……
　　唉,一切都无用啦!
　　"人们究竟为了什么
　　要把我和你分开?"
他痛哭失声,飞奔过去,——
一头就撞在橡树上!

姑娘们到田地里去收割庄稼,
她们一边走着一边唱着歌:
唱着母亲怎样送走自己的儿子,
唱着夜里面怎样去痛击鞑靼人。
她们走着,——看见在绿色的橡树下面,
站着的是那匹累坏了的骏马,
靠着它,年轻的哥萨克

和他的那个姑娘躺在草地上。
姑娘们为了开个玩笑（应该承认），
她们悄悄地走近，想吓他们一下；
但当她们走近一看，大家都哑然失声，——
害怕得向着四面八方飞奔！

女朋友们聚拢过来，
她们把眼泪揩干；
男朋友们聚拢过来，
他们挖了两个深坑；
神父们举着神幡走来，
教堂敲起送葬的钟声。
大家按照礼节，
把这两个人深深地埋葬。
两个人的坟墓；
就紧靠在大路旁，
谁也无从知道，
他们究竟为什么死掉？
大家种了一株白檄树和一株杉树
在哥萨克的坟墓上，
他们又种了一株红绣球花
在姑娘的坟墓上。①
白天里，杜鹃飞来，

① 乌克兰的习俗，在哥萨克的坟墓上要种一株杉树、橡树或者白檄树，在少女的坟墓上要种一株红色的绣球花。

在它们上面咕咕地鸣叫；

　　　黑夜里，夜莺飞来，

　在它们上面婉转地歌唱；

　它不停地歌唱，

　当月亮的清光还照耀在大地上，

　当那些小鱼美人还没有成群结队地

　从第聂伯河里游出来取暖和游逛。

　　　　　　　　　一八三七年于圣彼得堡

　　　　　　　　戈宝权 译①

---

① 本书中除《海达马克》一诗由任溶溶翻译外，其余均为戈宝权翻译。不
再一一作注。——编者注

歌(一)[*]

河水滚流进蔚蓝的大海，

一去永不复回；

哥萨克寻找自己的幸运，

到处只遭到失望。

这个哥萨克走遍了四面八方；

蔚蓝的大海在奔腾，

哥萨克的心啊在跳跃，

可是理智却说道：

"你没有问谁一声，就要去什么地方？

为了谁啊，你丢下自己的父亲，

年老的亲娘，

还有心爱的年轻姑娘？

在异乡，到处是陌生人，

你怎能和他们一同过活！

你找不到一个人可以谈心，

---

* 歌，原名"杜姆卡"，是乌克兰民间广为流行的一种抒情歌曲。谢甫琴科
在早期的诗歌作品中曾写过好几首这种民歌体的抒情歌曲，描写年轻
的哥萨克怎样到海外去寻求幸运却死在异乡，或是年轻的黑眉毛的姑
娘怎样思念远走他乡的爱人，结果空等了一场。

也找不到一个人能够一同哭泣悲伤。"

这个哥萨克坐在海那一边——
蔚蓝的大海在奔腾。
他总以为在什么地方会找到
幸运,——
可是遭到的却是悲伤。
一群群野鹤排成行
飞向遥远的家乡。
这个哥萨克流下了眼泪——
他走过的大路荆棘丛生,满目荒凉!

一八三八年于圣彼得堡

歌(二)

狂暴的风啊,狂暴的风!
你和蔚蓝的大海在讲话。
你掀动着它,你逗弄着它,
那就请你向蔚蓝的大海问一问。
它知道我心爱的人在哪儿,
因为它在波浪上摇荡过他,
它会说出,蔚蓝的大海,
它把他带到了什么地方。
假如它把我心爱的人淹死了——
就请你把蔚蓝的大海倒翻;
我要去寻找我心爱的人,
好消除我心里的悲伤,
我要埋葬自己不幸的命运,
变成一个鱼美人,
到漆黑的深渊里去寻找他,
我一直沉没到大海的底层。
要是找到了他——我就贴在他的身上,
紧紧偎着他的胸膛。
大海啊,风吹到什么地方,

就让波浪把我和我心爱的人带到什么地方！
假如我心爱的人在海那一边，
我的狂暴的风啊，你会知道，
他在哪儿走着，他在干什么，
你就和他讲一讲。
假如他哭泣——我也要哭泣，
假如不是这样——我就要高声歌唱；
假如我的黑眉毛的爱人已经死去，——
我也要跟着他死亡。
那时候，你把我的灵魂
带到我心爱的人所在的地方；
我要种一株红绣球花
在他长眠着的坟墓上。
在外乡的田野里，
孤苦伶仃的人将会快活起来，——
假如他心爱的姑娘
像一朵花儿斜倚在他的墓旁。
我要像一株绣球花
在他的坟头开放，
不让外乡的太阳炙烤着他，
也不让人们践踏他的坟场。
黄昏的时候我满心忧愁，
黎明的时候我泪水横流。
太阳一升起——我就把眼泪揩干，——
谁也不会看出我的悲伤。

狂暴的风啊,狂暴的风!
你和蔚蓝的大海在讲话,——
你掀动着它,你逗弄着它,
那就请你向大海问一问……

一八三八年于圣彼得堡

歌（三）

一个举目无亲的孤儿，
活在世上是多么痛苦、悲伤：
他有着无处可说的伤心事，——
真想从山坡上跳到水里去寻死！
要是年纪轻轻地淹死该多么好，
他早就厌倦了在人世间漂泊流浪；
要是淹死该多么好，——
活着是那样苦恼，
没有一处可以安身的地方。
有些人的命运，是在田地里
捡拾残留的麦穗；
可是我的命运啊，
却是无所事事地在海外流荡。
大家欢迎有钱的人：
因为人们都知道他；
人们碰见我呢——
就像没有注意到一样。
有钱的人，哪怕是个驼背，
姑娘也要对他殷勤奉承；

而她对我这个孤儿呢，
却傲慢地嘲笑一顿。
"或者因为我不漂亮，
我不中你的意，
或者因为我嘲弄过你，
我爱你爱得还不够深？
爱吧，我的心爱的，
爱吧，你想爱谁就爱谁吧，
要是你想起了我，
千万别再嘲笑我这可怜的人。
我走到天涯海角……
我在遥远的异乡，
我也许会找到更可爱的人——不然我就死掉，
如同一片被太阳晒枯了的树叶那样。"

这个哥萨克没有和任何人告别，
就伤心地离开了家乡；
他在别人的田地上寻找幸运，
从此就长眠在外乡。
临死的时候，他望着太阳
落到大海的后方……
在异乡和生命诀别，
该是多么令人痛苦、悲伤！

一八三八年十一月二十四日于加特契纳

歌（四）*

黑色的眉毛，褐色的眼睛，
它们对我有什么用场？
还有少女快乐的青春年华，
它们对我又有什么用场？
我的青春年华啊，
在白白地消逝，
眼睛流着泪水，我浓黑的眉毛
也被风啊吹得褪了颜色。
我的心儿憔悴，我的心儿悲伤，
就像失去了自由的小鸟一样。
没有幸福的命运，
我的美丽对我有什么用场？
我像个无家可归的孤儿，
痛苦地活在这个世上；
亲人们都像是些外人，

---

* 这首诗曾被《伊戈尔远征记》的译者格贝尔从乌克兰文译成俄文，发表
在《读书文库》1856 年第 11 期上，题名为《小俄罗斯民歌》，但未写出作
者的姓名，因当时谢甫琴科尚在流放中，被禁止写诗和作画，这是第一
篇用俄文发表出来的谢甫琴科的诗歌作品。

找不到一个人可以倾诉衷肠；
谁也不来问我一声，
眼睛为什么流泪忧伤；
一个少女能向谁诉说，
她心里在想着什么，
为什么心儿日日夜夜在咕咕地哀鸣，
就像只小鸽子一样；
谁也没有问起，
谁也不会知道，谁也没有听见。
外人们没有问起——
他们知道了又有什么用场？
让年华白白地流逝，
让孤儿尽情地哭泣悲伤！
当人们还没有入睡的时候，
哭吧，心啊；哭吧，眼睛啊，
高声地、伤心地痛哭吧，
让风啊听见我的哭声，
让它把我涌流的眼泪
带到蔚蓝的大海的那一方，
让我那个黑头发的不忠实的爱人，
遭到严酷的灾殃！

一八三八年于圣彼得堡

悼念科特利亚列夫斯基[*]

太阳和暖地照晒着，
风啊从田野吹向山谷，
把柳树和红绣球花树，
吹得弯垂在水面上；
在红绣球花的树枝上，
有个孤零零的小鸟巢在摇晃，——
夜莺藏到哪儿去啦？
不用打听，谁也不知道它的去向。
一回想起不幸——谁都漠不关心……
一切都已经过去，一切都已经消逝……
一回想起欢乐——心儿就枯萎啦：
为什么不停留着呢？
于是我看见，心里就想起来啦：
每当暮色苍茫的时候，

~~~~~~~~~~~~~~~~~~~~~~~~~~~~~~~~~~~

* 科特利亚列夫斯基(1769—1838)是乌克兰杰出的诗人和剧作家、现代
乌克兰文学的倡始者。他第一个用乌克兰民间语言写作，用艺术形象
表现出乌克兰人民的丰富多彩的生活。谢甫琴科对科特利亚列夫斯基
非常尊敬，称他为"父亲""科布扎歌手""哥萨克光荣的歌者"。科特利
亚列夫斯基于 1838 年 11 月 10 日（俄历 10 月 29 日）逝世，谢甫琴科当
即写成此诗对他表示悼念。

夜莺就在绣球花树上婉转歌唱——
谁都不会从旁边走过。
至于有钱的人呢，
幸运像母亲对待自己的儿女一样，
加以安慰，爱护，——
他没有离开这株绣球花树。

　　至于孤儿呢，
　　他在天亮以前就起来干活，
　　他也停下来在倾听着；
　　就好像父亲和母亲
　　在相互谈心，讲话，——
　　心儿感到激荡，真是好听啊……
　　上帝保佑的世界，像在过复活节，
　　而人待人也就像是人一样。
　　至于少女呢，
　　她每天等待着心爱的人，
　　她像个孤儿枯萎啦，憔悴啦，
　　不知好在什么地方安身；
　　她走到大路上去张望，
　　她在蔓藤中哭泣悲伤，——
　　只要夜莺婉转歌唱起来——
　　她一滴滴的眼泪就干啦。
　　她倾听着，她微笑起来，
　　她走进了阴暗的树林……
　　就像同心爱的人在讲话……
　　而夜莺还是在那儿歌唱。

那样不停地，那样平静地，像在祈祷上苍，
这时候一个坏人走出来到大路上闲逛，
他的靴筒里插着一把利刃，——
夜莺的歌声传遍树林，
突然静息了，为什么不婉转歌唱？
歌声没有阻止住这个坏人的恶毒心肠，
夜莺没有能用歌声教会他去改恶从善。

　　让他去作恶吧，让他去自取灭亡吧，
　　让乌鸦去为这个丧魂落魄的人号叫哭丧。
　　山谷沉睡啦。
　　夜莺也在绣球花树上打盹。
　　风啊在山谷里吹拂——
　　杨树的回声在飘荡，
　　回声荡漾着，就像是上帝的声音一样。
　　穷苦的人起来干活，
　　牛群在橡树林里走动，
　　姑娘们出来打水，
　　太阳照耀着——比天堂更美丽漂亮！
　　柳树在微笑——到处像在过节一样！
　　只有坏人，凶恶的坏人在哭泣悲伤。
　　一切都像往日一样——现在瞧吧：
　　太阳和暖地照晒着，
　　风啊从田野吹向山谷，
　　把柳树和红绣球花树
　　吹得弯垂在水面上。
　　在红绣球花的树枝上

有个孤零零的小鸟巢在摇晃。

夜莺藏到哪儿去啦?

不用打听,谁也不知道它的去向。

不久以前,不久以前,在我们乌克兰,

年老的科特利亚科夫斯基就曾经这样婉转歌唱;

可怜的人啊,他不再歌唱啦,他像抛弃了孤儿们一样,

他抛弃了群山、大海,还有那些他从前耽于幻想的地方,

在那儿,埃涅阿斯①

曾经牧放过小牲畜,——

一切都还留存着,一切都在悲伤,

就有如特洛伊城②的废墟一样。

一切都在悲伤,——只有光荣

像太阳一样闪着亮光。

科布扎歌手③不会死亡,

因为光荣永远照耀着他。

父亲啊,你将统率着大家,只要人们还活着,

只要太阳还在天空里照耀着,

人们不会将你遗忘!

---

① 埃涅阿斯,一译伊尼阿斯,特洛伊城王子安喀塞斯和爱与美之神阿佛洛
狄忒所生的儿子,特洛伊战争中的勇士之一。特洛伊城沦陷后,他逃离
当地,经过七年的漂泊流浪,最后到意大利定居,成为罗马人的始祖,古
罗马大诗人维吉尔在史诗《埃涅阿斯纪》(一译《伊尼特》)中记述了他
的生平和事迹。

② 特洛伊城,位于小亚细亚西北海岸,公元前十二世纪古希腊人远征特洛
伊城,进行了十年的特洛伊战争,盲诗人荷马曾在史诗《伊利昂纪》(一
译《伊利亚特》)中记述了这场战争。

③ 科布扎歌手,这里指诗人和人民歌者。

公正的心灵啊！请你接受我的话语吧，

虽然不是明智的，但却是真诚的。——请你接

受对你的敬礼吧！

别抛弃孤儿，就像抛弃橡树林一样，

飞到我的身边来吧，哪怕只讲一句话，

为我再把乌克兰歌唱！

让心儿在外乡微笑，

哪怕只微笑一次，让他见到，

你怎样用一句话，就把哥萨克的光荣

带进孤儿的贫穷的茅舍。

灰色的老鹰啊，飞来吧，因为在外乡，

我像一个孤儿生活在世上。

我想看一看辽阔的深深的大海，

我想漂浮到那一边去——但人家不给我小船过渡。

我想起了埃涅阿斯，想起了亲爱的家乡，

想起了，我就像一个孩子在哭泣悲伤。

而波浪在海那一边滚流、喧吼。

也许，我是一个愚昧无知的人，什么都看不见，

也许，在海那一边，不幸的命运也在哭泣悲伤，——

人们到处都在嘲笑着孤儿。

让他们去嘲笑吧，——在那儿，大海在奔腾，

在那儿太阳，在那儿月亮，照耀得更明亮，

在那儿，风啊同草原上的荒冢古墓谈着话，

在那儿，我和家乡在一起就不再是一个孤独的人啦。

公正的心灵啊！请你接受我的话语吧，

虽然不是明智的,但却是真诚的。请你接受我敬礼吧,
别抛弃孤儿,就像抛弃橡树林一样,
飞到我的身边来吧,哪怕只讲一句话,
为我再把乌克兰歌唱!

一八三八年于圣彼得堡

卡 泰 林 娜[*]

——献给瓦西里·安德烈耶维奇·茹科夫斯基，
纪念一八三八年四月二十二日

一

爱吧，黑眉毛的姑娘们，

但是不要爱那些军官①，

军官们是些外乡人，

他们会恶毒地愚弄你们。

军官爱你们是为了消愁解闷，

玩弄了一阵就把你们扔掉；

～～～～～～～

* 《卡泰林娜》是谢甫琴科早期的重要作品之一，在这首 750 行的长诗中，
  诗人用现实主义与浪漫主义相结合的手法，描写了乌克兰人民生活中
  的一个重大的社会题材，通过叙述乌克兰的黑眉毛姑娘卡泰林娜的不
  幸命运，控诉了沙皇军官的无情无义。谢甫琴科为了纪念俄国大诗人
  茹科夫斯基在 1838 年 4 月 22 日为他赎身之恩，就把这首诗献给了茹科
  夫斯基。谢甫琴科在 1842 年创作了同名油画《卡泰林娜》，是他的代表
  性画作之一。（"卡泰林娜"现在通常译为"卡捷琳娜"。——编者注）
① 军官，指贵族地主子弟出身的军官。

他要回到莫斯科①去，

而少女就从此毁掉……

假如只是她本人，那也没有什么，

可是她年老的亲娘，

辛辛苦苦地把她生到世上，

也要跟着她一同遭殃。

假如她知道为什么受骗，

她的心会哼着歌儿枯萎；

人们看不见这颗心，

只会说一声："这是个下贱的女人！"

爱吧，黑眉毛的姑娘们，

但不要爱那些军官，

军官们是些外乡人，

他们会嘲弄你们。

卡泰林娜既不听父亲的话，

也不听母亲的话，

她看中了一个军官，

就一心爱着他。

她爱着这个年轻人，

跟他到园子里游逛，

直到在那儿断送了

自己的幸福的一生。

母亲唤她回家吃晚饭，

① 莫斯科，泛指沙皇俄国。

女儿全不理睬;

她和这个军官玩得入迷,

就跟着他在那儿过夜。

一连好多个夜晚,

她吻着那双褐色的眼睛,

就在这时候,她的不好的名声

已经传遍了全村庄。

恶毒的人们高兴怎么讲,

就让他们怎么讲;

她只管热爱着,全没有觉察到,

不幸已经悄悄地来到她的身旁。

不祥的消息传来——

出征的号角已经吹响。

军官们要去攻打土耳其人①;

大家就把头巾扎在卡特鲁霞的头上。②

她的发辫被用头巾扎起,

但她丝毫都没有放在心上;

她只是唱着歌儿思念心爱的人,

为了心爱的人忍受着忧伤。

黑眉毛的年轻人允诺过,

只要他没有死在外乡,

就一定回到她的身旁。

---

① 指 1828—1829 年的俄土战争。

② 卡特鲁霞是卡泰林娜的爱称。按乌克兰习俗,一个少女没有举行婚礼就怀孕和生孩子,大家就要在她的发辫上扎起头巾,以示耻辱,并称她为"扎头巾的姑娘"。

那时候,卡泰林娜

要变成一个军官的太太,

从此忘掉一切悲伤;

现在人们高兴怎么讲,

就让他们怎么讲。

卡泰林娜不再忧愁悲伤——

她把眼泪揩干,

现在姑娘们也不再找她,

同到大街上散步歌唱。

卡泰林娜不再忧愁悲伤——

她揩掉辛酸的眼泪,

为了不让敌视她的邻居们看见,

就在夜半的时光,

拿着水桶去取水;

她悄悄地走到水井旁,

站在绣球花下面,

低声地把《格里茨》①的调儿歌唱。

她唱着,她说着话,

连绣球花也感到心酸悲伤。

她高兴地走回家,

因为谁都没有看见她。

卡泰林娜不再忧愁悲伤,

也不再心惊神慌——

---

① 《格里茨》,乌克兰民歌,全称是《哦,格里茨,你别去参加那晚会》,还有可能指民歌《格里茨伤心地走啦》。

她扎起新的头巾，
向着窗子外面张望。
卡泰林娜长久地望着……
这样就过去了半年的时光；
她的心口周围开始疼痛，
腰部也疼得很厉害。
卡泰林娜病倒啦，
勉勉强强地喘息着……
当她恢复了健康，就坐在壁炉旁边，
摇着自己的小乖乖。
婆娘们恶意地到处议论，
还把她的母亲嘲笑一顿，
说军官们不久就会回来，
要在她们家里投宿过夜：
"你们家里有个黑眉毛的姑娘，
现在她不是孤单单的一个人，
她正坐在壁炉旁边，
摇着军官的小乖乖。
她找到了一个黑眉毛的男人……
说不定还是你亲自教会了她这样……"
你们这些多嘴的婆娘，
叫你们都没有好下场，
你们也会像这个姑娘，
生下一个小乖乖，让人们嘲笑一场。

卡泰林娜，我的心啊！

（加夫里连科 绘）

你是多么不幸！
你带着这个小小的孤儿，
能在哪儿找到一处安身的地方？
在这个世界上，没有心爱的人，
谁会来询问你，谁会来迎接你？
父亲，母亲——都像是外人，
跟他们生活在一起真是痛苦得很！

卡泰林娜逐渐恢复了健康；
她把门窗打开，
长久地望着大街，
还一边摇着小乖乖；
她盼望着，盼望着——毫无一点音信……
也许，他一去永不回来？
她真想跑到园子里痛哭一场，
但又怕人家会论短说长。
太阳落山以后——
卡泰林娜才跑到园子里去闲逛，
手里抱着孩子，
她环顾着四方：
"我曾经在这儿等待过他，
我们曾经在这儿讲过话，
还有那儿……那儿……我心爱的小乖乖！……"——
她想讲的话没有讲出来。
园子里樱桃树的枝叶，
已经闪耀着绿光；

卡泰林娜走进园子，
就像从前一样。
她走进园子，
只是不像从前那样歌唱，
也不再站在樱桃树下，
等待那个年轻的军官。
黑眉毛的姑娘现在无心歌唱，
她在诅咒自己的命运。
就在这时候，那些恶毒的巫婆，
正把她的事情纷纷议论——
她们讲着各种恶毒的话语。
她能有什么办法？
假如黑眉毛的爱人和她在一起，
她就有了一个庇护的人……
可是黑眉毛的爱人在遥远的地方，
他既听不见，他也看不见，
敌视她的人怎样在嘲笑她，
卡特鲁霞又怎样在哭泣悲伤。
也许，黑眉毛的爱人被打死啦，
躺在静静的多瑙河的那一方；
也许，他已经回到莫斯科，
正爱抚着另外一个姑娘！
不，她的黑眉毛的爱人没有死，
他还活着，他很健康……
在什么地方能找到这样一双眼睛，
这样一对黑色的眉毛？

在全世界，在全莫斯科，
在遥远的海外——
没有一个人像卡泰林娜这样漂亮；
但是她的命运真叫人痛苦悲伤！……
看来，母亲只能给她一对美丽的眉毛，
还有一双褐色的眼睛，
但是她没能把幸福带给女儿，
让她快乐地生活在世上。
没有幸运，漂亮的脸——
像是田野里的小花一样：
太阳烤晒着，狂风吹打着，
谁要是高兴就把它连根拔光。
卡泰林娜，揩掉你漂亮的脸上的
辛酸的眼泪吧，
军官们早已沿着另外的大路，
回到了自己的家乡。

二

年老的父亲坐在桌子旁边，
两手紧捂在低垂着的头上；
他不想再看见这个世界：
只是深深地叹息悲伤。
年老的母亲靠着他，
同坐在一张长板凳上，
她含着眼泪，低声地

责备着自己的女儿：

"我的女儿啊，你什么时候才结婚？

你的未婚夫在什么地方？

还有那些手里拿着花烛的女伴们、

媒人们和男傧相们，又在什么地方？

我的女儿，他们都远在莫斯科！

你在那儿可以找到他们，

但别对那些善良的人们讲起，

你还有一个亲娘。

唉，就在那个该诅咒的时辰，

我把你生到世上！

假如早知道如此，

我在天亮以前就把你淹死……

我宁可那时候把你丢给蛇，

也不让你现在落在军官的手上……

我的女儿，我的女儿，

我的小小的玫瑰花儿！

像一颗草莓，像一只小鸟，

我爱抚你，我把你抚养大，

就是为了受难遭殃……我的女儿，

你造下了什么孽啊？……

你就这样感谢了我啊！……

现在你到莫斯科找你的婆婆去吧。

你既不肯听我的话，

那就去听她的话。

走吧，女儿啊，赶快去找她，

找到了她,孝敬她,
在外乡人中间过着幸福的日子,
从此别再返回老家!
我的孩子啊,你不会从遥远的地方,
再回到自己的家乡……
没有你在我的身旁,
有谁来把我这个老太婆埋葬?
有谁会像亲生的儿女
在我的坟前哭泣悲伤?
有谁会种一株红绣球花
在我的坟头上?
除了你之外,
还有谁会想起我这个有罪的灵魂?
我的女儿,我的女儿,
我的亲爱的孩子!
你从我们这儿走开吧! ……"
她勉强低声地
祝福了自己的女儿:
"愿上帝保佑你!"刚说完这句话,
就像死人似的昏倒在地上……

年老的父亲说道:
"不幸的人啊,你还等待什么呢?"
卡泰林娜痛哭了起来,
双膝跪倒在地上:
"我的父亲,求你宽恕我,
求你宽恕我造下的孽吧!

我的亲人，我亲爱的老鹰①，
求你宽恕我吧！"
"愿上帝和善良的人们
都会宽恕你；
向上帝祈祷，就赶快上路——
这样我的心才会感到舒畅。"

卡泰林娜慢慢地站起来，行了个礼，
一声不响地走出了茅舍；
年老的父亲和母亲
从此孤苦伶仃地活在世上。
她走进樱桃园，
祈祷了上苍，
再从樱桃树下拿起一小撮泥土，
把它系在胸口的十字架旁；
她说道："我不会再回来啦！
我要死在遥远的地方，
陌生的人们会把我埋葬在
外乡的土地上；
让人们把这一小撮泥土
撒在我的身上，
让它向人们讲起
我遭遇的不幸和我的悲伤……
不，我亲爱的孩子，你别讲！

---

① 老鹰，或雄鹰，是对亲人的爱称。

不管人们把我埋葬在什么地方，
只要善良的人们
不再责备我在这个世界上的过错。
你不会讲……可是谁会讲起，
我是他的亲娘！
我的天啊！……我是多么悲伤！
我到哪儿能找到一处安身的地方？
我的孩子，
我真想投水自尽，
那时候，你就是一个没有父亲的孤儿，
为我赎罪受苦，
在人世间漂泊流浪！……"

卡泰林娜沿着村庄走着，
一边走，一边哭泣悲伤；
她用头巾包着自己的头，
把孩子紧紧抱在手臂上。
她走出了村庄——心里疼痛得很；
她回过头来张望，
摇了一摇头，
于是放声痛哭起来。
就像一株长在荒野里的白杨，
孤立在满是灰尘的大路旁；
眼泪像是太阳上升以前的露珠，
不断地滚流到地上。
含着辛酸的眼泪，

她什么都看不清楚，
只是紧紧抱着自己的儿子，
吻着他和哭泣着。
他啊，是个可爱的小天使，
不懂得什么叫做悲伤，
在用两只小手
摸着母亲的胸膛。
太阳落山了，橡树林后面的天空，
映满了红色的霞光；
她把眼泪揩干，转过身来，
向前走过去……很快就消失在远方。
村子里的人们讲了不少闲话，
他们长久地论短说长，
可是年老的父亲和母亲
再也听不到他们的谩骂……

在这个世界上，
人就是这样折磨着人！
他们把这个人绑起，把那个人杀死，
另一个人把自己毁掉……
为了什么？只有上帝知道！
世界看起来辽阔得很，
但在这个世界上，
那些孤苦伶仃的人，
却没有一处地方可以安身。
这一个人，从这边到那边，

拥有一大片宽阔无边的田地，
可是另一个人，就只有一小块
在他死后葬身的地方。
善良的人们到哪儿去啦？
心愿意热爱他们，
愿意跟他们一同生活，
可是他们消失得无影无踪！

在世界上有幸运，
可是谁知道它？
在世界上有自由，
可是谁得到它？
世界上有一些人——
他们周身闪耀着金光和银光，
他们看来仿佛是老爷，
但他们并不知道幸福——
他们既没有自由，也没有幸运！
他们和穷困痛苦结成亲人，
穿着同一件短上衣，
但他们却不敢当着人流泪悲伤；
你们拿走金银财宝，
都变成有钱的人吧，——
而我要拿走眼泪——
尽情地哭泣悲伤；
我要用辛酸的眼泪
把不幸淹死，

我要用自己的光脚
去践踏奴役的生活!
当我的心啊
自由自在地游逛,
那时候,我才会变得富足,
那时候,我才会感到快活!

三

猫头鹰号叫,橡树林沉睡,
星星在天空里闪耀着光芒,
金花鼠顺着大路,
在杂草丛中来回游逛。
善良的人们是那样疲倦,
他们都早已进入梦乡:
有的人由于幸福,有的人由于悲伤,
这时候夜色把大家都笼罩上。
深蓝色的黑夜把所有的人笼罩着,
就像母亲爱抚着儿女们一样;
卡泰林娜要在什么地方过夜:
在树林里,还是在茅舍?
或者是坐在田野里的干草堆下,
爱抚着自己的小乖乖,
或者就躲在橡树林里的大树干下,
防备着野狼的袭击残害?

黑眉毛的姑娘们，
你们宁可别生到世上，
假如你们在生活里，
要遭到这么多的痛苦悲伤！
她今后的日子怎么过呢？
只有愈来愈痛苦心伤！
她在大路上会遇到遍地的黄沙
和陌生的外乡人；
她会遇到严酷的寒冬……
也许，她还会遇到那个心爱的人，
他会认出卡泰林娜，
爱抚着自己的儿子？
和他在一起，黑眉毛的姑娘
就会忘掉大路、黄沙和悲伤：
他会像母亲似的拥抱她
他会像弟兄似的跟她谈心讲话……

让我看一看和听一听再说吧……
当现在休息的时光，
我就顺便打听一下，
通到莫斯科的大路朝着什么方向。
弟兄们，我知道这条大路，
这条路啊又远又长！
只要一想起它，
我的心马上变得冰凉。

我曾经量过这条大路，①

宁可还是别量它！……

我要是讲起那些伤心事，

有谁会相信它！

大家会说（当然不是当着我说）：

"这个没出息的家伙，净在胡说！

他说了一大堆的废话，

把人弄得愈来愈糊涂。"

诸位，你们说得对，说得对！

你们听了有什么用场，

难道我要在你们面前

流着眼泪哭泣悲伤？

这跟你们有什么关系？……

要晓得，每个人都有不少的伤心事……

别去管它吧！……

还是把打火石和烟草拿给我，

让我好好抽上一口烟，

家里的人就不会痛骂我。

否则净谈这些伤心的事，

做梦都会见到可怕的景象！

还是别去提它吧！

让我现在看一看，

① 1831 年 2 月谢甫琴科童年时曾跟在地主老爷恩格尔哈特的行李车后面走过这条大路，前往圣彼得堡。一路上他的一只皮靴坏了，掉了脚掌，为不致冻坏脚，他不得不更换穿着那只好的皮靴走路。

这时候我的卡泰林娜和伊瓦斯①，

正在什么地方漂泊流浪。

在第聂伯河的左岸，在阴暗的树丛下，

在通到基辅的大路上，

盐粮贩子②们一边走着路，

一边唱着"哦，一只枭鹰站在坟墓上"③。

就在这时候，一个年轻的女人，

也许是朝圣回来，走在同一条大路上。

她为什么那样不快活，

两眼流泪，痛苦悲伤？

她穿着一件周身满是补丁的长袍，

一个包袱挂在肩背上，

这一只手里拿着拐杖，

另一只手里抱着一个小乖乖。

当她碰到盐粮贩子们的时候，

就把小孩遮盖了起来。

她问道："善良的人们，

通到莫斯科的大道在什么地方？"

"到莫斯科去吗？就是这条大路！

---

① 伊瓦斯，伊万的爱称。

② 盐粮贩子，旧日乌克兰的农民，他们用牛车把乌克兰的粮食运到黑海的港口（如敖德萨）和波罗的海的港口（如格但斯克）去出卖，又从当地把食盐、干鱼和其他各种商品运回乌克兰。在乌克兰有很多歌唱盐粮贩子的民歌，谢甫琴科也常在诗歌中提到盐粮贩子。

③ "哦，一只枭鹰站在坟墓上"，乌克兰民歌的名称。

48

可怜的人啊,远得很!"

"我要到莫斯科去。看在耶稣的面上,

施舍给我几个钱吧!"

她捡起半个戈比,浑身哆嗦着:

心里感到非常慌张!……

这个小钱有什么用场?……可是孩子呢?

她是这个可怜的小孩子的亲娘!

她流着眼泪,顺着大路往前走,

在布罗瓦里①休息了一会儿,

就用那个可怜的小钱,

买了个蜜糖饼子给自己的小乖乖。

这个可怜的人啊,她长久地走着走着,

向过路的人们打听着行程;

有时候,她就在篱笆下面

跟自己的小孩子露宿过夜……

姑娘们,你们为什么生下来要有一双褐色的眼睛!

难道就是为了在别人的篱笆下面流泪悲伤!

姑娘们,你们注意着,否则你们会后悔懊丧,

别让军官们来找上你们,

别让自己也遭到卡特妮娅②一样的命运……

你们不要再问:为什么人们要议论你们,

为什么人们不让你们走进茅舍借宿到天亮。

---

① 布罗瓦里,离基辅不远的一个大村镇,前往莫斯科的大道必经的地方。

② 卡特妮娅,卡泰林娜的爱称。

黑眉毛的姑娘们，你们别再问吧，
要晓得，人们并不知道；
假如上帝要惩罚谁，
他们也就惩罚谁……
人们好像蔓藤一样，
风吹到什么方向，它们就弯到什么地方。
太阳照耀着孤儿，
（它照耀着，但并不能使他温暖）——
要是人们有足够的力量，
他们也会遮蔽住太阳的光亮，
不让它照耀着孤儿，
不让它晒干他的眼泪。
我的天啊！这是为了什么？
为什么她要这样痛苦悲伤？
她对人们做了什么不好的事情，
为什么人们需要这样？
尽让她哭泣悲伤！……我的心啊！
别再哭吧，卡泰林娜，
别让人们看见你的眼泪，
忍耐着，直到最后死亡！
别让你长着黑眉毛的脸，
失掉了美丽的光辉——
当太阳上升以前，在阴暗的丛林里，
用眼泪去洗你的脸。
你用眼泪洗着脸——谁也不会看见，
谁也不会嘲笑你一场；

只有当流着眼泪的时候，
心里才会感到舒畅。

姑娘们，瞧着吧，这是多么不幸。
军官玩弄了卡特鲁霞一阵，就把她扔掉。
她跟他相爱，却没有看到苦痛的命运已经来临，
大家虽然看见，可是谁对她都丝毫没有一点怜悯：
他们会说："让这个下贱的姑娘毁掉吧，
假如她不懂得爱惜自己！"
姑娘们，在这个不幸的年代要多加小心，
别让那些军官来找上你们。
现在卡泰林娜在什么地方漂泊流浪？
她在篱笆下面露宿过夜，
天明以前就爬起身来，
急急忙忙地奔往莫斯科的方向；
突然间——寒冬来临了。
暴风雪在荒野里喧吼，
卡泰林娜在大路上奔跑，
脚上拖着一双破烂的树皮鞋，——真是可怜啊！——
身上只穿着一件单薄的长袍！
她一瘸一瘸地向前走；
瞧——远处闪动着一片光亮……
也许是官兵们回到了家乡……
苦命人啊……她的心差不多停止了跳跃……
她向他们飞奔过去，
就对他们问道："我的黑眉毛的伊万，

在你们这儿吗?"

他们回答说:"我们不晓得这样一个人。"

不用说,他们按照士兵的习气,

嘲弄着她,开起玩笑来:

"啊呀,你这个娘儿! 啊呀,我们这伙子人!

你别想来欺骗人!"

卡泰林娜看了他们一眼:

"你们啊,原来也都是这样的人!

别哭吧,我的不幸的小乖乖!

一切都听从命运来安排。

我已经走了好多路,我还要再向前走……

也许我们会遇到他;

我的小鸽子,我要把你交在他的手上,

然后自己就躺进坟场。"

暴风雪在喧吼、嚣叫,

在荒野里回旋飘荡;

卡特妮娅孤独地站在田野中间,

尽情地哭泣悲伤。

暴风雪刮得困倦了,

某些地方已经静息了下来;

卡泰林娜想要再哭,

干枯了的眼泪再也流不出来。

她看了一下被眼泪

滴湿了的小乖乖,

就好像一朵鲜红的小花,

在晨露下面闪着光彩。
卡泰林娜微笑了起来，
辛酸地微笑了起来：
但在心里，像有一条黑色的毒蛇
在盘绕绞动着。
她静默无语地环顾了一下四周；
她看见——前面是一片黑色的树林，
在树林附近，在大路旁边，
像有一间茅舍在闪着微弱的白光。
"我们走吧，小乖乖，天快黑啦……
也许，人们会让我们走进茅舍；
假如不让呢，
那我们就在露天里过夜。
我的伊万小乖乖，
那我们就在茅舍旁过夜！
假如我不在世上的话，
你要到哪儿去过夜？
我的小乖乖，你要在院子里，
跟看家狗同住在一块！
看家狗很凶恶，它们虽然会咬人，
但它们不会讲话，
它们不会嘲笑你一顿……
跟看家狗在一块，你有吃有喝……
唉，我的可怜的小乖乖！
可是我要到哪儿去安身？"

连一只孤苦伶仃的狗都懂得幸福，

人们有时还会爱抚爱抚它；

即使大家会打它，用铁链把它锁起来，

但没有人会把它的亲娘嘲笑一顿，

可是伊瓦斯呢，当他还没有学会讲话，

大家很早就问他：

狗在大街上向谁狂吠？

是谁饥寒交迫地在篱笆下面过夜？

是谁在带领着讨饭的乞丐？黑眉毛的私生子啊……

他只有一种幸运——就是长着一对黑色的眉毛，

人们不是白白地把这对眉毛给了他！

四

在山下面，在深谷中，

黑特曼统治时代①遗留下的许多株橡树，

像长着高高的前额的老年人耸立着。

深谷里有一座拦洪坝，上面排列着一行垂杨，

水塘上覆盖着一层厚冰，

冰上有个窟窿供人们取水……

太阳像个红色的圆盘，

穿过云雾放射出光芒，

---

① 黑特曼是十六世纪末扎波罗热哥萨克军事首领的称号，十七世纪至十八世纪成为第聂伯河左右岸一带乌克兰地区统治者，曾多次领导哥萨克农民起义。1667—1764 年通称为黑特曼统治时代。

狂风吹荡着;它吹刮得——
什么都看不见:到处是一片银白……
只有狂风的吼叫声在树林里喧响。

暴风雪在怒吼、嚣叫,
刮过树林时发出一阵阵喧响;
银色的荒野像一望无边的海洋,
白雪在它的上空旋舞飞扬。
一个管林人走出茅舍,
想看一看树林,
可是一瞧! 多么大的风雪,
什么都看不见!
"唉,好大的暴风雪啊!
让树林见鬼去吧!
还是走回茅舍去……那儿是什么?
难道是鬼怪!
那是妖魔在带领着他们,
好像在干什么勾当。
尼奇波尔! 瞧一瞧,
那是什么在闪着白光?"
"是官兵们吗? ……官兵们在什么地方?"
"你怎么啦? 你发生了什么事啦?"
"可爱的官兵们在什么地方?"
"在那儿,就在那儿!"
卡泰林娜飞奔过去,
甚至都没有穿好衣裳。

“看起来,莫斯科这个念头,
在她的心里面生下了根!
假如她在黑夜里漂泊流浪,
嘴里就只喊着军官的名字!”
她跨过树干,穿过风雪,
气喘喘地向他们飞奔过去。
她光着脚站在大路上,
用衣袖把眼泪揩光。
官兵们迎面朝着她走过来,
大家都同一个样子骑在马上。
“我的不幸啊,我的苦命啊!”
她向他们冲过去……她看见——
骑着马走在最前面的是一位官长。
“我的可爱的伊万!
我的亲爱的心上人!
你为什么迟迟才回到家乡?”
她向他冲过去……一把抓住缰绳……
他看了一眼——
就用马刺把马刺了一下。
“你为什么要避开我?
难道你忘掉了卡泰林娜?
或者你不认识我?
我的心爱的,你看着我,
你把我好好地看一眼:
我是你亲爱的卡特鲁霞。
你为什么要拉开缰绳?”

可是他好像什么都没有看见,
就催着马急奔开去。
"我的亲爱的,请你等一等!
你瞧,我不再哭泣悲伤!
伊万,难道你不认识我?
我的心上人,你看我一眼,
天哪,我是你的卡特鲁霞!"
"混蛋! 你胆敢这样!
把这个疯婆娘拖开去!"
"我的天哪! 伊万!
你要把我抛弃?
要晓得,你曾经对我发过誓!"
"把她拖开去! 你们都怎么啦!"
"把谁拖开去? 要把我拖开去?
你这是为了什么? 告诉我,我的亲爱的!
你要把自己的卡特妮娅
交给谁呢?
她曾经跟你一同到园子里去相会,
她曾经为了你啊,
生下一个小儿子。
我的亲爸爸,我的亲哥哥!
你不要避开我!
我愿意当你的女用人……
哪怕你爱上另外一个人,
哪怕你走遍全世界……
我要忘掉我曾经怎样爱过你,

我怎样为你生了一个儿子，
我怎样变成一个扎头巾的姑娘，
一个扎头巾的姑娘……这是怎样一种耻辱！
我白白地把自己毁掉！
你丢下我，你要永远把我忘掉，
可是不要丢下自己的儿子。
你不会丢了他吧？……我的心上人，
请你暂且不要走开……
我去给你把儿子抱过来。"
她撒开了缰绳，
立即奔回茅舍。
回来的时候，手里抱着孩子。
这是个没有包裹好的
在哭泣着的可怜虫！
"你瞧一瞧，这就是他！
你到哪儿去啦？躲藏起来啦！
走掉了！……人不见了！……现在，我的小乖乖，
你成了一个没有父亲的孤儿了！
我的天哪！……我的亲爱的孩子！
我们怎么办呢？
你们这些可爱的官兵们！
把孩子带走吧；
亲爱的，你们不用避开我！
要晓得，他是一个孤儿；
你们带着这个孩子，
把他交给你们的长官吧。

你们带着他……我要抛开他啦，
既然他的父亲把他丢下——
那就让他不会得到
一个好下场吧！……
小乖乖，妈妈因为罪孽
把你生到世上；
把你抚养大，只是让人们嘲笑一场！"
她把孩子放在大路上。
"小乖乖，去寻找你的父亲吧，
正像我寻找他那样。"
她像发了疯似的从大路上奔向树林！
可怜的小孩子被丢在那儿，
放声大哭起来……
官兵们都无动于衷地从旁边奔驰过去。
这样也许更好一些；不巧，山上管林的人们
就在这时候听见了孩子的哭叫声。

卡特妮娅光着脚在树林里奔跑，
一边奔跑一边号叫；
她一会儿咒骂伊万，
一会儿哭泣，一会儿祈求。
她一直奔到树林旁边；
向四周张望了一下，
就向那个深谷奔过去……
她静默无语地站在水塘中间。
"上帝啊，你拿走我的灵魂！

而你呢，就拿走我的身体吧！"
她说完话就投到水里面去！……
冰下面的水流就把她席卷而去。

黑眉毛的卡泰林娜，
找到了她要寻找的下场！
狂风在水塘上面吹荡——
卡泰林娜已经消失得无影无踪。

那不是狂暴的风吗，
在把橡树吹断；
那不是不幸的苦命吗，
逼得母亲死亡；
那不是孤儿孤女吗，
把自己的母亲埋葬；
死后只剩下一座坟墓，
还有好的名声留在世上。
让恶毒的人们去嘲笑
可怜的小孤儿吧；
在坟上流尽了眼泪——
心里才会感到舒畅。
既然父亲没有看见过他，
母亲也已经死亡，
他再没有什么亲人
在这个世界上。
这个私生子还剩下什么呢？

又有谁去和他讲话？

既没有亲人，又没有住的茅舍，

到处就只有大路、黄沙和悲伤……

他的脸像父亲，长着一对浓黑的眉毛，……

为了什么？ 为了好让人家知道！

母亲给了他这对眉毛，什么都没有隐讳……

假如它们的黑色能够褪掉，就能把真情掩藏！

五

一个前往基辅的科布扎歌手，

坐在大路旁边休息，

带路的小孩背着个破布袋，

坐在他的身旁。

小孩子紧靠着他，

在太阳下面打盹，

这时候，年老的科布扎歌手

就将《耶稣》①的赞美诗低声歌唱。

过路的人不只是从旁边走过：

有些人给个面包圈，有些人给几个小钱；

有些人施舍给老头儿，

可是姑娘们都施舍给这个小孩，

黑眉毛的姑娘们看着这个小孩——

① 《耶稣》，科布扎歌手演唱的节目之一，指从《圣诗集》(《圣经·旧约·诗篇》)中选出的赞美诗。

他光着双脚，他露着全身。

她们说道："妈妈给了他一对黑色的眉毛，

可是没有给他幸运！"

一辆华丽的六套马车

沿着大路驶向基辅城，

坐在马车里的是太太、

老爷和全家人。

马车在老头儿旁边停住——

卷起了一阵灰尘。

他们从窗口

用手招呼伊瓦斯。

太太给了他几个小钱，

仔细地看着他。

老爷一看……马上转过身来，

他这个薄情负义的人啊，

他认出了这双褐色的眼睛，

还有这对浓黑的眉毛……

父亲认出了自己的儿子，

但却不愿意承认。

太太问他叫什么名字？

"我叫伊瓦斯。""真是可爱得很！"

马车移动了，

灰尘又盖满了伊瓦斯一身……

这两个可怜的人，数了一下他们讨到的小钱，

然后站起身来，

向着上升的太阳做了祈祷，
就重新走上他们的路程。

　　　　　　一八三八年于圣彼得堡

塔拉斯之夜[*]

一个科布扎歌手坐在十字路口，

把科布扎的琴弦弹响；

一群小伙子和姑娘们站在周围——

他们就好像罂粟花在盛开怒放。

科布扎歌手弹着琴，放声歌唱，

他一字一句地唱着，

俄罗斯人、鞑靼人、波兰人

怎样同哥萨克在打仗；

星期天的一清早，

大批人聚集起来；

怎样在绿色的谷地里

---

* 这首诗根据《罗斯史》中有关哥萨克首领塔拉斯·费奥多罗维奇的事迹写成。当时由斯坦尼斯拉夫·科涅茨波尔斯基统率的波兰贵族地主的雇佣兵，不仅残酷地镇压哥萨克，而且大批杀害乌克兰的平民。因此乌克兰人民开展了广阔的游击战争，其中很多游击队伍参加了塔拉斯·费奥多罗维奇的队伍。1630年5月22日夜，他们在第聂伯河支流特鲁巴伊洛的佩列雅斯拉夫利古城的附近经过三天三夜的激战，终于粉碎了科涅茨波尔斯基的军队。这次战斗是在夜里进行的，因此被称为"塔拉斯之夜"。《罗斯史》中的记载并不完全符合史实，其中不少来自民歌和传说。这次起义由于哥萨克上层的叛变，在1630年底被最后镇压。

把哥萨克深深埋葬。

科布扎歌手弹着琴,放声歌唱——

甚至连不幸的苦难也笑了起来……

"曾经有过黑特曼统治时代,

可是它一去永不复还。

曾经有过自由自在的生活,

可是从此就不再存在!

但是哥萨克的光荣,

我们永远都不会遗忘!

"乌云从利曼①河口升起,

另一些乌云则来自田野;

乌克兰伤起心来——

这就是她的命运!

她伤心,她哭泣,

有如年幼的婴孩。

没有人来拯救她啦……

哥萨克已经衰败啦;

光荣啊,祖国啊也已经衰落啦;

真不知如何是好;

哥萨克的孩子们成长起来,

他们没有受过洗礼;

相爱的人不能举行婚礼;

人们没有神父就被埋葬;

---

① 利曼,扎波罗热哥萨克对第聂伯河与布格河流入黑海的地区的叫法。

信仰被出卖给了犹太人，

教堂不让人们走进大门！

波兰人，合并派①，

就像寒鸦似的飞来，

在田野里叫喊，

不给人们以任何愉快。

纳利瓦伊科②揭竿而起——

克拉夫钦纳③已经不在！

哥萨克巴甫柳迦④相继奋起，

继他之后向敌人猛冲！

塔拉斯·特里亚西洛⑤又站了起来，

他流着痛苦的眼泪高叫：

'我的不幸的乌克兰啊，

你遭受到波兰人的践踏！'

① 合并派，主张东正教和天主教的教会合并的信徒。在 1596 年进行了所谓布列斯特教会合并，此后乌克兰和白俄罗斯的东正教必须承认罗马教皇的最高权力和天主教教义，但在乌克兰和白俄罗斯为保卫东正教而进行的斗争中，反映出反对波兰地主压迫统治的斗争。

② 纳利瓦伊科（？—1597），1594—1596 年领导乌克兰人民反对波兰地主统治，后被哥萨克上层分子出卖，被波兰地主俘获，1597 年 4 月 21 日在华沙被处以五马分尸的磔刑；另据民间传说他是在铜锅里被活烧死的。

③ 克拉夫钦纳，在乌克兰文中意为"裁缝"，一说指纳利瓦伊科出身裁缝家庭，另一说指纳利瓦伊科率领的队伍。

④ 巴甫柳迦，原名帕夫洛·米赫诺维奇·布特（？—1638），1637 年领导扎波罗热哥萨克反对波兰地主的斗争，起义失败后被俘，1638 年在华沙被处以死刑；另一说几年后他又参加了塔拉斯·基奥多罗维奇的队伍。

⑤ 塔拉斯·特里亚西洛，扎波罗热哥萨克对塔拉斯·费奥多罗维奇的称呼。

乌克兰啊,乌克兰!

你是我的心啊,你是我的母亲!

只要一想起你的命运,

我的心啊就哭泣悲伤!

哥萨克到哪儿去啦,

还有那些鲜红的披肩①?

自由的命运啊,

还有那些矛锤②、黑特曼们,

如今又在何方? 一切都化为灰烬,

而那蔚蓝的大海

不是淹没了你的山岗,

那些高耸的荒冢古墓?

山岗沉默,大海喧腾,

荒冢古墓在黯然悲伤,

哥萨克的孩子们啊,

受尽了敌人的压迫!

大海啊,喧腾吧,山岗啊,沉默吧!

任风在田野里吹荡!

哭泣吧,哥萨克的孩子们,——

这就是你们的命运!

塔拉斯·特里亚西洛站了起来,

他捍卫我们的信仰,

他像灰色的雄鹰站起来啦,

① 披肩,过去乌克兰人穿着的短上衣。

② 矛锤,哥萨克首领的尊严的象征。

67

好让波兰人见识见识!

特里亚西洛站起来啦,他说道:

'我们受够了苦难啦!

起来,弟兄们,起来,

让我们跟波兰人去打仗!'

"特里亚西洛战斗着,

已经不只是三天三夜,

从利曼一直到特鲁巴伊洛①,

田野里盖满了尸体。

这时候哥萨克筋疲力竭,

大家给愁云笼罩,

可恨的科涅茨波尔斯基②

顿时扬扬得意起来;

他召集波兰贵族,

为他们大摆宴席。

特里亚西洛集合起哥萨克——

向他们发了命令:

'阿塔曼③们,伙伴们,

我的弟兄们,孩子们!

请给我出主意吧,

我们将怎样过活?

① 特鲁巴伊洛,俗名"特鲁别日",第聂伯河左岸的支流之一。

② 科涅茨波尔斯基(1591—1648),波兰贵族地主雇佣军的统帅,进攻乌克
兰时于塔拉斯之夜惨败。

③ 阿塔曼,哥萨克军队中长官的名称。

仇敌的波兰人把我们杀死，
现在正在大摆宴席。'
'让他们去大摆宴席吧，
让他们祝自己健康吧！
该死的，让他们大摆宴席，
只要太阳一落山，
黑夜母亲会来帮助我们，
哥萨克要向波兰人报仇雪恨。'

　"太阳已经落山啦，
星星在闪闪发光，
哥萨克有如乌云，
把波兰人紧紧围困。
明月当空照耀，
大炮齐声轰鸣，
波兰的老爷太太们蓦然惊醒——
但已来不及逃命！
波兰的老爷太太们蓦然惊醒——
但已来不及脱身；
太阳升起来——波兰的老爷太太们
已尸体到处横陈。

　"阿利塔河①的水啊
带着红色的污血滚流，

---

①　阿利塔河，特鲁巴伊洛河的支流。

白嘴鸦从田野里飞来，
把波兰老爷太太们的尸体饱餐。
黑色的白嘴鸦飞来，
要把波兰的贵族们唤醒；
哥萨克集合起来
大家在祈祷上苍。
黑色的白嘴鸦在呱呱地叫，
它们把死人的眼睛都啄掉；
哥萨克歌唱起来，
歌唱那些夜晚，——
那些流血的夜，
对于哥萨克，
它成了光荣的塔拉斯之夜，
至于波兰人则被送进阴间地府。

"在小河旁，在净洁的田野上，
荒冢是黑影重重；
在哥萨克流过血的地方，
现在是草儿青青。
一只乌鸦在荒冢上
饿得呱呱地叫……
哥萨克回想起黑特曼的时代，
禁不住流泪悲伤！"
科布扎歌手难过得一声不响；
两手不再拨动琴弦歌唱。
小伙子和姑娘们站在周围，

大家也在擦着自己的泪水。

科布扎歌手沿街走去——
琴弦在悲伤中鸣响!
小伙子们在周围跳起舞来,
科布扎歌手又开始歌唱:
"往事就让它过去吧!
孩子们,让我坐下来暖一会儿,
我心里烦恼,想到小酒馆去,
在那儿找到自己的老婆,
找到了老婆,喝个烂醉,
把敌人好好地嘲笑一场。"

一八三八年十一月六日于圣彼得堡

"我的歌啊,我的歌"*

我的歌啊,我的歌,
我多么为你们悲伤!
为什么你们像忧郁的行列
横排在纸上?……
为什么风啊,没有把你们像灰尘一样,
吹散在草原上?
为什么悲伤啊,没有把你们像婴儿一样,
催送进梦乡?……

悲伤把你们生到世上,为的是让人们来嘲笑,
你们流尽了眼泪……为什么没有把它淹没,
为什么没有把它带进大海,没有把它从田野里冲光?……
这样人们就不会再问我有什么苦痛,
不会再问我为什么要诅咒命运,
为什么要在世上受苦受难?

---

* 这首诗最初于 1840 年印在谢甫琴科的诗集《科布扎歌手》的卷首,有如一篇序言。从这时起,谢甫琴科在自己的诗歌里开始塑造科布扎歌手的形象,歌颂乌克兰人民的英勇斗争,唤起人民对母亲乌克兰的热爱。(本诗原无题,为方便阅读,取首句为诗名。以下同。——编者注)

人们就不会嘲笑地说:"那是由于穷极无聊!"

　　我的花朵,我的孩子!
为什么我要热爱你们,为什么我要照顾你们?
在这世上,是否还有一颗心啊在哭泣悲伤,
正像我和你们一起伤心那样?……也许,我猜对了……
也许,能够找得到一颗少女的心,
还有她那双褐色的眼睛,
为了你们这些歌儿流下眼泪,——
此外我什么都不再企望。
只要那双褐色的眼睛流下一滴清泪,——
我就会感到欣慰!

我的歌啊,我的歌,
我多么为你们悲伤!

为了那双褐色的眼睛,
为了那双浓黑的眉毛,
心在跳跃,心在欢笑,
它要尽可能
把心里的话倾吐出来,
在这些话里浮现出茫茫的黑夜,
绿色的樱桃园,
少女的温存……
辽阔的草原,
还有在乌克兰耸立的那些荒冢古墓,

可是在这异乡，

心却停止跳动，不想再歌唱……

也不想在冰天雪地，在大森林里，

召集手里拿着权杖①和矛锤的

哥萨克的部队来一同商量。

让哥萨克的心灵

在乌克兰的上空飞翔吧——

在那儿，从边疆到边疆，

是那样辽阔，是那样舒畅，……

就像那消逝了的自由一样，

辽阔的第聂伯河有如海洋，

到处是一望无边的草原，急流的石滩②在喧吼，

荒冢古墓像耸立的山岗。

哥萨克的自由啊，

就在那儿诞生，矫健地成长；

它把波兰贵族和鞑靼人的尸体，

当它们还没有冷却的时候，

横陈在田野上，

把它们埋葬了以后，

自己也躺下安息……这时候，

---

① 权杖，十六至十七世纪乌克兰哥萨克首领的权威的象征。

② 石滩，指乌克兰的第聂伯罗彼得罗夫斯克和扎波罗热之间第聂伯河上七十多公里的河滩，十六至十八世纪这里是为争取自由而斗争的哥萨克的营地，他们在这一带建立独立的军事组织，反抗侵略者及压迫者。1709 年彼得大帝下令解散，1775 年叶卡捷琳娜女皇再度下令彻底解散。下文中的"营地""哥萨克的营地"均指这个，又称"扎波罗热的赛切"。

荒冢在它上面耸立起来，

黑色的鹰像守卫人一样，

在它的上空翱翔，

科布扎歌手就向善良的人们

把它的事迹歌颂宣扬。

这些可怜的盲乐师，

歌唱着那些往事，——

因为他们都是能手……可是我呢，我呢，

只会哭泣悲伤，

只会为乌克兰流泪，

却讲不出什么话来……

可是悲伤呢……让它滚开吧！

谁不知道它！……

特别是那些用心灵的眼睛

来观察人们的人，

在这个世界上只看得见地狱，

而在另外一个世界上……

       我不想用悲伤

来为自己召唤幸福，

假如幸福与我完全无缘。

让厄运活上三天吧，——

我要把它埋葬起来，

让悲哀像毒蛇一样

盘绕在我的心头，

这样敌人就不会看见

悲伤怎样在欢笑……
让我的歌像乌鸦一样
号叫,飞翔,
可是我的心呢,
要像夜莺一样歌唱,
并且偷偷地哭泣悲伤——人们既然
看不见,
也就不会把它嘲笑一场……
不要把我的眼泪揩干,
让它们流着吧,
它们要日日夜夜地
灌溉别人的田野,
只要神父还没有用异乡的沙土
撒在我的眼睛上……
就这样吧……还有什么办法呢?
伤心也无济于事。
谁要是羡慕孤儿的命运——
我的天哪,那就让他遭到严惩!

我的歌啊,我的歌,
我的花朵,我的孩子!
我把你们培养大,我照顾你们,——
我能把你们安顿在什么地方?
孩子们,回到乌克兰去吧!
回到我们的乌克兰去吧,
像一群孤儿寄人篱下,

而我,要在这儿死亡。

在那儿,你们会找到一颗善良的心,

会听到一些亲切的话语,

在那儿,你们会找到真正的真理,

说不定,还会得到荣誉……

我的母亲,我的乌克兰,

爱抚它们吧!

像爱抚自己亲生的儿女一样,

爱抚我这些不懂事的孩子吧!

一八三九年于圣彼得堡

佩列本佳[*]

年老的双目失明的佩列本佳,——

有谁不知道他?

他到处漂泊流浪,

弹着科布扎琴歌唱。

当大家知道是他在弹琴,

都对他表示感激欢迎:

虽然他本人非常痛苦,

但他却为大家消除了悲伤。

这个可怜的人啊,

白天黑夜都在篱笆旁生活;

在这个世界上,他没有一处茅舍好作安身的地方;

令人伤心的苦命,

嘲弄着这个年老的人,

可是他全没有把这放在心上;

他仍然坐着和唱着:

《哦,橡树林啊,你别再喧响!》^①,

---

* "佩列本佳"在乌克兰语中意为"好作奇谈怪想的人"或"爱好诙谐的怪人"。

① 《哦,橡树林啊,你别再喧响!》,乌克兰纤夫唱的民歌。

他一边唱一边想，

自己是个孤苦伶仃的人；

因此伤心起来，

把身子紧倚在篱笆旁。

　　佩列本佳就是这样一个人，

他是个年老的古怪的人！

他唱起关于恰雷①的往事，

却突然用《斑鸠》②来收场；

在牧场上，他和姑娘们——

将《格里茨》和《迎春曲》③高声歌唱；

在小酒馆里，他和小伙子们——

唱着《塞尔宾纳》④和《小酒馆的老板娘》⑤；

在婚宴上（在有恶毒的婆婆的地方），

他和结了婚的男人们——

唱着那苦命的白杨⑥，

接着就唱起《在树林里》⑦；

①　萨瓦·恰雷（？—1741），1734 年乌克兰农民起义的领袖，后叛变，效忠
　　波兰贵族地主，1741 年被起义者判处死刑。
②　《斑鸠》，一种诙谐的歌曲：《一只斑鸠飞过了园》或是《一只斑鸠姑娘紧
　　偎着一个哥萨克》。
③　《迎春曲》，妇女唱的一种春节的歌曲。
④　塞尔宾纳，居住在南斯拉夫的一个民族，曾在乌克兰和乌克兰人一同和
　　敌人进行过斗争。
⑤　《小酒馆的老板娘》，内容是关于一个带着醉意的丘马克（盐粮贩子），
　　他向小酒馆的老板娘求爱，然后把她杀死。
⑥　白杨，少女的象征。据乌克兰民间传说，一个受了婆婆虐待的媳妇变成
　　了一株白杨或是一株柳树。
⑦　《在树林里》，讲一个儿子怎样受了母亲的教唆杀死了自己的妻子。

在集市上——他唱着关于拉撒路①的歌曲，
或者——为了让大家知道，
他就又痛苦而悲伤地
唱出了哥萨克的营地怎样被消灭光。
佩列本佳就是这样一个人，
他是个年老的古怪的人！
他在歌唱的时候有说有笑，
但却又往往用眼泪来收场。

     一阵阵的风儿吹拂着，
在田野里飘荡。
科布扎歌手坐在荒冢上，
弹着科布扎琴歌唱。
四周围是绿色的草原，
像一望无垠的辽阔的海洋；
荒冢接连着荒冢，
在那儿——只有令人充满遐想。
风儿猛烈地吹动着
他灰白的胡须和前额上的一绺长发；
风儿又突然静息下来，
倾听着这个老头儿在将什么歌唱，
这双目失明的老头，心在微笑，可两眼却在哭泣悲伤……
风儿倾听着，风儿吹拂着……

---

① 典出《新约全书·路加福音》第十六章。受苦受难的乞丐拉撒路死后在天国里过着幸福的生活，而财主却进了地狱。

（加夫里连科 绘）

这个瞎眼的歌手

避开大家,独自坐在草原里的荒冢上,
好让轻风把他的话语吹向四方,
为了不让大家听见,因为这是神明的话语,
他的心在从容不迫地和上帝谈着话,
他的心在絮絮不休地讲述着上帝的光荣,
而歌儿却在世界上到处飞翔。
它像灰蓝色羽毛的大鹰在展翅高飞,
用宽阔的翅膀扑击着蔚蓝的苍穹;
歌儿在太阳上歇了一会儿,并且询问太阳:
在哪儿过宿? 怎样升起在东方;
歌儿倾听着大海怎样在汹涌奔腾,
它询问高山:"你为什么静默不响?"
歌儿又重新飞向高空,因为大地上到处是苦痛,
在这片辽阔的大地上,
那个心里知道一切和感到一切的人却无处安身:
他知道大海为什么喧腾,太阳在哪儿过夜——
可是他在世界上却是个无家可归的人。
他孤单得就像太阳高悬在天空一样。
大家都知道他,因为他还活着;
假如大家知道他怎样孤苦伶仃,
和大海絮语,在荒冢上歌唱,——
大家早就会嘲笑他的神明的话语,
大家会把他当成个傻瓜赶走。
他们会说:
"那就让这个失掉理智的人在大海上漂泊流浪!"

你好啊,我的科布扎歌手,
你好啊,我的老爷爷,
你来到荒冢上,
你说着话儿和歌唱着!
你流浪吧,我的亲爱的鸽子啊,
当心儿还没有沉睡,
你在那儿,远离开人们,
尽情地歌唱吧!
为了不让人们害怕你,
有时你也让他们开开心!
"老爷叫你跳舞,你就跳吧:
因为他们都是有钱有势的人。"

　　佩列本佳就是这样一个人,
他是一个年老的古怪的人!
他开头唱着婚礼的歌曲,
但却又往往用伤心的歌儿来收场。

一八三九年于圣彼得堡

白 杨[*]

风在橡树林里号叫，
风在田野上面吹荡，
它猛袭路旁的一株白杨，
把它吹得弯倒在地上。
高高的树干，宽宽的叶子，
你为什么闪耀着绿光？
四周是一片辽阔的田野，
就像蔚蓝的大海在起伏动荡。
一个盐粮贩子看见这株白杨，
心里感到无限悲伤；
一个牧羊人拿着芦笛，
清晨时坐在荒冢上，
他望了一望白杨——也满心郁闷：
四周没有一根草茎！
这株白杨折断在地上，
像是一个孤苦伶仃的人死在异乡！

---

* 这首诗最初发表在 1840 年出版的诗集《科布扎歌手》中。谢甫琴科曾
画过一幅题为《白杨》的铅笔画，保存至今。

是谁使得这株细长柔弱的白杨，
在草原上遭到这灾殃？
等一等，姑娘们，
听我把真情来对你们细讲！

　　一个黑眉毛的姑娘，
爱上了一个哥萨克。
她爱着——可是没有阻止住他，
他走了，从此就死在外乡……
假如早知道他要离开家乡，——
那她就不会爱他；
假如早晓得他要死在外乡，——
那她就不会放他去到远方；
假如早知道，她就不会在夜晚
到井边去汲水，
也不会和心爱的人在柳树底下
一直站到午夜的时光；
假如早就知道竟是这样！……

　　这正是不幸的根源——
假如早就知道，
我们在世上会遭到什么样的灾殃……
姑娘们，你们最好别来询问！
别来打听自己的命运！……
一颗年轻的心啊，
知道怎样热爱……当人们还没有把它埋葬，

那就让它尽情地爱吧！
要晓得，姑娘们，
黑色的眉毛，
褐色的眼睛不会长久那样；
姑娘们，你们洁白的面孔，
也不会长久地泛着红光！
到中午的时候，它们就要枯萎，
眉毛也要褪色……
爱吧，心想怎样爱，
就怎样去爱吧！

　　夜莺在丛林里，
在绣球花上歌唱，——
一个哥萨克走在谷地里，
也悄悄地低声把歌儿唱。
黑眉毛的姑娘为了和他相会，
偷偷地走出了自家的茅舍；
哥萨克就问这个姑娘：
"你的母亲曾否打过你？"
他们并肩走着，他们相互拥抱——
夜莺不断地在歌唱；
他们注意倾听，他们最后分手——
两个人的心都是那样高兴。
谁也没有看见他们，
谁也没有问过他们：
"你到哪儿去啦，你和谁站在一起？"

只有她一个人知道是怎么回事。
她热爱着，她爱抚着，
她的心儿在荡漾。
心里感到一阵阵的惊惶，
可是不敢对谁讲。
话虽没有讲出来——但是心却在战栗，
就像一只失掉了公鸽的母鸽，
日日夜夜在咕咕地哀鸣，
然而谁也没有听到它哀鸣的声音。

　　在小溪旁的丛林里，
夜莺已经停止歌唱，
黑眉毛的姑娘
也不再站在柳树底下独自歌唱；
她不再歌唱——就像个孤儿，
看到白天的光亮就感到心伤。
没有心爱的人在身旁——
她的双亲就像是外人一样；
没有心爱的人在身旁——
连太阳的光亮都像是敌人在嘲笑一样；
没有心爱的人在身旁，到处望去都是坟场……
可是心儿不停地在悸荡！

　　一年过去了，第二年也已消逝——
哥萨克却没有回到家乡；
这个姑娘像一朵小花似的枯萎了，
谁也没有过问她。

她的母亲也没有问她一声：
"我的女儿，你怎么会枯萎成这个模样？"
就悄悄地决定把自己的女儿
嫁给一个有钱的老头儿。
母亲说道："去吧，女儿，
你总不能永世当姑娘。
他很有钱，他很孤寂——
你会变得像阔太太一样！"

"我不想当阔太太，
妈妈，我不嫁人！
你宁可把我
埋葬进坟坑。
让神父在我的坟上唱赞美诗，
让女朋友们为我哭泣悲伤；
我宁可躺进棺材，
决不看见这个年老的人！"

老母亲什么也不听，
把知道的都安排停当；
黑眉毛的姑娘看到了一切，
从此枯萎了，终日一声不响。
在深深的黑夜里，
她决定去恳求占卜的女人帮忙：
在这个世界上，她没有心爱的人，
究竟还要活得多久长？

"我的好奶奶,我的好亲人,

我的心啊,我的亲娘!

你只把真情实话对我讲。

我心爱的人在什么地方?

他是否还活着,身体可健康,

他是否还爱着,或者早把我抛弃遗忘?

告诉我吧:我心爱的人在什么地方?

我要飞到天涯海角!

我的好奶奶,我的好亲人,

假如你知道,那你就对我讲!

因为我的母亲

要把我嫁给一个老头儿。

去爱他吧,我的灰鸽子,

我的心啊没有教我这样做。

我宁可去投水自尽——

但我舍不得把我的心灵损伤。

假如我的黑眉毛的爱人已经死掉,

我的亲爱的,那就请你帮个忙,

我不想再回家去……

我的心啊真是苦痛、悲伤,

那个老头儿和媒人都等在那儿……

请你讲出我的命运吧。"

"好吧,女儿啊,你稍微休息一会儿……

就按照我的吩咐去做吧。

我也曾有过年轻的时光,

我深深懂得这种悲伤;

一切都早已消逝——但我却学会了
怎样给人家帮忙。
我的女儿,我从前年就知道
你的不幸的命运,
为了你啊,我从前年
就将一种灵药储藏。"

　　老太婆走过去,从架子上
取了一个像墨水瓶似的瓶子。
"你拿着这种灵验的药水吧!
去到水井旁;
当雄鸡还没有啼叫的时候,
你用水把自己的脸洗个光亮,
你喝一点儿这种药水——
它可以治疗一切不幸。
你喝了一口——就尽快地跑开;
防备有人在那儿叫嚷,
你也不要东张西望,
赶快跑到那儿,跑到你和心爱的人分手的地方。
你稍微休息一会儿:当明亮的月亮
升到天顶的中央,
你再喝一次药水:假如他还没有来到——
你就把它全都喝光。
第一次——你会觉得像那一年,
变得像过去一样;
第二次——在草原上,

会听到马蹄嘚嘚的声音。
假如你的黑眉毛的爱人还活在世上，
他立刻就会回到家乡。
第三次呢……我的女儿啊，
你最好还是不要知道它会怎么样。
你听着，不要画十字，
否则一切都会失掉灵效和用场。
你现在就去吧，
把你往日的美貌好好地欣赏。"

　　她拿着药水，行了个礼，
说了一声："谢谢你，好奶奶!"
就走出了茅舍："是去呢，还是不去呢?
不，我永远不再回家去!"
她去啦，洗干净了脸，喝了一口药水，
轻轻地微笑了起来。
她又第二次和第三次喝了药水，
并没有东张西望，
她好像长了翅膀飞升起来，
在草原的上空翱翔，
她忽然跌倒下去，痛哭了一场，
于是……她就这样开始歌唱：

　　"天鹅啊，你在蔚蓝的大海上，
浮游吧，浮游，
我的白杨啊，你不断地

往高处生长，往高处生长，

你长得又高大又细长，

一直高耸到云端上，

你问问上帝：要等待我的黑眉毛的爱人，

是否能和我在一起？

我的白杨啊，生长吧，生长吧，

你望一望蔚蓝的大海的那一方，

要晓得在那一边——是我的幸运

可是在这一边——却是悲伤。

我的黑眉毛的爱人，

在那儿什么地方的田野里游逛，

可是我虚度年华，哭泣悲伤，

苦苦地在将他等待期望。

请你告诉他吧，我的心啊，

人人都在把我嘲笑；

假如我心爱的人不能回来，

那我就一定要死掉！

母亲想要把我

埋葬进坟场……

我的亲娘啊，

那时谁会来照顾你？

谁会来安慰你，爱抚你，

谁会在老年给你这个老太婆帮忙？

我的妈妈！……我的命运！……

我的天哪，天哪！

"我的白杨啊,看一看吧,
假如我心爱的人不在海那一边——
谁也不会看见,
我要一直哭到天亮!
我的心爱的白杨啊,
你往高处生长,往高处生长,
天鹅啊,你在蔚蓝的大海上,
浮游吧,浮游!"

　　这个黑眉毛的姑娘
在草原上唱着这支歌。
药水造成了奇迹——
使得她变成了一株白杨。
她再不会回到自己的家里去,
她再也等不到心爱的人;
她长得又高大又细长——
一直高耸到云端上。

　　风在橡树林里号叫,
风在田野上面吹荡,
它猛袭路旁的一株白杨,
把它吹得弯倒在地上。

一八三九年于圣彼得堡

致奥斯诺维亚年科[*]

石滩的波浪在拍击着;月亮升起来啦,

一切都像古远的往日一样……

营地没有啦;那统率众人的首领[①]

也早已死亡!

营地没有啦;

第聂伯河岸的芦苇在询问道:

"我们的孩子们到哪里去啦?

他们正在什么地方游逛?"

海鸥在飞翔中悲鸣,

好像在为自己的孩子们哭泣忧伤;

在哥萨克的草原上,

[*]　奥斯诺维亚年科,乌克兰作家格里戈里·费奥罗维奇·克维特卡 (1778—1843)的笔名,他用俄文和乌克兰文写作。谢甫琴科把奥斯诺 维亚年科尊称为乌克兰文学的先驱之一,他在 1839 年《祖国纪事》杂志 上读了奥斯诺维亚年科写的有关哥萨克军队的黑特曼首领戈洛瓦蒂的 传说之后,立即写成了这首诗,最初发表在 1840 年出版的诗集《科布扎 歌手》上。奥斯诺维亚年科也非常重视谢甫琴科的文学活动,诗集《科 布扎歌手》出版以后给予它很高的评价。

[①]　首领,指哥萨克军队的司令戈洛瓦蒂(? —1797)。1775 年叶卡捷琳娜 女皇下令彻底解散扎波罗热哥萨克的营地之后,1787 年戈洛瓦蒂组成 了黑海哥萨克部队,并于 1792 年撤退到库班一带。

太阳照晒着,风儿吹拂着。
就在那片草原上,凄然地耸立着
一座座荒冢古墓;
它们向狂风询问道:
"我们的人在什么地方过活?
在什么地方过活,在什么地方欢宴作乐?
他们去到了什么地方?
回来吧! 看一看吧——
过去牧放过你们战马的地方,
现在黑麦的穗儿低垂着,
过去波兰人、鞑靼人
鲜血流成海洋的地方,
现在野草在随风喧响……"
"回来吧!"——"你不会回来了!"——
蔚蓝的大海在滚动,它回答道:
"不会回来啦,
永远不知去向啦!"
是的,蔚蓝的大海啊!
这就是他们的命运:
盼望已久的人们不会回来啦,
自由的生活不会再来了,
扎波罗热人不会回来了,
黑特曼们不会再起来了,
鲜红的披肩
再不会出现在乌克兰了!
衣服破烂的孤儿

在第聂伯河上哭泣；

孤苦伶仃的孤儿

谁也没有注意他……

敌人看见了只是嘲笑……

恶毒的敌人，你们嘲笑吧！

但不要过分，因为一切都会灭亡，——

但光荣不会躺下来；

永不会躺下来，它要说出

世界上曾经发生过什么事情，

哪是真理，哪是歪理，

我们是谁的后裔。

我们的歌，我们的诗，

永不会毁灭，永不会死亡……

哦，人们啊，这就是我们的光荣，

这就是乌克兰的光荣！

它不用黄金，它不用宝石，

它也不用狡猾的语言来装饰，

它庄严，它真实，

就像上帝的语言一样。

阿塔曼首领们啊，

我歌唱的可是真理？

如果是真的！……那该多么好啊？

可惜我没有才华啊。

可是，在莫斯科①，

---

① 莫斯科，泛指沙皇俄国。

周围都是些外人。

也许,你要说:"不能向他们让步!"

但不那样做又该如何?

我流着眼泪,

而敌人却在把圣诗嘲笑;

嘲笑吧……父亲啊,

跟敌人在一起生活是多么痛苦!

要是我有足够的力量,

我也许要跟他们较量;

要是我有很好的嗓子,我真想高声歌唱,

但苦难把歌儿扼杀了。

苦难是如此深重,

你是我的父亲、我的朋友!

在冰天雪地里流泪,

我无法歌唱;

《哦,橡树林啊,你别再喧响!》……

可是你,父亲啊,

你身体很健壮;

人们对你都尊敬,

你有很好的歌喉;

我的亲爱的,你为他们歌唱吧,

歌唱那营地,歌唱那些荒冢古墓,

歌唱它们是如何堆成,

里面埋葬了些什么人;

歌唱那些往事,歌唱那些奇迹,

歌唱那些早已消逝了的一切……

父亲啊，你高声歌唱吧，

好让全世界都听到，

乌克兰发生的一切事情，

她为何失败，

哥萨克的光荣

为何在世界上传扬！

父亲啊，你这只灰色的大鹰啊！

让我流泪痛哭吧，

让我再一次看见

我自己的乌克兰，

让我再一次听到

大海怎样在喧响，

姑娘怎样在柳树下

把《格里茨》歌唱；

让我的心啊，

再一次在异乡欢笑，

趁还没有装进外乡的棺木，

在异乡的土地里给埋葬。

一八三九年于圣彼得堡

伊万·波德科瓦*

——献给瓦·伊·施特恩贝格①

一

曾经有过这样的时光——

在乌克兰,大炮发出了轰响;

曾经有过这样的时光——

扎波罗热人在饮宴欢乐。

他们大办酒席,

他们获得了自由和荣光;

但这一切早已成了往事——

田野里只留下无数的荒冢古墓。
在这些高耸的荒冢古墓里，
哥萨克洁白的尸体
用殓布紧裹着，
在泥土里深深地埋葬。
如今这些荒冢古墓
像是黑影重重的山岗。
它们只和吹过田野的轻风
悄悄谈着关于自由的家常。
轻风把祖先们的光荣
传遍了四面八方，
孙儿拿着镰刀，踏着晨露，
在收割的时候就将它们歌唱。

曾经有过这样的时光——
在乌克兰，连悲伤也跳舞歌唱。
在小酒馆里，用成杯的蜜酒和烧酒
来灌满愁肠。
曾经有过这样的时光——
在乌克兰生活多么美好……
当现在回想起往事，
心里变得更加欢畅。

二

乌云从利曼河口升起，
遮蔽了天空和太阳，
蔚蓝的大海像凶猛的野兽
在呻吟、喧响，
第聂伯河又涨起水来。
"喂，弟兄们，
赶快上船啊！大海在喧腾——
让我们到大海上去游逛！"

扎波罗热人蜂拥而上——
船只把利曼河口阻挡。
"大海喧腾起来吧！"——大家在歌唱，——
于是波浪起伏动荡。
周围的波浪——有如高山一样；
既看不见陆地，也看不见天空。
心里很烦闷；可是哥萨克
正是喜欢这样。
木桨拍着波浪，歌声随风飘扬；
海鸥在空中回旋飞翔……
首领黑特曼站在前面的船上，
他认识远航的方向。
他嘴里衔着烟斗，

在船上来回走动；

一会儿看看右方，一会儿看看左方——

看在什么地方好和敌人干一场？

他用手捋着自己的黑胡须，

把额头上留的一绺乱发①甩向后方。

他举起帽子——所有的船都停住。

"滚开吧，你这该死的敌人！

我们不到锡诺普②去，

哥萨克的弟兄首领们，

我们要去到帝王城③——

到苏丹本人那儿去做客人！"

"好吧，我们的黑特曼老总！"——

大家齐声高喊。

"谢谢你们，弟兄们！"——

他把帽子又戴在头上。

蔚蓝的大海重新在起伏动荡；……

他又重新在船上来回走动；

黑特曼一声不响地

凝望着起伏的波浪。

一八三九年于圣彼得堡

〰〰〰〰〰

① 古时乌克兰哥萨克的额头上都留一绺头发作为装饰。

② 锡诺普，土耳其在黑海岸边的一个要塞。

③ 帝王城，指土耳其的首都君士坦丁堡（现名伊斯坦布尔），俄国和乌克兰
过去称之为"帝王城"，音译为"沙尔格勒"。

施特恩贝格留念[*]

你去向遥远的地方，
你会看到很多美丽的风光；
当你看够了，感到烦闷的时候，——
老弟啊，请你将我回想！

一八四〇年五月至六月于圣彼得堡

---

[*] 瓦西里·伊万诺维奇·施特恩贝格(1818—1845)，乌克兰画家，名画家
布留洛夫的学生。1838 年谢甫琴科同他相识，从此成为最亲密的同志
和朋友。谢甫琴科在圣彼得堡美术学院学习时与他住在一起。1840 年
谢甫琴科出版诗集《科布扎歌手》时，施特恩贝格画了卷首的插图，——
一个盲眼歌手由一个小男孩带路，坐在茅舍的屋檐下弹着科布扎琴歌
唱。同年施特恩贝格前往意大利游学，谢甫琴科在送给他的《科布扎歌
手》的卷首题写了这四行诗作为纪念。谢甫琴科后来在《美术家》《满
心高兴和并非毫无道理的漫游》以及《日记》中多次提到他。

献给尼古拉·马尔克维奇[*]

班杜拉^①琴手啊,灰色的雄鹰啊!

我的老兄,你真是个幸运的人:

你有翅膀,你有力量,

你可以自由翱翔。

现在你飞回到乌克兰去吧——

在那儿,大家盼你飞回故乡。

我多么想跟着你一起飞翔,

可是有谁把我疼爱在心上。

在这儿,我孤苦伶仃,

而在乌克兰,

我的亲爱的,我是个孤儿,

好像生活在异乡。

为什么心在跳动,在乱撞?

<hr/>

* 尼古拉·安德烈耶维奇·马尔克维奇(1804—1860),乌克兰地主,同时
又是诗人、历史学者和民族志学者,编著有《乌克兰民歌集》及《小俄罗
斯史》五卷。1840 年春天谢甫琴科同他在圣彼得堡相识,这首诗是为
祝贺马尔克维奇的命名日而写的。马尔克维奇晚年成为一个反动的农
奴主,谢甫琴科流放归来后未再和他交往,也未将此诗编入 1860 年出
版的诗集《科布扎歌手》。

① 班杜拉,乌克兰的一种弦乐器。

我是孤苦伶仃的一个人呢。

孤苦伶仃的人啊……可是在乌克兰呢！

一望无边的草原是多么宽广！

在那儿，在空旷的草原上，

清风像亲兄弟一样在吹荡；

在那儿，在辽阔的田野里有着自由；

在那儿，蔚蓝的大海

在荡漾，颂扬着上苍，

还会驱散人们的忧愁悲伤；

在那儿，荒冢古墓和狂风

在草原上闲话着家常，

它们相互之间，

这样倾诉衷肠：

"曾经有过美好的时光，

但它已一去永不复返。"

我多么想展翅高飞，倾听它们的家常，

和它们一同哭泣悲伤……

可是我不能那样，在异乡人中间

命运使我丧失了一切力量。

一八四○年五月九日于圣彼得堡

海达马克[*]

——献给瓦西里·伊万诺维奇·格里戈里耶维奇①，
纪念一八三八年四月二十二日

前　奏

　　世界上一切都去的去来的来……
它们上哪儿了？又来自哪里？
聪明人愚蠢人都一概不知道，
只看见生的生死的死而已……
这朵花正在开，那朵花却在谢……
风吹来，扫下了树上的黄叶。
红太阳和往日一样地升起来，
小星星亮闪闪，就如同往夜。
还有你，天上那苍白的月亮啊，
你总在青空中自由地往来，
你看看小溪流，你看看小泉水，

---

[*]　海达马克，乌克兰十七至十八世纪反对波兰贵族地主的起义者的名称。

①　瓦西里·伊万诺维奇·格里戈里耶维奇(1786—1865)，圣彼得堡美术学院
院务会议秘书，曾帮助谢甫琴科赎身。1838 年 4 月 22 日正是赎身的日子。

还看看无边的茫茫大海。

你照过巴比伦和它的大花园，

你将来还要照我们的后代。

你不知有生死，你将是永恒的！……

我想要跟你像兄妹般谈谈，

我想把你的歌唱给你听一听，

也请你指点我怎么样把忧愁排遣。

我可是不孤独，我可是有孩子①，

就不知把他们送哪儿适合？

让他们跟着我一块儿入土吗？

那可是罪过啊：因为我那精神活着！

要有人读读她②那一些血泪话，

她待在那一个世界上也许会快活：

她曾经衷心地吐露出这些话，

也曾经为它们偷偷地哭过。

不，不行，我不能让他们给葬埋，

绝不能，因为我那精神活着。

而我的精神啊，像蔚蓝的天空，

没边际，更没有尽头。

如果问这精神在哪儿会消灭，

这句话盘问得就未免荒谬！

愿这个世界上常有人回忆她，

有什么比无声无息地离开这世界更痛苦！

---

① 孩子，指《海达马克》这部作品。

② 她，指精神。

姑娘们,请把她牢牢地记住吧!
她曾经亲切地把你们爱抚,
她也曾真心地、深深地爱你们,
也喜欢唱出来你们的命运。
趁太阳没出来,歇会吧,孩子们,
让我来找个人给你们指引。

　　海达马克,我的孩子!
　　世界宽广自由!
　　孩子,去吧,去漫游吧,
　　去把幸福寻求。
　　我幼小的孩子们啊,
　　没有经验的人!
　　世上除了生身母亲,
　　谁会欢迎你们?
　　飞吧,孩子! 飞吧,雄鹰!
　　向乌克兰飞翔——
　　虽然也会遇到厄运,
　　可它不是异乡。
　　那儿会有诚恳的人,
　　不让弟兄受屈而死;
　　可是这儿……这儿……这儿……
　　太痛苦了,孩子!
　　这儿人们让你进屋,
　　却又讥笑你们。
　　他们满肚子的学问,

连太阳都教训：

"你不该从东边出来，

连光也不会发；

应该这样，应该那样……"

叫人怎么回答？

可这些话也不妨听，

太阳许有不是，

因为他们很有学问，

天下无所不知！

他们会说你们什么？

你们可有名声！

他们定会讥笑你们，

把你们往凳子下扔。

"就躺着吧，我们要去另外找人——

找个卖文章的，

他会照着我们心意，

谈论海达马克。

他不会像这个傻瓜，

净讲乏味的话，

当着我们大讲特讲

乡巴佬亚烈马①。

不学无术，挨打不够②！

真是一名傻瓜！

---

① 亚烈马，这首长诗的主人公。

② 指读书太少。

再说，昔日的哥萨克，

只留下些古坟荒冢，

如今就连这些遗物，

也早挖掘干净。

而他偏叫瞎子来唱，

还要我们去听。

这样没用，我的老兄，

你是白费力气，

我来给你出个主意，

包你有名有利。

你快别唱蓝海喧腾……

改唱马特廖莎，

改唱巴拉莎①呀——我们的爱，

包你名传天下！！！

你哭，那些穿破衣的，

也就跟着你哭！……"

说得好哇，聪明的人，

谢谢您的叮嘱！

可惜您的衣服虽暖，

然而不合我穿，

您说的话虽然聪明，

却是谎话连篇。

您的甜言蜜语，很对不起，

① 马特廖莎、巴拉莎，当时一些把农民生活理想化的俄罗斯情诗中的主角。

我是一句都听不进。
您的确是聪明透顶，
可我敬谢不敏。
我要在我小屋子里，
独自一个唱唱，
我要独自一个哭哭，
就像孩子一样。
我要歌唱蓝海喧腾，
歌唱微风吹嘘，
歌唱草原上面昏黑一片，
坟墓同风低语。
我要歌唱古老的坟，
歌唱坟里的人；
歌唱哥萨克漫山遍野，
向着大海飞奔；
歌唱阿塔曼们骑马持麾，
样子威风凛凛；
歌唱激流在芦苇间
奔腾、咆吼、呻吟。
它们这样咆吼、狂叫，
听着叫人害怕；
我谛听着，愁闷起来，
就去问老人家：
"老爹你为什么发愁？"
"孩子，我的心中郁悒！
第聂伯河生咱们气，

乌克兰在哭泣……"
我也哭了;而这时候
来了不少的人。
是阿塔曼,是盖特曼
走进我家的门。
他们全都披金戴银,
坐在我的身旁,
把乌克兰昔日情况
细细跟我谈讲。
他们议论并且回忆
怎样建立营地;
怎样坐着小船出海,
激流汹涌湍急;
怎样漂流在蓝海中,
在斯库塔里①取暖;
怎样在波兰的大火当中
点着烟斗抽烟;
怎样又回乌克兰来,
举行盛大欢宴。
"歌手,弹琴! 酒家啊,斟酒!"
哥萨克们狂欢。
酒家忙得不可开交,
脚也没法停下;
歌手弹琴,哥萨克们跳舞,

———————

① 斯库塔里,土耳其伊斯坦布尔的郊区。

震动整个霍尔季察①！

风雪舞②还没有跳完，

哥巴克舞③跟上；

酒坛在人们的手中传递，

烈酒就在传递之中喝光。

"跳吧,爷们,袍子脱掉；

刮吧,刮吧,旋风；

酒家,斟酒,歌手,弹琴,

幸福这就来临！"

老老少少手撑着腰,

跳得非常起劲。

摆出老爷架子！ 跳吧！

好哇,小伙子们！"

阿塔曼们在酒席上,

像在会上一般。

他们很庄严地走着,

一面互相交谈……

忽然他们忍耐不住,

顿起老人的脚④。

我在一旁看着望着,

笑得眼泪直掉。

我看着,我望着,不住地擦泪水……

---

① 霍尔季察,第聂伯河下游的一个岛,一度为扎波罗热哥萨克的营地。

② 风雪舞,乌克兰民间舞蹈。

③ 哥巴克舞,乌克兰民间舞蹈。

④ 即跳起舞来。

我感到不孤单,世上有亲人!
在我的小屋里,就像在大草原,
哥萨克在欢宴,森林在啸吟;
在我的小屋里,像蓝海在翻腾,
黑的坟茔立着,杨树在簌簌,
姑娘们轻轻地唱起了《格里茨》,
我感到不孤单,世上有朋友。

　　而这,就是我的光荣,
　　就是我的黄金!
　　对您那番狡猾劝告,
　　我是敬谢不敏。
　　我在我的一生当中,
　　为了表达不幸,
　　我的"乏味的话"已经够用……
　　再见了吧,先生!
　　现在时间已经到了,
　　孩子们该动身。
　　就让他们走吧。
　　路上他们许会遇到
　　哥萨克的老人。
　　他也许会流着老泪,
　　把孩子们迎接,
　　那我也就心满意足,
　　成了老爷上的老爷!

　　　我就这样坐在桌旁,

反复左思右想：

求谁指引孩子们呢？

这时天色已亮；

月光灭了，太阳出来，

孩子全都起床，

做过祷告，穿好衣服，

围在我的身旁，

心情沉重，有如孤儿，

默默向我鞠躬：

"请老爹您祝福我们，

我们这就起程，

请您祝福我们在人世上，

能够找到幸福。"

"等等……人世不比小屋，

你们经验不足：

初出茅庐，不通世故，

谁给你们指引？

我为你们，我的孩子，

感到十分担心！

我把你们抚养长大，

如今你们出去，

可是世上所有的人

全都知书达理。

我没有让你们读书，

你们也别怪我：

因为我虽也挨过打

（而且不轻），

却没学会什么！

我只懂得'tma, mna'两个音节，

至今不会重音'oksiyou'。

还跟你们说什么呢？

有了，去把他求！

我认识位忠厚老爹①，

他的阅历很深，

他对于我比谁都好，

他会指点你们，

他很知道孤寡的人

不易活在世上；

他有哥萨克的那种

火一般的心肠！……

他喜欢听做母亲的

一边推着摇篮，

一边低声哼着歌儿，

催婴儿们睡眠。

他喜欢听穷苦瞎子

靠在篱笆墙上，

把乌克兰深深怀念，

把歌轻轻地唱。

他爱这歌，真理之歌，

哥萨克的光荣！

① 老爹，指瓦·伊·格里戈里耶维奇。

去吧,孩子,他的指点
一定出于至诚。
在我那些不幸年头,
要不是他帮忙,
我早埋在深雪里了,
死在遥远异乡;
把我埋了,人家还说:
'很好……少个废物……'
我也不知为了什么
要受一辈子苦。
可是这些都过去了,
但愿别再入梦!……
去吧,孩子! 他肯救我,
定会接待你们,
我的老爹会把你们,
当作自己儿女。
你们在他那儿做过祷告,
就上乌克兰去!"

你好,我亲爱的老爹,
请在你的门旁,
祝福我的孩子上路,
上那遥远地方!

一八四一年四月七日于圣彼得堡

序　曲①

波兰贵族有个时期

曾经趾高气扬；

跟鞑靼人、苏丹，

跟德国人、莫斯卡里②

也曾互相较量……

的确有过那个时期……

可已一去不返！

那时他们确是神气，

日夜作乐寻欢。

国王还受他们支配，

这些倒霉的人：

他们不比索贝斯基③，

不比那斯蒂芬④。

当时那些可怜国王

默默统治国家，

贵族们在会上吵嚷，

旁人不敢说话，

①　这一章叙述十六至十八世纪贵族波兰的情况。
②　莫斯卡里，乌克兰人对沙皇军队的叫法，这里指俄国人。
③　扬·索贝斯基，波兰国王(1674—1697)，1683 年打败过土耳其军队。
④　斯蒂芬·巴托利，波兰国王(1576—1587)，曾跟伊万雷帝作战，并组织
　　雇佣哥萨克军，使哥萨克放弃反抗波兰地主统治乌克兰。

大家看着那些国王①

离开波兰出走，

大家听着那些贵族

力竭声嘶地吼。

"不答应！不答应！"②

贵族同声喊嚷。

大地主们磨刀炼剑，

大量烧毁民房。

本来还会这样下去，

可在华沙城里，

波尼亚托夫斯基王③

正好这时登基。

他想暗暗制服贵族，

结果遭到失败！

他想弄回一点东西，

像母亲哄小孩。

他想打从贵族手里

收回"不答应"……

不料波兰闹了起来，

老爷他们怒喊：

"说老实话，你别做梦！

〰〰〰〰〰〰〰〰〰〰

① 指波兰国王亨利赫·瓦鲁阿（1572—1575），他由于贵族反对逃到法国。

② 原文是波兰语。当时每一个波兰贵族代表可以用这话来否决议会的决议。

③ 波尼亚托夫斯基·斯坦尼斯拉夫·奥古斯特，波兰国王（1764—1795）。
他在俄国女王叶卡捷琳娜二世的支持下登上王位。在他以后，波兰王
国被普鲁士、奥地利和俄国瓜分。

俄国人的奴才！"

普拉夫斯基和巴茨

号召贵族起来。

众贵族党①纷纷成立，

一下子就上百。

贵族党员四处散开，

散到沃伦、波兰，

散到摩尔达维亚跟立陶宛，

以及咱乌克兰；

他们散开，也忘记了

什么拯救自由，

却跟商人互相勾结，

共同掠夺抢偷。

他们到处胡作非为，

到处烧毁教堂……

海达马克于是祭刀，②

发动起义反抗。

亚 烈 马

"喂，亚烈马！聋啦，死懒鬼？

---

① 贵族党，十六至十八世纪波兰贵族的联盟，目的在于抗衡国王和议会。
  1768 年，在普拉夫斯基和克腊辛斯基领导下，波兰巴尔城成立了巴尔贵
  族党，立陶宛贵族党首领巴茨后来加入。贵族党员劫掠乌克兰的种种
  暴行，是乌克兰不可避免的起义的导火线。
② 民间传说海达马克起义前先祭刀。

赶快给我把马牵来。

怎么，还不给我去提水，

拖鞋快去送给太太。

赶快打扫。赶快去劈柴。

火鸡跟鹅还不去喂！

快上牛栏。赶快上地窖。

快跑，懒鬼！……喂喂，你等一会儿！

干完活上奥里山纳①去一趟，

太太说的。还不快滚！"

亚烈马他掉头就奔。

酒馆老板一早就这样

折磨这个不幸的人。

这一切亚烈马默默地忍受着，

因为他一点儿也没有想到：

他只要一展翅就能够上云霄，

因为他早有了丰满的羽毛。

于是乎他俯首听命……慈悲的上帝呀！

生活得再艰难，可活着是好；

谁不想看太阳在天上闪耀，

谁不想听大海奔腾和呼啸，

谁不想听丛林沙沙地喧闹啊，

---

① 奥里山纳，基辅省兹维尼高罗德县的一个小地方。在奥里山纳通往兹维尼高罗德县的老路上，有一个波罗威柯夫村和一个小酒馆。在这酒馆里，亚烈马·白斯特留克，后名"流浪者"，曾给一个犹太人当雇工（老人们说的）。——谢甫琴科注。谢甫琴科年轻时曾在这里给地主当侍仆。

谁不想听鸟儿婉转地鸣叫，
又有谁不想听姑娘们唱歌呢……
慈悲的上帝呀，能活着是好！

小孤儿亚烈马，你没亲也没故，
没兄弟，没姐妹，你伶仃孤苦！
你寄人篱下，受虐待，受欺侮，
可是你别咒人，怨命也全没有用处。
你干吗咒人呢？又试问谁知道：
对哪个该粗暴，对谁该温和？
他们的命运好，让他们去逍遥，
可孤儿要生存，就只好干活。
亚烈马有时候暗地里哭起来，
他哭泣倒不是为生活悲伤，
他只是想起了什么事，幻想得很甜蜜……
可又得去干活。要活嘛，就只能这样！
一个人在世上没有个知心人，
有爹娘有高楼又算得什么？
亚烈马是一个阔气的小孤儿，
他哭泣，他欢笑，都有人陪着：

    她有双黑眼睛，
    闪亮着像星星；
    她有双白的手，
    抱着人真温柔；
    她有颗燃烧着爱情的少女的心，
    这颗心陪着他高兴和悲伤，

它又像黑夜里的圣灵，
降落到孤儿的头上。
这亚烈马，阔气孤儿，
情形就是如此。
过去我也曾经这样，
可姑娘们，
这是过去的事……
一切过去，一切消逝，
连踪影也不留。
可为什么一切消逝？
想起我就难受……
为什么都消逝，连踪影也不留？
哭一场，泄泄恨，也许会轻松。
一切被抢走了，可人们还不够：
"抢他的幸运吧，这对他没用：
你瞧他多富有……"
富有的是补丁，
再就是眼泪了，它永远流不停！
而幸运！幸运啊，上哪儿去找？
啊，幸运，回来吧，回到我小屋里，
哪怕是在梦中见一见……可无奈我没法睡着。

好心的人，务请原谅！
也许唱离了谱，
可是这种该死厄运，
试问谁不厌恶？

当我跟着小亚烈马，
在人世间流浪，
我们也许还能相遇，
也许……这很难讲！
苦难，诸位，说到苦难，
到处都会碰到。
正是这种厄运到时，
你就只好弯腰。
你就只好默默弯腰，
还要装出笑脸，
满腹心事不让人知，
不让人来解劝。
这种解劝……谁如果要，
就让他去梦到，
可不要让孤儿梦见，
不要，永远不要！
提起往事叫人心酸，
憋着却又难受。
一个字儿一滴眼泪，
流吧，让它去流；
眼泪，连太阳也晒它不干，
让它尽情流淌……
不是对着兄弟姐妹，
而是对着异乡无言的墙……
现在咱们回到酒店，
一直走到里面。

瞧吧，

那个酒店老板，

正在那里数钱。

他弯着腰，紧靠着床，

对着一盏油灯。

在床上的是个姑娘……

她呀，多么苦闷！……

她张开了雪白小手，

身上没盖东西……

像花丛中一朵红花，

她半裸着身体……

她躺在那羽毛床上，

觉得孤单苦闷，

独自一个自言自语，

谈心也没有人。

犹太姑娘生得白嫩，

生得实在美丽！

这是女儿，可她父亲

吝啬而且势利。

地面脏褥子上睡的是谁？

是老板娘海卡。

亚烈马呢？他正背着冂袋，

一步一步，

在上奥里山纳。

贵 族 党 员

"酒馆老板,开门,老混蛋!

趁没挨揍……快开门来!

瞧这混蛋,居然敢磨蹭!

咱们干脆把门撞开!"

"等等,就来!"

"你敢开玩笑?

叫你一命呜呼哀哉!"

"跟老爷们我敢开玩笑?

老天可怜,我在起来!"

他大声叫:"老爷!"低声说句:"这些猪!"

"上校大人,使劲撞门!"

门倒下来……哗啦一声响:

老板背上一道鞭痕。

"你好,肥猪,犹太老板!

你好,你这老狗!"

老板背上一鞭一鞭,

他忙缩起了头。

"别开玩笑,我的老爷!

请请,请屋里来!"

"再吃一鞭,两鞭,骗子!

请你不要见怪!

晚上好哇! 你女儿呢?"

“死了,老爷大人。”

“撒谎,犹大!吃鞭子吧!”

鞭子又出了声。

“哎哟,我的好心老爷,

她早不在人世!”

“撒谎,骗子!”

“如果撒谎,

上帝罚我早死!”

“不是上帝,而是我们。

老鬼,你还不说!”

“活人干吗藏进坟墓?

撒谎让天罚我!……”

“哈哈哈哈!……见他的鬼,

经文可是满嘴。

画十字吧!”

“怎样画呀?

这个我可不会。”

“就是这样……”

贵族画了,

犹大马上就跟。

“好哇!好哇!犹大受洗!

真是旷古奇闻!

为了这事你该请客,

听见没有,老狗?

赶快请客!”

“就请就请!”

　　来人又叫又吼。

波兰老爷又叫又吼，

酒坛传遍席上。

他们信口胡乱地唱：

"波兰不会灭亡！"①

"老板，酒来！"

那个受过洗礼的人

从地窖到小屋，

不断走来走去斟酒，

老爷拼命催促：

"老板老板！拿蜂蜜来。"

老板失魂丧胆。

"琴呢，老狗？还不快弹！"

叫声震动酒馆。

"华尔兹跟马祖尔卡……

你给接连弹奏。"

老板低声嘟囔着说：

"倒是贵族派头！"

"好了，够了！现在唱吧！"

"天哪，我不会唱！"

"别叫天了，唱吧，狗头！"

"那唱……《甘娜》怎样？"

　　　　"甘娜姑娘真精灵，

---

① 这是旧日波兰国歌的开头一句。但事实上这首国歌是在这时期以后很
久才出现的。

腿儿瘸,年纪轻,

她又赌咒又发誓,

说她两腿有毛病;

叫她干活她不肯,

找男人却挺有劲:

悄悄儿走,

轻轻儿行,

穿过荆棘走丛林。"

"够了够了！这个不好:

这是异教①的歌。

换个别的!"

　　　　　"那唱什么?……

等等,我就唱了……"

　　　"在菲多尔老爷前,

　　　老板拼命打着战,

　　　对着他,也打战,

　　　背着他,也打战,

　　　在菲多尔老爷前。"

"好了,够了！赶快付钱!"

"老爷,您闹着玩?

付什么钱?"

"付听歌钱。

别装鬼脸,混蛋！

---

① 波兰贵族把非教会合并派叫做异教。——谢甫琴科注

不开玩笑。快拿钱来!"

"您说我哪有钱?

请老爷们豁免了吧,

谢老爷的恩典。"

"撒谎,老狗! 快说实话!

抽他,我的兄弟!"

于是鞭子噼啪地响,

又给老板施洗。

百般虐待,百般鞭打,

打得皮开肉绽……

"天哪,吃了我也没用!

我没一个铜板!

一个没有……哎哟! 救命!"

"咱就救你的命!"

"我有话说,你们等等。"

"说吧,我们在听。

可别胡扯! 胡扯没用,

保你一命归阴。"

"奥里山纳……"

"有你的钱?"

"我的! ……上帝救命!

不不,我说……奥里山纳

住着异教邪门,

在每一间小屋里面,

住着三四家人。"

"这些人正是我们赶过去的,

还用你说出来！"

"不是说这……老爷饶命……

我让诸位发财……

那儿有座教堂……对对，

就在奥里山纳……

教会长老有个女儿，

叫做奥克珊娜！

上帝救命！她真漂亮！

而且长老有钱！

这钱虽然不是他的，

这个不用去管。"

"有钱就行，别的不管！

老板这话不假；

为了不要把路走错，

让他带路去吧。

快穿衣服！"

于是贵族

就上奥里山纳。

只有一个贵族大醉，

留在凳子底下，

他连站也站不起来，

嘴里叽里呱啦：

"*我们活着，我们活着，*

波兰不会灭亡。"①

~~~~~~~~~

① 原文是波兰语。这是当时波兰国歌的歌词。

教 会 长 老

　　"整个林子里，
没有一丝风；
星星儿闪耀，
月儿照高空。
来吧心上人，
我在把你等；
哪怕不待久，
只待点把钟！
我的小小鸟，
请你往外瞧，
咱俩谈谈心，
咱俩聊一聊；
就在今夜晚，
我要上远方，
我的小小鸟，
请你往外望。
我的心上人，
我就在近旁，
咱俩谈谈心……
痛啊痛断肠！"
亚烈马在林中徘徊，
唱着歌儿等待；
可是他的奥克珊娜，

迟迟不见出来。
月亮发出耀眼寒光，
星星闪闪烁烁；
柳树照镜，在清泉上，
听着夜莺唱歌。
在河边的绣球花上，
夜莺婉转歌唱，
像是知道这哥萨克
在等他的姑娘。
亚烈马在谷地徘徊，
满腹心事重重……
"把我生得这样英俊，
到底有什么用？……
幸福啊，运气啊，我一样都没有。
青春呢，也像水白白地流掉。
我没依没靠的，就好比一根草，
而这草，风一吹就把它刮跑。
世界上所有人都不愿理睬我。
为什么？就因为我是个孤儿。
就只有一个人，天底下只有她，
只有她一个人是知心，然而，
然而啊，就连她也不再理睬我！"
可怜人痛哭着，用袖子擦眼。
"再见了。这一去我或者得幸福，
或者在第聂伯河那边长眠……

我死了,可你呢,小心肝,不会哭,
也绝对看不到这一种情景:
看不到老鸦啄你曾经吻过的
我那双褐色的哥萨克眼睛!
快忘掉我的泪,忘掉我这孤儿,
连山盟和海誓全都给忘却!
我是个大老粗,我哪能配上你,
我哪能配得上长老的小姐!
你去爱别人吧……这就是我的命。
忘了我,小鸟儿,别自己苦恼。
你要是听人说我战死在异乡——
就请你为了我悄悄儿祷告。
哪怕别人都忘了我,
可你也要祷告!"

    孤儿想着哭了起来,
    把头低低垂倒。
    他正啜泣……忽然:唰唰!……
    他猛把头一抬:
    奥克珊娜在树木间
    像燕子般飞来。
    他霎时间忘掉一切,
    奔去把她拥抱……"心肝!"
    两人欲说无语。
    接着一个劲叫:"心肝! 心肝!"
    接着重又不语。
    "够了,小鸟!"

"再抱一会儿,
蓝鹰！……再抱……一会儿……
掏去我的心吧！……再……抱……
哎呀,我多么累！"
"歇一会儿吧,我的星星！
你是从天而降！"
他把长袍铺开,而她,
笑着坐在袍上。
"你就坐在我的身边。"
他坐下来把她紧抱。
"我的星星,我的心肝,
你刚才在哪儿照耀？"
"今天我的爸爸生病,
我要把他照料。
所以我就来得晚了……"
"你准把我忘掉？"
"天哪,你竟说出这话！"
她的眼泪盈眶。
"心肝别哭,我是说笑。"
"说笑！"
她又笑起来讲,
把头靠在他的身上,
好像睡着一样。
"你竟哭了,奥克珊娜,
就为一句玩笑。
再别哭了,瞧着我吧:

亚烈马和奥克珊娜（阿夫拉缅科 绘）

明天再看不到。
明天我要走上远方，
远哪，我的小鸟……
明天晚上在奇吉陵①，
我将举起战刀。
这刀将要给我光荣，
将要给我黄金。
我要让你穿绸着缎，
像个高贵夫人。
我要让你坐在安乐椅上，
让我尽情欣赏……
活一天就欣赏一天……"
"你也许会把我遗忘？
你发了财，住在基辅，
往来尽是老爷，
你准忘了奥克珊娜，
去找贵族小姐！……"
"难道有人比你更美？"
"也许，我不知道。"
"你别触怒上帝，心肝：
谁有你的美貌！
像你这样美丽的人，
天下再找不到！"

---

① 奇吉陵，十七世纪波格丹·赫米尔尼茨基就任乌克兰盖特曼后的首都和要塞，后来被土耳其人所毁。

“别胡扯了,快住口吧,

这也值得争吵?”

“这是实话,我的亲亲!”

两人重又抱紧,

有时夹上一言半语,

两人吻个不停。

两人吻啊吻个不停,

两人拼命拥抱;

一会儿对哭,一会儿盟誓,

简直没完没了。

亚烈马说他们婚后,

将要怎么样过。

他将来会获得黄金,

过到幸福生活。

海达马克在乌克兰,

将把鬼子杀光。

假使他不送掉性命,

将把大权执掌。

姑娘你们听着听着,

可能觉得厌恶。

“说哪儿话!”你们会说。

“不不,一点也不!”

可是万一你们父母知道

你们在读这书,

那么你们,小鸟儿们,

不免就要吃苦!

那时……可是想这干吗，
故事有趣得很！
咱们还是讲那青年，
讲那黑发的人。
他在水边垂柳下面，
拥抱着她，心中痛苦；
奥克珊娜像只鸽子，
亲他吻他，低语轻诉。
她垂着头，哭泣起来，
沉醉在爱河中：
"我的亲亲，我的幸福！
我的亲爱的鹰！
我的！……"
垂柳低下头来，
仔细听着她讲。
她讲什么！我不说了，
诸位黑发姑娘。
天都晚了，说这不好，
做梦都会见到。
让他们像见面时候那样，
悄悄分开的好。
让他们俩悄悄分开，
不让旁人看见。
这时男的热泪盈眶，
女的眼泪涟涟。
让他们俩走吧……也许，
　　他们还能重逢……

现在我们离开他们，

再说长老家中。

他家窗上灯火明亮。

里面怎么样了？

得看一看再跟你讲……

唉，还是不看为妙！

你还是不看好！要是你看见了，

管保你会痛心，为人类害羞。

贵族党党员们竟做出这种事，

亏他们还宣誓要捍卫自由。[1]

捍卫，呸！……生他们的母狗该挨揍，

养他们的时辰也应该被诅咒：

咒它们生下了这一群恶狗！

请看看恶狗们在长老的家中，

犯下的罪行啊，天底下少有。

炉火照得屋里亮堂堂。

那该死的老板像只狗

躲在角落，浑身发抖。

贵族党员对着长老嚷：

"还想活吗，你这老狗？

快说，钱在哪里？"

没回答。

---

[1] 看见的人都这样谈论贵族党员；这也不奇怪；这些都是有名誉而无纪律的贵族；活儿不肯干，饭可得吃。——谢甫琴科注

他们就把长老捆上。

长老猛给推倒在地下，

可一句话也没答腔。

"刑还太轻！来炭来焦油！

浇吧！好了！怎么，冷啦？

给他加火烧吧！说不说？……

好哇，瞧他还像哑巴？

脾气真倔，老鬼！等着吧！……"

火炭撒进长老靴筒……

"给他在头顶上再钉钉！"

老头一下就送了命。

这种苦刑他可受不了，

于是灵魂戴罪离去！

"奥克珊娜，我的好女儿！……"

临死就说这么一句。①

鬼子呆若木鸡。

"怎么办？

人都死了！还怎么办？

反正现在一点没办法，

干脆烧掉教堂就算！"

"信仰上帝的人，救命啊！"

门外传来急叫声音。

---

① 杀害教堂长老的事实际上发生在基辅省姆里叶夫村，而不在奥里山纳村，时间是 1766 年，而不是 1768 年。长老达尼洛·库什尼尔被害，是因为他不肯放教会合并派的教徒进教堂，藏起了教堂的圣杯。1859—1860 年谢甫琴科改写这首诗时，曾考虑把地点改回姆里叶夫村。

波兰鬼子一惊:"这是谁?"

奥克珊娜冲了进来:

"杀人了!"

她一下子跌倒在地上。

强盗头子把手一扬!

其他鬼子转身都溜掉。

头子抓住晕倒了的姑娘……

你在哪儿?亚烈马呀,快回顾!

可他只管向前走着。

他一边走一边还在唱,

唱着纳利瓦伊科①战歌。

波兰鬼子走得没了影;

奥克珊娜竟被抢跑。

奥里山纳的狗汪汪叫,

叫了一阵,接着又沉寂:

人们入梦;月光照耀。

长老睡了……一时不会醒过来,

这位圣人将要长眠!

灯还亮着,接着它一闪:

灭了……像人死时咽口气,

屋里重又寂静一片。

---

① 参看本书第 66 页注②。

奇吉陵的盛典①

盖特曼,盖特曼,请你们醒一醒,
请你们起来吧,看一看奇吉陵——
这一个由你们建造的、管辖过的城!
你们会伤心地哭起来,因为这废墟中,
再不见哥萨克昔日的光荣。
哥萨克曾云集在这个广场上,
闹嚷嚷,好比是红色的海洋,

盖特曼雄踞在高大的黑马上,
把权杖一挥呀,海洋就波荡……
海洋波荡,冲向草原,
冲向陡岸那里;
谁碰上了无不完蛋……
无不一败涂地……
可是这个何必再提?……
事情早已过去;
我说朋友,最好这样:
过去了就忘记……
回想又有什么意思,
徒然痛哭一场。

---

① 海达马克在奇吉陵祭刀起义的讲法源出民间传说,其实他们是从马特
辽那修道院开始起义的。

咱们就来看看这城，
现在到底怎样。

从树林后，从烟雾中，
一轮月亮升上；
这月亮像火般燃烧，
燃烧，但不发光。
它像知道它的光辉，
人们再不需要，
它像知道在乌克兰，
战火即将燃烧。
天色入暮，这奇吉陵，
黑得好像坟墓。
（今天夜里全乌克兰，
半星灯火全无，
这是马可维节①前夕，
人们在作祭刀准备。）
在广场上杳无人迹，
只有蝙蝠在飞；
只有牧场上空，
猫头鹰在悲鸣。
而人？……正在提亚斯明河②畔，

①　马可维节，在俄历 8 月 1 日。相传海达马克在 1768 年的这一夜起义。
　　实际上起义时间要早些，是在同年 5 月 18 日。
②　提亚斯明河，第聂伯河右岸的支流，奇吉陵城就在这河边。

守候在密林中。

老的少的,富的贫的,

　　在黑暗中会集,

　　他们会集起来等着

　　一个空前节日。

在黑暗密林中,在绿色橡林里,

马靠着拴马桩,正在吃嫩草;

马都已准备好,马都已准备齐,

骑马的将是谁? 往哪里奔跑?

骑马的将是谁? 请看看山谷里!

他们正静静地埋伏着等待。

是海达马克,是那些大雄鹰,

听到了乌克兰的召唤飞来,

他们要来严惩波兰的贵族们,

他们要来讨还所欠的血债。

　　橡树林边,大车一辆辆,

　　全都装满铁的石斑鱼①——

　　女皇送的丰盛礼品。

　　这位女皇实在会送礼,——

　　请放心吧,已故世的女皇绝不会

　　为了这话找到我们!

　　车辆之间站着许多人,

---

① 铁的石斑鱼,指刀。民间传说这些武器是女皇叶卡捷琳娜二世本人送
　　的,还赐给他们"金牌",要他们消灭波兰贵族。

他们来自四面和八方——

从斯美拉,从奇吉陵;

有哥萨克平民,有校官,

集合起来干大事情。

那些官长慢慢踱着步,

披着一式黑的斗篷;

他们边走边谈,而眼睛,

瞟着奇吉陵这古城。

校官甲　老哥洛瓦台①真有两手。

校官乙　是个聪明人,坐在村子里好像什么都不知道,可你再
　　　　仔细瞧瞧,到处都是哥洛瓦台。他说:"自己做不
　　　　完,留给儿子干。"

校官丙　儿子也是个机灵鬼!我昨天碰到热列兹尼亚克②,
　　　　他谈到老哥洛瓦台那些个话,真是去他的!他说:
　　　　"他想当个哥萨克军营的阿塔曼;说不定还要当上
　　　　盖特曼呢,要是……"

校官乙　那么冈塔③呢?热列兹尼亚克呢?她④亲自给冈
　　　　塔……亲笔给他写信说:"要是……"

---

① 安东·哥洛瓦台,扎波罗热哥萨克军队的法官。他没有作为起义领袖
　　而被载入历史文献中。

② 马克辛·热列兹尼亚克,1768年海达马克起义领袖之一。他出身贫农,
　　当过哥萨克步兵和雇农,起义失败后被流放到西伯利亚。("马克辛"
　　现在通行译为"马克西姆"。——编者注)

③ 伊万·冈塔,农奴出身,原是保卫乌曼城的波兰波托茨基伯爵哥萨克卫
　　队的中尉,1768年海达马克起义时同热列兹尼亚克一起领导了起义,起
　　义失败后被波兰贵族用酷刑折磨而死。

④ 她,指叶卡捷琳娜二世。

146

校官甲　等一等！好像钟声响了！

校官乙　不是，是大伙在吵嚷。

校官甲　吵嚷得叫波兰鬼子听到了才好。唉，这些个聪明老家伙！出花样吧，到头来把大犁做成了小钳子，干不了大事！用得上大麻包的地方就用不着小布袋。既然买了洋姜，那就只得吃下去，哪怕辣出眼泪来，辣得眼珠都脱出了眼眶，可也得硬着头皮吃下去！因为东西已经买了，不能让钱白白丢掉！要不然只顾左思右想，就搞不出名堂来；等到让波兰鬼子猜到，那就完了！那儿在开什么会？怎么还不打钟？该怎么管住这些人，让他们不吵不嚷呢？这可不是那么十个八个人，我的天，就算不是全乌克兰的人，也有整整一个斯美梁西纳①的人了。喏，听见吗？还唱歌呢。

校官丙　不错，是有人在唱歌；我去叫他们别唱。

校官甲　别去了！只要声音不太响，就由他们唱去吧。

校官乙　看来，是瓦拉赫②在唱！这老傻瓜憋不住了；光知道唱！

校官丙　唱可是唱得出色！回回听，回回不同。诸位老兄，咱们悄悄过去听听吧；钟声就要响了。

校官甲、乙　好！走吧！

---

① 斯美梁西纳，斯美拉的一个地区。
② 有一个歌手跟着海达马克走，大家管他叫瓦拉赫瞎子（爷爷说的）。——谢甫琴科注。瓦拉赫原指罗马尼亚瓦拉几亚公国的人，在这里是一个盲歌手的绰号。海达马克队伍中有一些歌手，其中几个在起义失败后被波兰贵族杀害。

校官丙　那么走！

〔校官们悄悄地站到一棵橡树后面。树下坐着
一位盲歌手。他身边围满了扎波罗热哥萨克和
海达马克。

歌　手　(慢慢地、轻轻地唱起来)

哎呀，哎呀，瓦拉赫！

世上剩下没几个！

摩尔达维亚人到如今，

已经不再是主人。

那些什么什么公①，

都去做了鞑靼人的叩头虫，

投靠土耳其的苏丹王，

锁链就此给戴上！

这且不提，别为往事再悲戚，

还是好好求上帝，

快跟我们哥萨克，

相友好来相联合；

记住年老波格丹，

那位伟大盖特曼。

你们要想做主人，

你们就得学我们，

跟着老爹马克辛②，

举起战刀去斗争。

---

① 指十四至十九世纪的摩尔达维亚公和瓦拉几亚公。
② 老爹马克辛，即热列兹尼亚克。

我们将要大狂欢，

拿鬼子们逗着玩；

我们将要玩通宵，

闹得地狱呵呵笑；

闹得大地也摇晃，

闹得漫天是火光……

大家好好乐一场！

扎波罗热哥萨克　大家好好乐一场！老头要是没撒谎，那唱
　　　　　得有道理。他要不是瓦拉赫，准是个出色的歌手！

歌　手　我本不是瓦拉赫，不过在瓦拉几亚待过，大家就叫我
　　　　　瓦拉赫了，连自己都不知道怎么回事。

扎波罗热哥萨克　嗯，那没什么。再给唱个吧。就唱马克辛
　　　　　老爹。

海达马克　别那么响，可别让校官他们听见了。

扎波罗热哥萨克　你们的校官跟我们有什么关系？他们生着
　　　　　耳朵，总是会听到的，就是这么回事！我们只有一个
　　　　　头儿，就是马克辛老爹；要让他听见，还会赏块钱呢。
　　　　　唱吧，老头儿，别听他的。

海达马克　话虽不错，老兄；这我也知道，不过老爷好见，二爷
　　　　　难当，太阳出来没刺眼，露珠反而刺眼睛。

扎波罗热哥萨克　胡扯！唱吧，老头儿，有什么唱什么，要不，
　　　　　没等到钟声响我们就睡着了。

大　家　是啊，我们会睡着的，唱点什么吧。

歌　手　（唱）

在苍穹下，在高空中，

飞着一只蓝鹰；

在森林中,在草地上,
走着老马克辛。
瞧啊,跟着那只蓝鹰,
是小雄鹰一群;
瞧哇,跟着老马克辛,
是些小伙子们。
他们都是小哥萨克,
老爹的好子弟。
这位慈父一有事情,
就跟他们策计。
他一跳舞大家都跳,
跳得地动山摇,
他一唱歌大家都唱,
唱得破涕为笑。
他喝白酒从不用碗,
捧起酒坛就喝,
碰到敌人举刀就砍,
从不放过一个。
这位就是咱们头领,
这蓝色的雄鹰!
碰到打仗,陷阵冲锋,
他就豁上性命。
他既没有一头牲口,
也没花园、房屋……
草原和海就是出路,
通向荣誉、财富。

　　　　　波兰贵族,波兰恶狗,

　　　　　要忏悔就赶快:

　　　　　老马克辛带领海达马克,

　　　　　正沿黑道①而来。

扎波罗热哥萨克　真不错! 没说的,好极了:又好听又有意
　　　　思。好,实在好! 随便唱什么,总能唱得恰到好处!
　　　　谢谢,谢谢。

海达马克　关于海达马克他唱些什么,我还有点弄不清。

扎波罗热哥萨克　你可真是笨! 喏,他是这么唱的:让该死的
　　　　波兰恶狗忏悔吧,马克辛老爹带领着海达马克,正沿
　　　　着黑道来了,要来把这些波兰贵族宰了……

海达马克　还要把他们绞死,五马分尸! 好,好得很! 对,
　　　　该这么办! 不错,那块钱要不是昨天喝酒喝掉
　　　　了,我准给他。真可惜! 可是钱去了还能来。耐
　　　　心点吧,恩人,明儿给。关于海达马克,再给唱两
　　　　段吧。

歌　手　我倒不贪图两个钱。只要你们爱听,我嗓子一天没
　　　　坏就一天要唱;就算坏了,喝他一杯什么"活水",又
　　　　能唱了。听吧,可敬的爷儿们!

　　　　　海达马克在绿色的

　　　　　橡树林里过夜,

　　　　　马匹拴在木桩旁边,

　　　　　鞍具全都不卸。

① 这条大道叫作黑道,因为鞑靼人沿着这条大道进入波兰,马把草都踏坏
了。——谢甫琴科注。黑道是扎波罗热土地上最古老的要道之一。

波兰老爷、酒馆老板，

在酒馆里过夜，

大吃大喝，吃饱就睡，

而且……

大　家　等一等！钟好像响了。听见吗？……又是一下……

　　　　　噢！……

"钟声响了，钟声响了！"

林中回声盘旋。

"快动身吧，祈祷去吧，

路上把歌儿唱完。"

海达马克蜂拥而出——

橡林轰轰地响；

海达马克扛起牛车，

一直扛到教堂。

老瓦拉赫跟在后面，

两腿一瘸一瘸。

"海达马克在绿色的

橡树林里过夜……"

老头边走边在低吟，

大伙对他叫嚷：

"老瓦拉赫，老瓦拉赫，

换点别的唱唱！"

他们扛着牛车跳舞，

老头立刻弹琴：

"哟好，哟好，跳得有劲！

跳吧，小伙子们！"

只见大伙跳啊跳啊，
跳得天旋地转。
歌手使劲弹他的琴，
嘴里又叫又喊：
"跳吧跳吧尽情跳！
小伙子把冈娜叫！
'去玩玩吧，小冈娜，
我来把你亲一下；
咱们去把神父找，
去向上帝做祷告；
没有麦子没有稻，
咱们就去割点草。'
他结了婚可就苦，
孩子全都光屁股，
家里只剩四堵墙，
可是他还大声唱：
'屋子里面丁丁丁，
门廊里面零零零，
老婆老婆快烤饼，
丁零丁零丁零丁！'"
"好啊好啊！再来一个！"
海达马克大叫着说。
"嗨嗨，跳舞跳得妙！
鬼子早把酒酿好，
咱们要摆酒席吃一顿，
招待招待波兰老爷们。

招待那些波兰大老爷，
招待那些波兰大小姐。
嗨嗨，跳舞跳得妙，
哥萨克把小姐叫：
'小姐我的小亲亲！
小姐我的小命根！
不要害臊，给我你的小嫩手，
咱俩一起去走走；
让别人去做梦见苦恼，
可是咱们要欢笑！
可是咱们要欢笑，
咱们去把幸福找。
小姐我的小亲亲，
小姐我的小命根！'"

"再来一个！再来一个！"

"日也盼来夜也盼，
但愿来个年轻汉！
哪怕那个年轻汉，
就跟我在屋里走一转。
跟个老头在一起，
我可老大不愿意！
但愿……"
"喂喂！你们醒醒好不好！
瞧你们都疯成这样！

你呀，老狗，还是做祷告，

下流小调不要再唱！"

听阿塔曼一叫，大伙猛一看：

原来到了教堂前面。

僧侣正在念经，神父抡着香炉洒圣水；

大伙马上噤若寒蝉。

神父行走在那些牛车之间，

迈着很庄严的步伐，

后面跟着神幡一面面，

好像在给圣饼净化。

"大家快祈祷吧，弟兄们，"

副主教①号召众人，

"我们那些先烈在捍卫

这座奇吉陵的大门。

你们定要守卫乌克兰，

保护你们这位母亲，

不让她受敌人的凌辱，

在刽子手刀下呻吟。

从柯纳雪维奇②到如今，

战火不熄，人民遭殃，

受的折磨不知有多少：

---

① 副主教，指美尔希谢捷克·兹纳奇柯-雅伏尔斯基。民间传说他是起义
的精神鼓舞者，事实上不太可靠。

② 彼得·柯纳雪维奇–萨盖叶达奇尼，1614—1622 年的盖特曼。

关进监狱,流放他乡……

哥萨克孩子在坏人中长大,

而乌克兰的美女啊!……

受尽波兰鬼子的凌辱,

辫子日渐稀疏;

她们那褐色的大眼睛

已经愁得失去光彩;

哥萨克却不去救她们,

恬不知耻,做人奴才……

可悲呀! 祈祷吧,孩子们!

眼看在乌克兰地方,

波兰人要严刑审我们,

血将流得像海一样。

我们怀念过去那些盖特曼,

怀念波格丹和奥斯特兰尼察①。

哪儿埋着他们圣洁的骨灰,

他们的坟在哪儿啊?

那光荣的纳里伐柯的坟?

谁曾恸哭,在他坟前?

敌人却亵渎地把先烈们的骨灰,②

----

① 奥斯特兰尼察,又名奥斯特梁宁,1637—1638 年乌克兰人民起义的领袖,1638 年担任盖特曼,后在起义战斗中牺牲。

② 纳里伐柯在华沙被活活烧死,伊万·奥斯特兰尼察和三十个哥萨克校官被严刑折磨,又被砍去头和四肢,尸体还运到全乌克兰示众。济诺维·波格丹跟他的儿子季莫菲被埋在奇吉陵附近的苏波托夫;盖特曼恰尔聂茨基攻奇吉陵不克,盛怒之下烧了他们的尸体(见格奥尔基·柯尼斯基的著作)。——谢甫琴科注

撒在荒凉草原上面。

先人受尽侮辱,不能再复生。

波兰贵族何等快活:

因为波艮不能再用他们的尸体,

去堵塞那英古尔河!

波格丹早死了,现在还有谁

能够把罗西河跟黄水河染红!

瞧吧,瞧柯尔孙这古城,

申诉无门,何等悲痛。

阿利塔河在哭:'活不下去啦!

我要干了……塔拉斯在哪里?'

没有回音……后辈不像先辈们!①

你们别哭,诸位兄弟:

米哈伊尔②以及所有的忠魂,

都跟咱们站在一起,

严惩敌人的时辰已到,

快祈祷吧,诸位兄弟!"

哥萨克们一起做祷告,

虔诚得像孩子一样。

他们并不悲伤,没有想到死……

———

① 波艮团长曾在英古尔河淹死波兰人。济诺维·波格丹曾在罗西河边的
柯尔孙城杀了四万多波兰人。塔拉斯·特里雅西洛曾在阿利塔河边大
杀波兰人;这一夜被称为"塔拉斯之夜"或"流血之夜"(见班特什-卡缅
斯基的著作)。——谢甫琴科注。波格丹于 1648 年二次大败波兰军队
于柯尔孙城之前,曾于同年首次大败波兰军队于黄水河。
② 米哈伊尔,天使长。

万一死了,白巾挂在坟上!①

十字架上披白巾,

这是幸福,这是光荣!

……

这时副主教又号召说:

"大家去给敌人送终!

举起战刀!给刀洗礼吧!"

一时警钟叮叮咚咚。

"给刀洗礼!"叫声震天响,

心也仿佛停止跳动。

给刀洗礼!给刀洗礼呀!

波兰鬼子就要灭亡!

霎时之间整个乌克兰,

就闪起了剑影刀光。②

第三次鸡啼③

波兰贵族最后这一天,

还在折磨咱乌克兰;

这是乌克兰和奇吉陵

---

① 按乌克兰民间风俗,死人下葬时在十字架上挂巾,再把它们缠在死者亲
友的袖子上。

② 关于奇吉陵的盛典,老人们是这样说的。——谢甫琴科注

③ 第三次鸡啼是一种信号。据说,热列兹尼亚克的一个大尉没等到第三
次鸡啼就烧了奇吉陵和兹维尼高罗德县之间的一个小地方——美德维
杰夫卡。——谢甫琴科注

最后一天受苦受难。
咱们乌克兰的大节日——
马可维节已经过掉……
如今那些商人和贵族
烈酒饮足,鲜血喝饱,

　　他们拼命咒骂异教徒,
　　因为再没什么可进腰包。
　　海达马克却在静静等待着,
　　等待坏蛋上床睡觉。
　　他们躺下就将起不来,
　　这点他们哪能料到。
　　波兰鬼子已经在打呼,
　　商人深夜还在数钱。
　　他们在黑夜中偷着数,
　　因为害怕有人看见,
　　接着他们躺在金子上,
　　肮脏的梦做得香甜。

让他们去睡吧……让他们去长眠!
而这时,月亮正飘游在太空中,
观望天,观望星,观望海,观望着大地,
它看到人间的幸福和痛苦,
到早晨把这些去禀告上帝。
月亮在照耀着整个乌克兰,
照耀着……可是你,月亮啊,在天上
有没有看到那小孤女,那奥克珊娜?
她如今在哪儿受着苦受着难,

这一切她爱人亚烈马都知道了吗？
这些等以后再说，我暂且不讲她，
我如今换支歌唱给你们听。
我不唱姑娘，
我唱的是苦痛，哥萨克的不幸。
听着吧，以后把这支歌传下去给儿子，
让儿子再传给他们的儿孙：
哥萨克受尽了波兰人的欺凌，
现在要以其人之道还治其人之身。

乌克兰不知平静，
一直动荡不休。
大草原上血如泉涌，
像河水般奔流。
流啊流啊，后来干了。
田野重新发绿。
于是地下祖先长眠，
地上墓冢苍郁。
墓冢高耸，有什么用，
谁还怀念古人？
没有人到坟前恸哭，
谁又前来祭坟！
古墓上面只有微风，
静悄悄地吹拂，
只有露珠轻轻洒落，
像为先人流泪。

只有太阳每天升起，

把他们烤暖和；

而他们的那些儿孙

在给老爷收割！

儿孙虽多，可谁能够

指出冈塔的坟？

 有谁知道哪里葬着

 这位正直的人？

 有谁知道那位好汉，热列兹尼亚克，

 他长眠在哪里？

 真痛心啊！刽子手在称王，

 先人却被忘记。

 乌克兰不知平静，

 一直动荡不休，

 大草原上血如泉涌，

 像河水般奔流。

 战火日日夜夜不停，

 大地辗转呻吟；

 那场面是惊心动魄，但一回想，

 却又令人神往！

月亮啊！请你从高空中落下来，

快躲到山背后，别照着这世界；

尽管你看见过血流成海洋，

像罗西河、阿利塔河、塞纳河①那样，
可今夜却不同！你一定会害怕。
亲爱的朋友啊，你赶快躲开吧！
躲开吧，月亮啊，免得你吃苦，
到老来还哭。

天上那苍白的月亮，
正愁闷地照着；
这时顺着第聂伯河，
一个哥萨克在走着。
他又忧伤，他又痛苦，
脚都提不起来。
莫非姑娘嫌他穷吗，
再也不把他爱？
不不，姑娘可是爱他，
补丁全不在乎，
这黑眉汉如果不死，
将来一定致富。
那他为何如此苦恼，
像要大哭失声？
显然是在他的心中，
感觉到了不幸。
这种不幸感觉到了，

---

① 1572年8月24日（圣巴托罗缪节）的前夕，在巴黎塞纳河上曾发生天主
教徒屠杀胡格诺教徒事，这一夜被称为"巴托罗缪之夜"。

却又没法说出……
这时周围鸦雀无声，
好像没有生物。
现在还没听见鸡啼，
也没听见狗叫，
只有远处树林子里，
狼在凄凉叫嗥。
亚烈马朝前走着，
不上奥里山纳，
他是去找万恶鬼子，
不是奥克珊娜。
在他去的契尔卡塞，
鸡快第三次叫。
走着走着……他一回脸：
第聂伯河波浪滔滔……

"啊，我的第聂伯河，你宽阔而汹涌，
哥萨克的鲜血，你流走多少！
血至今还在流，连海洋都染红！
而你呢，还没有喝饱；
可今夜你将要喝个足，喝个醉：
烈火将烧遍这乌克兰大地；
贵族的肮脏血将像水一般流，
而我们哥萨克却将要兴起；
穿上了华服的盖特曼将复生；
苦尽甘来；哥萨克即将高唱：

'把敌人消灭光!'仁慈的上帝啊,
乌克兰草原上,权标将重放出光芒!"
那衣衫褴褛的亚烈马,一边走一边想,
拿着把受过了洗礼的战刀。
那第聂伯河啊,蓝蓝的,没有边,
掀起来的波浪,像山一般高;

　　它在芦苇丛中狂啸,

　　压弯河边柳条;

　　闪电划破天上乌云,

　　雷声震耳怒号。

　　而亚烈马只管走着,

　　什么都没看到;

　　过去的事涌上心头,

　　使他时喜时恼:

　　"我只要有奥克珊娜,

　　穿破衣也高兴。

　　可是……可是我会怎样?

　　送命也说不定!"

　　这时传来几声鸡啼,

　　来自谷地那头!

　　"啊! 契尔卡塞! 我的上帝,

　　可别减我的寿!"

血　宴

　　钟声到处叮叮当当，

　　响遍全乌克兰。

　　"起来打倒波兰贵族！"

　　海达马克高喊。

　　"消灭他们！我们狂欢！

　　我们烤热天空！"

　　斯梅梁辛纳在燃烧，

　　天像鲜血般红。

　　至于美德维杰夫卡，

　　早已烟火弥漫。

　　斯美拉也在烧；而斯梅梁辛纳——

　　血像河水一般。

　　还有柯尔孙城、康涅夫城①、

　　契尔卡塞跟奇吉陵；

　　火焰顺着黑道蔓延，

　　血直流到沃伦。

　　这时冈塔在波列西，

　　正在举行盛宴。

　　热列兹尼亚克在斯梅梁辛纳，

　　正在铸刀炼剑。

① 康涅夫城，在基辅附近。谢甫琴科就葬在当地。

亚烈马到契尔卡塞，
那儿也在试刀。
"小伙子们，消灭敌人，
杀吧，对，杀得好！"
热列兹尼亚克老爹
在市场上呐喊。
周围像是地狱；在地狱中，
海达马克狂欢。
亚烈马见鬼子就杀，
两个三个一刀。
"一刀还算便宜他们！
小子，你杀得好！
杀吧，你将当上大尉，
或者升上天堂！
狠狠杀吧，众位弟兄，
把敌人都杀光！"
大家听了分头奔向
地窖、粮仓、阁楼，
他们看见敌人——就杀，
看见东西——拿走。
"好了好了，你们累了，
先歇一歇再干！"
这时街道和市场上
血流成河，尸积如山。
"杀得不够！没杀死的都得杀死，
不让恶狗再起！"

接着那些海达马克

在市场上会集。

热列兹尼亚克叫住

走着的亚烈马：

"喂喂，小子，你走过来！

我不吓人，别怕。"

亚烈马恭敬地脱下帽子，

答道："我不害怕！"

"你打哪来？是什么人？"

"来自奥里山纳。"

"这是不是那个村庄，

那儿长老被杀？"

"哪个长老？你说哪儿？"

"就是奥里山纳。

连他女儿也抢走了……"

"女儿……奥里山纳？"

"长老的女儿，你知道吧？"

"我的奥克珊娜！"

亚烈马才叫出一声，

就默默地倒下。

"唉！……真可怜！喂，米可拉，

你来帮一帮他！"

亚烈马一醒来就说："老爹，兄弟！

怎么我没百条胳臂？

给我刀吧，给我力量，

我要惩罚恶鬼！

我定要叫地狱失色，

要叫地狱发抖!"

"好啊,为了神圣事业,

小子,刀当然有。

你跟我们到雷香卡①,

咱们一起炼刀!"

"带我去吧,我的老爹,

我要跟着你跑!

我要跟着你老人家,

直到海角天涯,

我跟着你,阿塔曼呀,

到地狱都不怕! ……

可是你看能否找到……

找到奥克珊娜?"

"也许能够。你叫什么?"

"我吗,叫亚烈马。"

"那你的爹又是谁呢?"

"我可没爹没娘!"

"没爹没娘? 好,米可拉,

你把他给记上,

就让他叫……叫什么呢? ……

叫做'光棍'怎样?

①　雷香卡,兹维尼高罗德县的一个小地方,位于吉基奇河旁。冈塔和热列兹尼亚克在这里会师,并摧毁了相传是波格丹建造的古堡。——谢甫琴科注。实际上,冈塔和热列兹尼亚克会师的地方不是在雷香卡,而是在离乌曼三十公里的索柯洛夫察村。

就‘光棍’吧!"

　　　　　　"这不大好!"

"那么,叫‘不幸’呢?"

"也不怎样。"

"那等一等,

就叫……‘流浪儿’吧!"

名字写好。

"走,‘流浪儿’,

咱们一起出发。

你会找到幸福……或许……

众位弟兄,上马!"

有人打从马车队里,

给亚烈马把马牵来。

他笑了笑,可是接着,

重又拭抹眼泪。

大队人马动身出城,

契尔卡塞烈火熊熊……

"都齐了吗?"

"齐了,老爹!"

"走吧!"

队伍于是出动。

沿着第聂伯河右岸,

大队人马在走。

瞎眼歌手老瓦拉赫

慢慢跟在后头。

他骑着匹瘦马走着,

一边放声歌唱：

"海达马克！海达马克！

马克辛在游逛。"

他们行进……契尔卡塞

却在后面燃烧。

管它！谁也不回头看，

大骂鬼子，大声欢笑。

有人在听歌手唱歌，

有人互相笑逗，

热列兹尼亚克在最前面，

听着，却不开口。

他很警惕，默默走着，

嘴里叼个烟斗。

亚烈马在后面跟着，

低低垂下了头。

苍郁的松林、高陡的山峰、

天空、星星、人群、

波浪滔滔的第聂伯河，

还有幸和不幸——

所有一切都过去了！

而亚烈马，就像什么也没看见。

他痛苦得肝肠欲裂，

眼泪却没一点。

他没眼泪；他的眼泪

早被毒蛇喝干，

毒蛇压在他的胸头，

盘踞在他心间。

"哎呀眼泪，我的眼泪！

你能洗去痛苦；

洗去它吧……我是多难受啊！……

可是没有用处：

不管蔚蓝大海、第聂伯河，

全都洗它不掉。

难道我在一生当中

就将这样苦恼？

奥克珊娜！你在哪儿？

请你看我一眼！

看一眼吧，我唯一的亲人。

难道你已远离人间？

你说不定正在受苦，

诅咒该死的命，

或者在鬼子的枷锁底下，

正在婉转呻吟。

说不定你想起了我，

想起奥里山纳，

你叫唤说：'我的亲人，

抱抱奥克珊娜！

抱得紧点，我的小鹰！

把什么都忘掉。

任凭鬼子耀武扬威，

我们可听不到！……'

狂风打从里曼吹来，
把白杨树吹倒，
噩运向这姑娘扑来，
使她饱受煎熬。
她一定在伤心,焦急……
她忘记了……哎呀……
也许她已成了太太；
而波兰人……天哪！
哪怕叫我掉进地狱，
天雷轰我头顶，
给我海样深的罪受，
也别这样绞我的心：
即使我的心是石头做的，
它也会碎会炸！
我的幸福！我的心肝！
我的奥克珊娜！
你到底在什么地方，
到底躲在哪里?"
亚烈马他兀自想着，
忽然泪下如雨！
热列兹尼亚克这时
向大伙下命令：
"马已经累,得喂一喂，
天也已经黎明，
进林子吧！"
大伙一下，

静静地进了森林。

古巴里夫希纳

太阳升起;在乌克兰
到处燃烧冒烟,
还活着的波兰贵族
关在家里打战。
所有村子都是绞架,
大官挂满架上,
对付小官若用绳子
那就太划不上。
大街小巷野狗乱窜,
到处乌鸦乱飞,
啃吃贵族,啄出眼珠,
谁也不加理会。
村里剩下小孩和狗,
大人没有一个,
连女人也拿起炉叉,
参加海达马克。

全乌克兰就是这样!
比地狱还可怕……
人们到底为了什么
这样互相厮杀?
老少如能和睦相处,

173

你说该有多好？

可是不行，他们不肯，

定要分道扬镳！

他们要血——弟兄的血，

因为他们忌妒，

他们垂涎弟兄们的牲口、布帛、

和敞亮的房屋。

"杀掉兄弟！烧掉房子！"

他们说干就干。

人杀死了，房屋烧了，

留下孤儿受难。

孤儿在血泪中成长，

如今终于长大；

双手挣脱桎梏，拿起了刀，

要以牙来还牙！

斯拉夫人的手，浸在弟兄们的血中，

想着叫人难过。

都是天主教的教士、耶稣会的教徒——

他们犯的过错！①

海达马克驰过山谷，

---

① 在教会合并前，哥萨克和波兰人是和睦相处的，要不是耶稣会教徒，也
许就不会厮杀。耶稣会教徒波谢文，教皇的使节，第一个在乌克兰进行
教会合并。——谢甫琴科注。教会合并以后，正教必须服从罗马教皇
的最高权力和天主教会的基本教义。在乌克兰等地反对天主教的斗
争，反映了反对波兰压迫的民族斗争。

驰过森林草原。

"流浪儿"他热泪盈眶，

跟在人马后面。

过了伏罗诺夫卡和威波夫卡①，

来到奥里山纳。

亚烈马想："是不是去打听一下

我的奥克珊娜？

不不，不要让人知道

我送命是为啥。"

这时海达马克蹄声嗒嗒，

又离开了奥里山纳。

"流浪儿"碰见个小孩就问：

"长老给人杀了？"

"叔叔，不是，爸爸说过：

他是被烧死的。

他的女儿奥克珊娜

也给鬼子抢走。

昨天大家才把长老，

埋到坟墓里头。"

亚烈马没听完，就把马缰一甩：

"马呀，你赶快跑！

昨天趁我还不知道，

死了该有多好！

可我今天即便死了，

---

① 伏罗诺夫卡和威波夫卡，基辅省的两个村子。

也要起来雪冤。
奥克珊娜,你在哪儿?
啊,我的心肝!"
接着他就静了下来,
放马缓缓地走。
孤儿这时万分难过,
痛苦又上心头。
他在一个古村外面,
追上他的弟兄。
酒馆粮仓成了灰烬,
老板没了影踪。
亚烈马就触景生情,
他不由得苦笑。
两天以前他在这儿,
还向老板弯腰,
而今天呢……一切尽成陈迹:
想起往事心中抑郁。
这时海达马克拐弯,
离开大道走去。
他们追上一个孩子,
衣服又破又脏,
脚上穿着一双草鞋,
肩上搭个布囊。
"喂,要饭的! 你等一下!"
"你说哪个要饭!
我是海达马克。"

"瞧你衣服破破烂烂!"

"你打哪来?"

"基里洛夫卡村①。"

"布吉夏村②你可知道?"

"当然!"

"还有村旁的湖?"

"那边就是,请瞧!

谷地旁边就是那湖,

这路可以通到。"

"今天见过波兰人吗?"

"一个也没见着;

昨儿他们可是真多,

而且可恶得很,

不让我们祝福花环,③

我们就揍他们!

我和爸爸举起了刀,

跟鬼子们拼命;

我的妈妈本也要干,

就可惜她生病……"

---

① 基里洛夫卡,又名凯烈里夫卡,兹维尼高罗德县的一个村子。热列兹尼亚克给这孩子的金币,到现在还保存在那人的儿子那里。我曾亲眼见过。——谢甫琴科注。谢甫琴科在基里洛夫卡村度过他的童年。

② 布吉夏村,离基里洛夫卡不远的一个村子。山谷里有个湖,湖边有个小林子,叫作古巴里夫希纳,热列兹尼亚克曾在这里砍杀过躲在树上的波兰人,故名("古巴里夫希纳"形容噼啪响的声音)。林中埋有波兰贵族财宝的地窖直到现在还能见到,但已被破坏了。——谢甫琴科注

③ 作者误把马可维节当做海达马克起义的日子。按照习俗,在这个节日里要祝福花和种子。

“好哇,小子,给你一个金币留念。
可别丢了,孩子!”
孩子接过了钱瞧瞧:
“谢谢您的金币!”
“走吧,兄弟,喂,‘流浪儿’,你跟着我!
现在大家不许出声!
谷地上面有一个湖,
山脚有片树丛。
树丛里面有笔官产,
一到就先包围,
也许他们留下了人,
把这笔钱守卫。”
大伙来到那个林子,
把它团团围好。
一看——连人影也没有……
“嘿嘿,可真乖巧!
弟兄们呀,抬头看吧,
树上多好的梨!
快把它们打下来吧!
快,快,用点力气!”
贵族党员像些烂梨,
纷纷往地下落。
为了不让他们再去作恶,
他们全被结果。
洞穴找到,财宝收拢,
鬼子口袋搜过,

于是动身上雷香卡，

去杀那些恶魔。

雷香卡的盛宴

傍晚时候，在雷香卡

满天亮光闪闪：

热列兹尼亚克跟冈塔

呼呼吸着烟管。

他们吸得那么凶猛，火光熊熊，

连地狱也颤动！

波兰贵族和老板们

把条吉基奇河①染红。

河旁边的房子、篷帐，

全都变成灰烬；

波兰鬼子不分贵贱，

都逃不出厄运。

热列兹尼亚克跟冈塔

在市场上高呼：

"大家惩办波兰贵族，

让他们后悔当初！"

大伙听了马上动手。

鬼子啼哭号叫：

_____

① 吉基奇河，布格河的支流。

有的呻吟；有的哀求；
有的喃喃祈祷；
有的对着死去弟兄
诉说自己罪愆。
可是不能饶恕敌人，
血债必须偿还。
见到贵族、老板就杀，
管他年轻貌美，
杀得他们一个不剩，
污血流到河内。
不论驼背、瞎子、男女、老少，
一个也没漏掉。
这样一场严厉报复，
谁也逃避不了。
被杀死的敌人尸体，
堆得像山一样。
这时烈火熊熊地烧，
烧得越来越旺。
熊熊火焰旋转翻腾，
一直冲上云霄。
那"流浪儿"大声怒叫：
"鬼子一个别饶！"
他像发疯，到处乱砍，
死人也砍一刀。
"给我鬼子，给我老板，
我杀得还太少！

快让脏狗们的污血

像海一般流吧！……

血海也洗不清深仇……

我的奥克珊娜！

你在哪儿?"他狂叫着,

一面杀进火海。

这时海达马克在市场上,

正把筵席安排。

能找到的酒菜佳肴,

全都一一端上,

他们准备趁着天明,

好好乐他一场!

他们欢宴,而周围像地狱,

烈火熊熊。

贵族们的焦黑尸体

在木柱上晃动。

接着木柱也烧起来,

带着尸体倒下。

"众位弟兄,大家喝吧!

大家喝吧,斟吧!

这类老爷,我们也许还会碰到,

我们也许,还会痛饮一场!"

热列兹尼亚克举起酒杯,

把它一饮而光。

"为了这些该死的人,

和该死的尸体,

再干一杯！干吧，孩子！
干吧，冈塔兄弟！"
"干吧，干吧，我的朋友，
咱俩一起作乐。
瓦拉赫呢？喂，老人家，
快给我们唱歌！
别唱祖先，唱唱我们
怎样惩办贵族；
别唱苦痛，因为我们
从不知道痛苦。
唱个有趣的吧，老头，
唱得大地震荡！
你就唱唱那小孤孀，
唱她多么悲伤。"

　　（歌手弹琴歌唱）
"从村头到村尾，
到处跳舞到处唱，
我卖掉了蛋和鸡，
新的鞋子买一双。
从村尾，到村头，
我把舞儿跳个够。
没公牛，没母牛，
我的家里空溜溜。
我把我的小屋子，
干脆卖给别人住。

我在板墙那后面，
搭上一个小帐幕；
我开了张做生意，
卖卖蜜糖和白酒，
我又跳舞又作乐，
只交年轻的朋友！
喂喂，我的孩子们，
喂喂，我的好心肝，
你们不要再悲伤，
瞧我跳舞跳得欢！
我要去把雇工当，
送孩子们进学校，
我要穿上红绣鞋，
踏穿新鞋把舞跳！"

"好哇好哇！来个舞曲！
给腿加一加油！"
大伙跳起矮子舞来，
瞎子弹琴伴奏。
大地旋转。"来吧，冈塔！"
"马克辛兄弟，快来！
趁还活着，我的弟兄，
好好跳个痛快！"

    "我说我的好姑娘，
    别看我穿破衣裳，
    我爹把我生得好，

我们长相全一样。"

"好哇,兄弟,唱得真好!"
"给马克辛让道!"
"等等,等等……"

"要依我的老脾气,
　我爱哪个都不拘:
　　　　哪怕神父他们的小姐,
　　　　哪怕庄稼汉的好闺女。"

大家欢笑,可"流浪儿"
依旧眉头皱紧。
他坐在那长桌边上,
哭得十分伤心。
他的衣着虽然华丽,
却哭得像娃娃!
金子荣誉他都有了,
就少奥克珊娜;
有福没人跟他同享,
有歌没人同唱,
他就孤零零的一个,
在人世间流浪!
可是叫他怎能想到:
他的那位姑娘
就在吉基奇河对岸,

在波兰人手上？
就是这些波兰贵族
害死她的父亲。
如今恶兽躲在墙后，
偷听弟兄呻吟！
你们这些恶兽，恶兽！
末日就要临头！
这个时候，奥克珊娜
正在望着窗口。
她窥望着雷香卡的大火：
"亚烈马在什么地方？"
奥克珊娜怎能知道，
他就在她近旁！
其实他就在雷香卡，
破衣已经脱掉，
身上穿着一件红袍，
正在伤心想道：
"奥克珊娜，她在哪儿？
在哭？ 在受磨难？"

有一个人沿沟爬来，
哥萨克的打扮。
"流浪儿"忙站起身来：
"快说，你是哪个？"
"我是老冈塔的信使，
他在寻欢，我在等着……"

"你是恶狗,你是老板!

你再不用等了!"

"上帝保佑,我是老板?

我是海达马克!

我有戈比①……瞧证据吧! ……

这个你总知道!"

"知道!"

亚烈马从靴筒里面,

拔出他的快刀。

"快承认吧,狡猾的狗,

这是不是你干的:

带喝醉的波兰鬼子,

找那长老去了?

认识你的老雇工吧?

我,是亚烈马。

奥克珊娜现在哪儿,

恶鬼,你快说吧!"

他晃晃刀。

"上帝保佑! ……

她在老爷那里……

如今她在帐篷里面,

浑身金银首饰……"

"……快去救她! 你要不去,

我马上就把你……"

① 根据民间传说,海达马克把"察里津戈比"作为彼此相认的证物。

186

"就去就去……亚烈马呀，
你的性子真急！
我马上去救她出来：
有钱样样好办。
见着波兰贵族，我说：
用巴茨①来交换……"
"好吧！我知道。你赶快走！"
"就走，就走，就走！
您不妨去跟那冈塔
玩一两个钟头……
可是把她领到哪儿?"
"到列别金②，懂吗?"
"懂懂!"
接着那"流浪儿"
就去找那冈塔。

　　热列兹尼亚克把琴
拿到自己手里：
"让我弹吧，瞎子歌手，
你跳一个舞去。"
于是瞎子在市场上，
张开腿来就跳。
他把草鞋一伸一伸，
一边嘴里唱道：

---

① 巴茨，立陶宛贵族党首领。
② 列别金，基辅省一个村子，离村不远有个女修道院。这修道院其实建于1779 年，即在 1768 年海达马克起义之后。

跳哥巴克舞(格卢休克 绘)

"菜园里有防风草,防风草;
我对你呀好不好,好不好?
我是不是把你爱,把你爱?
新鞋可曾给你买,给你买?
买买,新鞋给你买一双,
送给你这黑眉毛的好姑娘。
啊,宝贝,我要常上你家来,
啊,宝贝,我要发狂把你爱。"

"喂喂,跳哇,哥巴克①!
她爱上个哥萨克,
这哥萨克年岁大,
头发白,满脸麻,
咱们的人儿命不好!
命啊,你跟痛苦打交道,
老头,你快去打水,
我上酒馆喝一杯。
喝了一杯又一杯,
喝两杯好成双对,
喝了三杯喝四杯,
五杯六杯进了嘴。
再喝可是喝不了,
她就出来把舞跳。
一只麻雀后面跟,

---

① 哥巴克,乌克兰民间舞蹈。

把手拍，把脚顿，
把脚顿，把手拍……
麻雀麻雀真不赖！
麻脸老头把她叫，
可她做个骂人手势给他瞧：
你这老鬼娶老婆，
不能让她肚子饿！
一群孩子还得养，
得穿鞋子穿衣裳。
我要挣钱来养家，
老头你别造孽吧，
快到灶后把嘴闭，
躺在炕上别出气。"

"我的年纪轻，日子过得欢，
我把新围裙，挂在窗上面。
　　　　哪个走过都停下，
　　　　点点头来眼眨眨。
　　我一边在缝绸衫，
　　一边在往窗外看：
　　'叫声谢明和伊万，
　　快回去把袍子穿，
　　咱们一起去逛逛，
　　一起坐下把歌唱。'"
"抱卵鸡给赶进大木桶，

小鸡雏给赶到竹篓中！……①

…………

…………

咿……咕！

老爹拿起马颈箍，

老娘拿起马肚带，

女儿就把缰绳扎起来。"

"唱够了吗？"

"还唱还唱！

脚说不出地痒！"

"喂喂，快倒克瓦水，

钵里加进碎面包：

两老夫妻开口笑，

面包渣汤做得呱呱叫。

喂喂，快倒克瓦水，

快把香芹切切碎：

…………

…………

喂喂，快倒克瓦水，

快把辣根切切碎：

…………

…………

① 虚点部分原是一些诙谐民歌，各版本都删去了，故隐去。

喂喂,快快把水倒,把水倒!
快快去把浅滩找,浅滩找……"

"停下,停下!"冈塔叫道。
"弟兄们都停下!
天已经晚……可雷巴呢?
怎么还没见他?
把他找到就吊起来,
这狗养的杂种!
哥萨克的灯碗快灭,
走吧,众位弟兄!"
"流浪儿"忙叫阿塔曼:
"咱们再玩一下!
你看市场在火光中,
多么明亮,多么平滑!
再跳一会! 歌手,弹琴!"
"不不,现在别跳!
快准备火、柏油、麻屑!
赶快拖出大炮;
炮口全都瞄准对岸!
去吧,这是正经!"
海达马克高呼:"好哇!
老爹,我们遵命!"
他们向着河坝拥去,
又是呐喊,又是歌唱。
"流浪儿"忙喊道:"等等!"……

老爹！可别叫我遭殃！

先别开炮:那儿待着

我那奥克珊娜！

等一会吧，我的老爹！

让我跑去救她！"

"得了！……热列兹尼亚克，

赶快下令开炮！

让她跟着鬼子上天……

你换一个相好，

我的蓝鹰……"

可转瞬间，

"流浪儿"已不见。

轰隆——古堡连同鬼子

一起飞上了天。

只见一片火光熊熊，

一派地狱情景……

"'流浪儿'呢?"老爹大叫。

可他没了踪影。

正当那些海达马克

马上就要开炮，

亚烈马和雷巴两人

悄悄来到古堡。

他们走进地窖一看，

奥克珊娜快要不行，

亚烈马忙抱住了她，

飞马上列别金……

列别金女修道院

"我是奥里山纳的人，
已经没有父母……
鬼子杀死我的父亲，
而把我呢，姑姑……
把我抢走……我的亲人！
连想想都可怕！
关于我的遭遇，好心的姑姑啊，
你就不问也罢。
我又祈祷，我又流泪，
我的心已破碎，
我的眼泪已经流干，
万念都已成灰……
唉，如果我能知道
跟他还会见面，
那受的苦即使加倍，
我也心甘情愿！
原谅我吧，我的姑姑！
也许这是我错：
上帝为了我那份爱，
所以加罪于我。
可我是爱那高身材，
那双棕色眼睛，

我是全心全意爱他，
宁愿不要性命。
我做祷告不为自己，
也不为了老父，
不不，姑姑，是为了他，
为了他的幸福。
我准备着承受一切，
上帝，惩罚我吧！
说来可怕：
我曾想要自杀。
要不为他……那说不定，
我已不在人世。
啊，我是多么痛苦！我心里想：
'我的仁慈上帝！
他是孤儿，要不是我，
谁会把他抚爱？
碰到他有什么好歹，
谁会对他关怀？
谁会像我那样把他
紧紧抱在怀里？
谁会对这穷苦孤儿，
说句好言好语？'
姑姑，我就这样想着，
心中不由微笑：
'我自个儿也是孤女，
完全无依无靠。

在世界上就他一个，

就他一个爱我；

他要听说我已自尽，

一定也不能活。'

我就这样祈祷，想着，

把他苦苦等待：

可我结果还是孤单一个，

他到如今不来……"

说着说着她哭起来。

修女也觉难过……

"现在我在哪里，姑姑，

请你快告诉我！"

"在列别金修道院里！

别动：你受了伤。"

"在修道院！有几天了？"

"第三天了，姑娘。"

"第三天了？……等等……记得……

对岸连天战火……

酒馆老板……麦达诺夫卡村①……

那叫'流浪儿'的……"

"他的真名叫亚烈马，

是他把你送来……"

　　　　　　"他在哪里？他在哪里？

现在我全明白！……"

---

① 麦达诺夫卡村，离雷香卡不远的一个村子。——谢甫琴科注

"他答应说过一礼拜
再到这儿接你。"
"过一礼拜！过一礼拜！
我心中的石头落地！
姑姑，我的一切苦难
如今一去不返！
那'流浪儿'，亚烈马呀！……
闻名全乌克兰。
我看到了村子燃烧，
我也亲眼看见：
一提'流浪儿'这名字，
鬼子马上打战。
这些刽子手都知道
他是怎么个人，
也知道他从哪里来，
干吗严惩他们！……
他来找我，终于找到，
这只蓝翅膀的雄鹰！
快飞来吧，我的雄鹰，
我的亲爱的人！
啊，人世多么美好，
生活变得多甜！
姑姑，你说一礼拜？
那么还有三天。
哎呀！多么长的时间！……
'妈妈，你把炭火拨拨拢，

把女儿啊疼一疼……'①

啊,人世多么美好,

你说呢,姑姑?"

"看到你高兴啊,小鸟,

我也觉得幸福。"

"那为什么你不唱歌?"

"我唱歌的岁数已过……"

这时响起晚祷钟声,

修女离开了她,

一面祷告,一面走到教堂里去,

屋里剩下奥克珊娜。

三天以后,修道院里,

歌声悠然响起,

亚烈马和奥克珊娜

清早举行婚礼。

可亚烈马遵守时间,

当晚就赶回去,

为了不让头领生气,

他丢下了爱妻。

他要去把波兰鬼子

送往天国里面,

跟着热列兹尼亚克,

---

① 这是结婚时唱的歌。

在乌曼①摆血宴。

奥克珊娜重新等待，

等她丈夫回转，

带她离开这修道院，

建立幸福家园。

不要发愁，而要信赖，

要虔诚地祷告。

可我趁着这个时候，

上乌曼去瞧瞧。

冈塔在乌曼

　　海达马克上乌曼时曾经这样夸口：

　　"我们弟兄用啥包脚，要用上好的绸！"

时光飞逝，夏天过完了，②

乌克兰还烈火熊熊；

多少村子孤儿在痛哭：

他们父亲不知所终。

树叶发黄，太阳在沉睡，

---

① 乌曼，基辅省的一个县城。——谢甫琴科注

② 这里几行关于起义时间的描写是不确切的，起义时间实际上不到两个
月；6 月 9 日起义军占领乌曼，到 27 日起义领袖热列兹尼亚克和冈塔就
被捕了。

橡林上空飘着乌云；
人声沉寂；村里狼群在漫游，
到处觅食，东找西寻。
波兰贵族尸首遍郊野，
正好喂饱那些灰狼，
它们啃下来的人骨头，
雪还没有盖上……
被惩罚的刽子手们，
连雪也不愿遮掩。
鬼子冻僵，而哥萨克
在大火中烤暖。
春天唤醒白雪底下
沉睡着的黑泥，
用报春花和长春花
点缀整个大地；
云雀在广阔的田野上空，
夜莺在橡林中，
迎接醒过来的大地，
发出婉转歌声……
真是天堂！可是谁的？
人类的吗？人呢？
简直叫人不愿去看，
一看就觉罪过。
一切得用血来染红，
得用大火照耀；
也许到了那个时候，

一切就会变好……
人哪，你们需要什么？
你们要到哪天，请问，
方才爱这世上一切？
人哪，真是奇怪得很！

春天没有终止流血，
消除人间仇恨。
看着沉痛，令人忆起
特洛伊①的旧闻……
话说那些海达马克
一路杀敌、浪游，
所过之处大地燃烧，
鲜血像河般流。
老马克辛在乌克兰，
收了义子一名，
小亚烈马虽非亲生，
然而胜过亲生。
老马克辛又杀又砍，
而亚烈马更凶：
他日夜在战火里面，
战刀不停挥动。
他不怜悯任何敌人，

---

① 传说在公元前十二世纪时古希腊人围攻特洛伊城，一直到第十年才用木马计攻下了它。

只要碰到就杀：

为了长老，为了教父，

为了奥克珊娜……

他一想到奥克珊娜，

脸色马上阴沉。

马克辛说："逛吧，儿子，

逛到幸福来临！"

海达马克尽情游乐，

从基辅到乌曼，

波兰贵族们的尸体，

简直堆积如山。

海达马克像团乌云。

午夜进攻乌曼，

乌曼还在破晓之前

已经火光满天。

"再来惩罚波兰贵族！"

海达马克怒吼。

龙骑兵①顺着市场，

骑马想要逃走；

孩子、病人和残废的，

拼命四散逃开。

到处都是呻吟叫喊。

~~~~~~~~~

① 原文是波兰语。在乌曼有三千波兰龙骑兵，全部为海达马克所
  杀。——谢甫琴科注

市场像个血海。
马克辛和冈塔两人
站在血海当中。
他们高呼："好哇，弟兄！
惩罚那些孬种！"
忽然海达马克带来
一个波兰教士。
两个孩子紧跟着他。
"冈塔！瞧，你的儿子！
你杀我们，也得杀掉他俩：
他们——信天主教。
干吗住手？干吗不杀？
杀就应该趁早。
他们大了不会饶你，
也会把你杀掉……"
"你们杀了这条老狗！
小狗我来开刀。
你们要在大家面前供认
早把信仰背弃！"
"我们供认……因为妈妈教导我们……"
"啊，我的仁慈上帝！
住口！住口！我都明白！"
这时大伙来到。
"诸位兄弟！我的儿子，
他们信天主教……
我这就让大家看到，
我话说出算数，

起义的怒火(库特金 绘)

我要遵守我的誓言：
杀尽天主教徒！
我的儿子，我的儿子！
怎么还不长大？
怎么不杀波兰贵族？"
"我们要杀，爸爸！"
"不会，你们不会杀的！
该咒你们的娘！
是那万恶天主教徒
把你们俩生养！
她为什么在黑夜里
不把你们淹死？
那就减少罪孽：死时，
你们不是仇敌，
而今天呢，我的孩子，
我为你们悲戚。
吻吻我吧，我的孩子，
可不是我要杀，
而是誓言！"
他手一挥，
孩子倒在地下。
他们躺着，血流如注。
"爸爸！"他们低语。
"爸……爸……我们不是波兰人啊……
我们……"接着死去。
"给埋了吧？"
"不用，天主教徒，

就让他们去吧！
我的儿子，我的儿子！
怎么还不长大？
怎么你们不杀敌人，
杀死你们的娘？
是那万恶天主教徒
把你们俩生养！……
走吧，兄弟！"他搀着马克辛
一直走过市场。
"严惩波兰贵族，严惩！"
两人高声叫嚷。
海达马克严惩敌人……
乌曼大火漫天。
不管是在帐篷里头，
或者教堂里面——
敌人尸首到处狼藉，
一个没能活命。
乌曼从来也没见过
现在这种情景。
冈塔亲手毁掉那个
天主教的学校：
"是你吃了我的孩子！"
他愤恨地叫道。
"是你吃了我的孩子，
不教他们学好！……

把墙拆了！"

海达马克马上把墙拆掉。

他们捉住天主教徒，

拿他们的头去撞墙壁，

再把所有教会学生

活活丢到井里。

杀波兰贵族们，直杀到深夜里；

等鬼子都杀光，老冈塔还说：

"吃人鬼在哪儿？在哪儿躲起来？

吃掉了我的儿，我怎么能活！

我要哭哭不出！我有苦跟谁说！

我两个小宝贝再不能复活！

你们在哪儿啊？我要血，我要血；

鬼子们的血啊，我多么想喝；

我要看血变黑，我要喝，喝个醉……

为什么不起风，把鬼子吹给我？……

到如今我日子还怎么能过！

我要哭哭不出！天上的星星啊！

快躲到云背后——我不要你们。

我杀了亲生子！……我伤心，我难过！

叫我上哪儿去？我没处安身！"

冈塔在满城跑，一面跑，一面叫。

而这时广场的血海中，早摆好酒宴。

酒和菜拿来了，大伙儿坐下吃。

这可是最后的大惩罚，最后的晚餐！

马克辛号召说："狂欢吧,弟兄们!
趁能打就打吧,趁能喝就喝!
喂,歌手,快唱歌!让大地震动吧,
让我的哥萨克玩一个痛快!"
于是歌手弹唱起来:

"我爹是个卖酒的,
　　兼皮匠;
我妈是个做媒的,
　　兼纺娘;
我的兄弟是雄鹰,
　　回家转,
从林子里牵回大母牛,
项链带回一大串。
我戴着这项链到处逛,
　　到处逛,
草儿沾在我的裙子上,
　　裙子上,
草还沾上靴子和鞋跟。
早晨我把母牛牵出门。
我给母牛又喝水,
　　又挤奶,
我跟年轻小伙子,
聊哇聊起来。"

"跳吧,在圈子里跳,

孩子,把门快锁上,
老婆儿你别悲伤,
赶紧靠到我身上!"

大伙狂欢。可冈塔呢?
为何他不取乐?
为何他不一起喝酒?
为何他不唱歌?
冈塔不在。他一定是
没有心思寻欢。
市场上面这人是谁——
穿着一件黑衫?
他慢慢地走过市场,
接着停下了脚……
他把波兰人的尸体翻动,
正在把谁寻找。
他背起了两个童尸,
沿着市场又往回走,
穿过狼藉的尸体,钻到火烟里面,
走到教堂后头。
这人是谁? 就是冈塔。
他充满了忧伤。
他把他的两个孩子
送去入土安葬。
他不肯把两个孩子
送给野狗啃咬。

他走光线弱的地方，
穿过黑的街道。
他偷偷地背走孩子，
不让别人看见：
他把儿子葬在哪儿，
怎样泪流满面。
他把他的两个孩子
一直背到郊野；
他拔出了他的战刀，
开始把坑挖掘。
乌曼大火，照亮墓坑，
也把孩子照亮。
他们像是和衣睡着……
一点也不惊慌！
为何冈塔偷偷摸摸，
难道在埋财宝？
他的全身都在哆嗦，
什么都听不到。
他没听到海达马克
正在把他呼唤。
他给孩子挖着小屋，
在这草原上面。
接着他把两个孩子
在小屋里轻轻放下，
他不去看，仿佛听到：
"爸爸，

我们不是波兰人啊!"
两个孩子并排躺着;
他掏出块手绢;
他给他们画过十字,
吻吻他们的眼,
他在小哥萨克头上,
把红手绢盖上。
他揭开来再看一眼……
哭得十分悲伤:
"我的孩子,我的孩子!
看看乌克兰吧:
你们和我都把生命
奉献给它。
可是将来我死之后,
谁会把我埋葬?
试问又有谁来哭我,
在这遥远异乡?
我的命啊! 我的恶命!
瞧你带给我的苦难多深!
为何给我送来孩子,
而不让我在战场牺牲?
不是他们把我埋葬,
而是我葬他们。"
他再吻吻孩子,画个十字,
然后埋上了坑:
"好好睡吧,我的孩子,

在这地下新屋！
万恶的娘害得你们，
没有一个坟墓。
没香薄荷，也没芸香，
孩子，好好睡吧！
愿你们去祈求上帝，
让我代替你们受罚。
让我代替你们受罚，
为了深重罪过。
你们的事我原谅了，
你们，也原谅我！"
他填平土，铺上草皮，
不让有人得知：
哪儿躺着冈塔的儿子——
哥萨克的后裔。
"好好睡吧，等待着吧，
咱们就要聚首。
我使你们生命夭折，
我也活不长久。
敌人也会把我杀害……
但愿死期快点到来！
可谁把我埋葬？
海达马克！……咱们再来……
再来乐他一场！……"

冈塔弓着身子走开；

路上不住绊脚。

烈火熊熊;冈塔看看,

不由凄然苦笑。

他苦笑得多么可怕,

接着环顾一下草原……

然后擦干眼泪……身子一闪——

在烟火中不见。①

尾 声

想当年我还是没依靠的孤儿,

穿一身破衣服,没帽子,没粮,

我沿着热列兹尼亚克和冈塔走的路,

在咱们乌克兰曾到处流浪。②

想当年我曾用孩子的小脚步,

沿海达马克们走过的路跑,

我边走边流泪,把好人寻找着,

要找到这些人,向他们学好。

那不幸的童年,已一去不复返!

---

① 冈塔在乌曼杀死亲子,因为他们的母亲是天主教徒,她帮助耶稣会教
徒,促使两个儿子改信天主教。冈塔儿子的同学姆拉达诺维奇从钟楼
上看到他们被杀,也看到冈塔把教会学校学生投在井里淹死。关于海
达马克他写了不少材料,可是都没有付印。——谢甫科注。其实,根
本没有冈塔杀死亲子这回事。冈塔有几个女儿和一个儿子,起义时儿
子不在起义地点。谢甫琴科从波兰作家柴可夫斯基的小说《维尔尼哥
拉》中借用了这个故事。

② 谢甫琴科的故乡在海达马克起义的中心地带。

想来真可惜呀，它要是能回转，
我愿意拿它换今天的命运。
我重又想起了那苦痛，那无边的草原，
想起爹，还想起我那位老爷爷……
我的爹早去世，爷爷还健存。
每逢到礼拜天，爹合上了《圣徒言行录》，
跟邻人在一起，痛快地喝两杯，
他就求老爷爷讲海达马克起义，
讲农民怎样漫游在乌克兰，
讲冈塔和马克辛怎样杀敌。
老人的两只眼像星星一闪闪，
他的话夹着笑，像流水滔滔：
讲鬼子被消灭，斯美拉被焚烧……
邻人们静听着，又急又苦恼。
就连我这孩子也为了那长老
不知道伤心地流下了多少泪，
可没人知道我在屋角痛哭……
爷爷啊，谢谢你把整整百年前
哥萨克的光荣保存在脑子里：
我如今又把它向孙子叙述。

善良的人，请原谅我，
没用一点典故，
把哥萨克的光荣，
只是信笔写出。
爷爷他是这么样讲，

我就依样画葫芦。
他哪想到有读书人
会把故事阅读？
原谅我吧，我的爷爷，
让人骂吧，别管！
现在我要转入正题，
把这故事写完，
我怎么也丢不下它，
定要写完才算，
我连做梦也会见到
咱们那乌克兰：
海达马克举着战刀，
曾在这儿迈步，
我曾经用孩子的脚，
走过那些道路。

　　海达马克尽情杀敌，
杀得一个不留，
鬼子的血在乌克兰，
流了一年左右。
后来四周平静下来，
战刀渐渐迟钝。
冈塔已经不在人世，
甚至没有个坟。
这老哥萨克的骨灰
已给狂风刮跑。

有哪个来为他祷告，
把他痛哭凭吊？

只有他的结拜弟兄——
热列兹尼亚克，
听说那些波兰鬼子
把他兄弟折磨，
于是他在一生当中
眼泪第一次流。
泪没擦干他就死了——
这个可怜老头。
他在远迢迢的异乡，
就此忧伤而亡。
人们把他埋在那里，
他的命多凄凉！
海达马克静悄悄地
埋下这个铁人；
接着又在埋的地方
堆起高高的坟；
他们痛哭一场分手，
向来的地方走。①

---

① 波兰贵族用诡计捉住冈塔，把他带到离巴尔塔不远的波军营地，割了他的舌
头，砍了他的右手……接着刽子手剥光他的衣服，让他坐在烧红的铁上；接
着又从他背上剥下十二条皮。冈塔圆瞪着眼怒视波兰将军；将军一挥手，冈
塔就被砍下四肢和头，碎尸被分送到各十字路口钉着示众。热列兹尼亚克
听说波兰贵族如此残酷地折磨冈塔，不禁落泪，生病而死。海达马克在第聂
伯河边草原上埋葬了他，就各奔东西了。——谢甫琴科注。其实，起义同伴
们埋葬热列兹尼亚克一事是杜撰。热列兹尼亚克当时被判终身流放西伯利
亚，在去流放地的路上曾想逃走，没有成功，死在流放地。

只有亚烈马在坟前，
拄杖站了很久：
"我的老爹，请安息吧，
安息在这异乡，
故乡没咱们的自由，
没咱们安身的地方……
请安息吧，老哥萨克，
你会被人怀念！"

这苦命人擦着眼泪，
慢慢走过草原。
他久久地回头张望，
直到坟墓消失。
在茫茫的大草原上，
只剩孤坟兀立。

海达马克在乌克兰
播种下了庄稼，
可是它们遭到践踏，
倒在敌人铁蹄底下……
没有真理，真理湮没，
天下光剩歪理……
海达马克全都散伙，
他们各奔东西：
有些回家，也有些人

拿刀进了绿林，

关于他们这种名声，

流传直到如今。①

当时那座古老营地，

已经瓦解倒坍，

有人到了多瑙河的对岸，

有人到了库班；

只剩第聂伯河石滩

在草原间呼喊：

"我们儿女遭到埋没，

我们也将被捣烂！"

它们将要怒吼下去，

把过去的事追忆；

而乌克兰却在沉睡，

永远沉睡不起。

从此以后在乌克兰，

到处麦子青青，

只有微风轻拂，再听不见

呻吟以及炮声。

茅草在原野上生长，

杨柳低垂腰肢，

一切寂静无声。

① 强盗、土匪或者海达马克——这是人们在海达马克起义失败后对海达马克保留的印象。直到今天大家还这样想。——谢甫琴科注。谢甫琴科在这里痛苦地写出波兰贵族诬蔑海达马克为盗匪，欺骗了许多人。

让它去吧：
这是上帝意旨。

只有海达马克老爷爷们，
到了傍晚时光，
在第聂伯河边走着，
把往昔的歌曲哼唱：
"咱们的'流浪儿'有一座漂亮的小泥房。
嘿，海洋！光荣啊，海洋！
'流浪儿'，你那份荣誉啊，
也将会万古传扬！"

一八四一年四月至十一月于圣彼得堡

任溶溶　译

"风和树林在谈话"*

风和树林在谈话，
风和芦苇在絮语，
一只孤独的小船
在多瑙河上漂荡。
小船里灌满了水，
谁也没有挡住它，
谁要是看一眼——打鱼的人啊，
早已不在世上。
小船漂流进蔚蓝的大海，
波浪在不停地起伏动荡，——
波浪像高山一样冲过来——
一块木片也没有留下来。

小船漂到蔚蓝的大海，
那条路儿并不很长，——

---

* 这首诗和长诗《修女玛丽亚娜》是谢甫琴科为乌克兰文的文艺丛刊《新割的庄稼》写的，但这本丛刊未能出版，原稿就保存在出版人科尔孙的档案中，直到 1909 年方初次发表在《欧罗巴通报》第 5 期上，题名为《小船》。

孤儿生活在异乡，

在那儿只有悲伤。

善良的人们同他一齐嬉戏，

就好像是冰凉的波浪一样，

后来他们才发现，

孤儿在哭泣悲伤；

接着一问，孤儿到哪儿去啦？——

没有人听到和知道他的去向。

一八四一年于圣彼得堡

长诗《修女玛丽亚娜》的献词*

——献给奥克珊娜·科①……

纪念那早已消逝了的往日

狂风在树林里号叫，

吹弯了蔓藤和白杨，

它刮倒橡树，

还把风滚草②吹得满地飞旋。

这就是命运啊，这一个被刮倒，

那一个被吹弯；

* 谢甫琴科在 1841 年写的长诗《修女玛丽亚娜》，叙述了一个出身富裕家庭的少女玛丽亚娜和一个出身贫穷的孤儿彼得的不幸恋爱故事。这首长诗原是为乌克兰文的文艺丛刊《新割的庄稼》写的，但只写了 410 行，没有完成。长诗的前十四行诗曾作为一首单独的诗发表在 1861 年的《基础》月刊第 3 期上。

① 奥克珊娜·科瓦连科，1817 年生于基里洛夫卡村的一个农奴家庭，同谢甫琴科家是邻居，因此两人从小相亲相爱。1829 年谢甫琴科离家，1840 年科瓦连科嫁给另一个村子的农奴索罗库，生有二女。因此谢甫琴科在诗中称她是"别人的黑眉毛姑娘"。谢甫琴科在《三年》《那时候我才十三岁》《我们同在一块儿长大》《妈妈没有为我祈祷》等诗中多次回想和怀念过她。

② 风滚草，草原上和荒漠上的一种草本植物，果实成熟时根茎折断，随风像球似的滚跑，到处播撒种子。

　　　　我被吹滚着,要在哪儿停下来,

　　　　连自己都不知道——

　　我要在什么地方被埋葬,

　　我要在哪儿倒下去,永远长眠在梦乡?

　　既然没有幸福,没有好运,

　　没有人好抛弃,没有人回想起我,

　　也不会被人当作笑话说:"让我死掉吧,

　　要是我早死啦,那只有是我的幸运。"

　　奥克珊娜,别人的黑眉毛姑娘,你说对吗?

　　你也不记得那个穿着灰色长袍的孤儿了吧,

　　他曾经幸福地看见你那样美丽漂亮,

　　就像看到奇迹一样。

　　你曾经教会他不用会话,不用语言,

　　而要用眼睛、用心灵和心儿在讲话。

　　你同他在一起欢笑、哭泣、悲伤,

　　你曾同他一起将《彼得鲁夏①》歌唱。

　　你也不记得了吗? 奥克珊娜! 奥克珊娜!

　　我现在哭泣,我现在伤心,

　　为了我的玛丽亚娜流下眼泪,

　　我看着你,我为你祈祷。

　　想起我吧,奥克珊娜,别人的黑眉毛姑娘,

　　为玛丽亚娜姊妹编一个花环吧,

----

① 彼得鲁夏,彼得的爱称,也是一首乌克兰民歌的名称。谢甫琴科爱唱这
　　首歌,其中有这样的句子:"妈妈,我爱彼得鲁夏,我不怕任何人讲闲
　　话。"

向彼得鲁夏微笑一下,你就感到幸福,

虽然往事只不过是场梦一样。

一八四一年十一月二十二日于圣彼得堡

被掘开的坟墓*

我的乌克兰啊！

你这太平的世界，你这可爱的家乡！

究竟为了什么，人们要把你折磨得遍体鳞伤，

究竟为了什么，我的母亲啊，你要在不幸中死亡？

难道清晨在太阳上升以前，

你没有向上帝祈祷？

难道你没有教育那些不听话的孩子们，

要他们从小学好？

"我祈祷过，我操心过，

我白天黑夜都没有睡觉，

我看管自己的小孩子们，

教导他们从小学好。

我的这些小花儿，

---

* 1843 年春天，谢甫琴科回到乌克兰，曾到过距离基辅不远的别列赞，附近正进行考古发掘工作。由于沙皇俄国当局和乌克兰贵族地主对乌克兰人民施加民族的、社会的压迫，他愤而写成此诗，并于 1859 年最初发表在德国莱比锡出版的《普希金与谢甫琴科新诗集》里，成为他的未经审查的第一首革命诗歌作品。事实上，谢甫琴科并不是反对考古发掘工作。1845 年 3 月他再返乌克兰时，受乌克兰考古委员会的委托，寻访了不少名胜古迹。

我的这些可爱的孩子们慢慢长大，

在这辽阔的世界上，

我曾经当过家，——

我曾经当过家……可是，波格丹①啊！

你这个不懂事的儿子啊！

现在你看看自己的母亲，

看看自己的乌克兰吧，

当摇着你睡觉的时候，

我歌唱过自己的苦命，

当歌唱的时候，

我流着眼泪，盼望着自由早日来临。

哦，波格丹，波格丹诺奇卡②！

假如我早知道如此，

我要在摇篮里把你闷死，

我要在胸口把你压死。

我的一望无边的草原啊，

被出卖给犹太鬼、德国佬③。

我的儿女也远走他乡，

为了别人在受苦遭殃。

---

① 波格丹·赫梅利尼茨基（约 1595—1657），1648—1654 年曾领导乌克兰人民反对波兰贵族地主统治的民族解放斗争。他考虑到乌克兰单独是抵抗不住波兰人和土耳其人的入侵的，因此在 1654 年与俄罗斯结成联盟和合并。这在当时对于乌克兰人民和俄罗斯人民都具有进步意义，但从那时起乌克兰人民又遭到了沙皇俄国的压迫与统治。

② 波格丹诺奇卡，波格丹的爱称。

③ 指叶卡捷琳娜二世以来的俄国沙皇把乌克兰大片的土地分给外国殖民主义者，因此在乌克兰出现了犹太人、德国人、塞尔维亚人、保加利亚人居住的村镇。

我的老弟，第聂伯河啊，
也已经干涸，把我抛弃，
而那些官员们①
在掘着我亲人的坟墓……
他们掘啊，挖啊，
但那不是他们自己人的坟墓，
就在那时候，一批不怀好心的坏人
已经长大成人。
他们帮助这些官员
来管治自己的家乡，
还要从自己的母亲身上
剥下那满是补丁的衣裳。
你们这样不像人的畜生啊，
你们竟然帮助人家来折磨自己的亲娘！"

掘开的坟墓
被挖得四分五裂。
他们在那儿寻找什么？
寻找我们年老的祖先们
在那儿埋藏的宝物？——
唉，假如我们在那儿能找到埋藏的宝物，
孩子们就不会哭泣，母亲也就不会心伤。

一八四三年十月九日于别列赞

① 原文为"москаль"，在《卡泰林娜》中译为"军官们"和"官兵们"，此处系指在乌克兰挖掘古墓的沙皇官员，故译为"官员们"。

少女的夜

哭干了褐色的眼睛，
那少女的夜啊。

——《修女玛丽亚娜》

她梳着浓浓的辫发，
　　一直拖到腰间，
她露出丰满的胸膛，
　　像是大海里的波浪；
她的褐色的眼睛，
　　像是黑夜里的星星在闪光；
她伸出洁白的双手啊——
　　能接触到和搂抱谁。
于是她倒在冰凉的枕头上，
好像僵了，好像死了一样，
哭泣得非常心伤。

"为什么我要有这样美丽的头发，
这双天蓝色的眼睛，
这柔软的腰身……

假如我没有忠心的朋友，

没有一个人可以相爱，

没有一个人可以分享我的心……

我的心啊！我的心啊！

你孤独地在跳动着，多么难过。

我能同谁在一起生活，

在一起生活，可爱的世界啊，

请你告诉我……我为什么要有

那个光荣……那个光荣。

我想恋爱，我想用心

而不是用美丽来生活！

让人们嫉妒我吧，

让那些坏的人们

说我骄傲、恶毒，

但他们不知道

我心里在想什么……

让他们责骂吧，

宽恕他们的罪过……我的仁慈的上帝啊，

为什么你不用那黑暗阴沉的夜

来庇护我啊！……

因为白天里我那样孤独，——

我同田野在讲话，

一边讲着话，

我就忘掉自己的不幸，

可是夜里呢……”——她沉默无语，

流下了清泪……

两只洁白的双手伸出来，
紧抱着枕头悲伤难过。

　　　　一八四四年五月十八日于圣彼得堡

梦[*]

喜　剧

真理的圣灵，

乃世人不能接受的。

因为不见他，也不认识他。

———《约翰福音》第十四章第十七节

每个人都各有自己的命运，

他们的道路也很宽广：

这个人在修建，那个人在破坏，

---

[*] 长篇讽刺诗《梦》是谢甫琴科的代表作之一，1865 年初次在里利沃夫被
印成单行本。这篇长诗在 1905 年革命前被列为禁诗，以多种抄本流
传，1918 年才有了别洛乌索夫的俄译，印在莫斯科出版的诗集《被禁止
的科布扎歌手》中。谢甫琴科称这篇长诗为《喜剧》绝不是偶然的。正
如意大利文艺复兴时期大诗人但丁的名著《神曲》直译为《神的喜剧》。
谢甫琴科用喜剧的形式，用尖锐的讽刺笔法，抨击了从彼得大帝、叶卡
捷琳娜二世直到尼古拉一世的沙皇暴政，特别是讽刺了尼古拉一世和
他的皇后。长诗《梦》意义深远，影响很大，伊万·弗兰科曾说它是"政
治诗歌的典范"。

这个人用贪婪的眼光
看看边境外面,——
是否还有土地,
想把它强夺过来
好带到坟墓里去。
那个人在茅舍里打纸牌,
要把亲家的钱掠个精光。
这个人在角落里磨刀,
想杀害自己的亲兄弟。
那个人安静、沉着,
也很敬畏上帝,
但他却像猫儿似的偷偷走近,
等待着你倒霉的时候,
就把他的利爪
伸向你的肝脏,——
无论是儿子还是妻子的哀求,
他一点儿也不感到可怜。
也有慷慨和阔绰的人
在修造寺院;
他是那样热爱祖国,
爱得心灵那么疼痛,
但从他的心里流出的血液
却像水一样!……
弟兄们像一群羔羊,
睁大着眼睛,
一声不响地在瞧着!

他们说道:"听天由命吧,

也许应该如此。"

那就这样吧!

因为在天上也没有上帝!

你们倒在轭下,

你们梦想在死后

去进入天堂?

没有天堂啊! 没有天堂!

一切劳动都是枉然。你们想想吧:

在这个世界上所有的人,

无论是沙皇还是穷人们——

都是亚当的子孙!

这个人……那个人……而我呢?!

我啊,善良的人们啊!

无论是星期天,还是平常的日子,

我不过东游西逛,吃吃喝喝,

你们觉得讨厌吗? 你们感到惋惜吗?

天哪,我不愿意听这些,

不要咒骂我! 我喝的是自己的,

而不是在喝人民的血!

就这样,我沿着篱笆,

参加了酒宴之后,醉醺醺地

在深夜里走回家,

在勉强走回到小茅舍以前,

一路上在思量着。
家里没有小孩哭叫，
　　　　老婆也不咒骂，
　　　　平静得有如在天堂一样，
在我的心里和茅舍里
　　　　到处是一片安详，
　　　　于是我就躺下睡觉。
如果一个喝醉了的人睡着，
即使炮车从旁边滚过，
　　　　他的胡须也不会翘动一下。
那一天晚上我就做了一个梦，
　　　　一个梦，一个多么美妙的梦啊，——
这梦会使不吃酒的人酩酊大醉，
会使最吝啬的犹太佬拿出他的十戈比银币，
只要他稍微看一看，
　　　　那真是绝无仅有！
我看见：仿佛是一只猫头鹰，
飞翔在草地、河岸和树林上，
　　　　飞翔在深深的谷地，
　　　　在广阔的草原
　　　　　　　　和沟壑之上。
我跟随着它，跟随着这只猫头鹰
在飞翔，并向大地告别：
"再见吧，世界；再见吧，大地，
你这没有好感的地方，
我要把我的痛苦，剧烈的痛苦

藏到云雾里去。
你啊,我的乌克兰啊,
你像一个不幸的寡妇那样,
我从云雾里飞到你的身边,
和你谈话商量;
我高兴地和你
悄悄地谈话商量;
我将像在午夜里下降的
清新的露珠一样。
当太阳还没有升起,
当你的孩子们还没有
向敌人冲过去的时候,
让我们高高兴兴地谈谈家常。
再见吧,我的亲娘,
我的贫困的家乡,
把孩子们抚养大吧,
在上帝那儿永远存在着真理!"

我们在飞翔。我望着,已经开始黎明,
天边出现了红光,
夜莺在阴暗的树林里,
迎接着朝阳。
微风在轻轻吹拂,
草原、田野还睡意沉沉,
在山谷之间,池塘旁边,
杨柳树闪出绿光。

（格卢休克　绘）

园子里枝叶茂盛，

白杨像岗哨似的

在自由自在地挺立着，

正和田野絮语着家常。

所有这一切，整个亲爱的家乡啊，

是那样光辉灿烂，

到处一片碧油油的，

它被点点露珠所润湿，

从古以来它就浴着露珠，

在迎接着朝阳……

它是多么广阔，

一眼望去无边无际！

任何力量都不能把它摧毁，

也不能把它杀伤……

所有这一切……我的心啊，

你为什么忧伤？

我的不幸的心啊，

你又为什么悲痛地哭泣，

你难过什么？难道你没有看见，

难道你没有听见人民的哭泣？

你好好看吧，听吧，我要飞得

高高的、高高的，飞到蓝色的云上面；

那儿既没有当权者，也没有任何惩罚，

听不到人民的笑声，也听不到人民的哭声。

哦，看吧，——在你将离开的那个乐园是多么悲惨，

有人从残废者的身上剥下那打过补丁的粗呢外衣，

他们剥下人家的皮,

为了要给年幼的王公们穿上皮靴子;

为了抽人头税,他们把寡妇送上十字架!

把她的儿子钉上了镣铐,

把她唯一的儿子,唯一的儿子,

唯一的希望,送了去当兵!

再稍看一眼吧! 在篱笆旁边

有一个浮肿的婴儿奄奄一息,

母亲却被赶到劳役地上去给地主收割小麦。

  你看见这些吗? 眼睛啊! 眼睛!

  你们忍心视而不见,

  还是你们从小时候起,

  泪水就没有流尽,眼睛就没有哭干?

  那儿有个扎头巾的姑娘,沿着篱笆,

  紧抱着私生子,拖着蹒跚的脚步在走,

  爸爸妈妈把她赶了出来,

  外人都不敢收容她!①

  连乞丐看见,也要躲在一旁!!

  而公子哥儿却不知道,

  他,这个阔小子,

  已经把二十个农奴喝掉吃光!

  透过乌云,上帝能看见

  我们的眼泪和痛苦吗?

---

① 参看本书第 41 页《卡泰林娜》中的细节。

也许,他看见了,他就应该帮助,
瞧,这些千年万代的山岭啊,
上面都染满了
人民的鲜血!……
我的不幸的心灵啊!
我多么为你忧伤。
让我们饮下这苦的毒汁吧,
在冰天雪地的覆盖之下长眠睡乡,
我们要把歌儿唱给天上的上帝听;
我们要向他问一问,
在这个世界上,那些刽子手们
是否还要长久地统治着我们?

飞去吧,我的歌儿,我的深重的痛苦,
你把所有的这些痛苦、这些罪恶都带走吧,
它们是你的忠实的同伴,——
你和它们曾经在一起成长,
你和它们结成亲人,
它们辛苦的双手曾经把你抚养。
把它们带走,你飞去吧,
在天上把它们这一群都释放出来。
　　让到处昏暗起来,照射着红光,
　　让毒蛇吐出火舌,
　　向那些尸体喷射吧,
　　让大地上盖满了死人。
　　在你没有飞回来以前,

我隐藏着心里的夙愿，
这时候我要漫游到天边，
为了去寻找一个天堂乐园。

于是我又在大地的上空飞翔，
我又和大地告别。
抛弃开年老的母亲是多么难过，
她没有一间可以遮蔽安身的茅舍。
但到处看到的是眼泪和补丁，
那是更加令人伤心的事情。

我飞啊飞啊，风在吹拂着，
在我的前面是一片冰雪的白光，
四周围是松树林和泥泽地，
到处弥漫着雾气，雾气和空旷。
那儿从来没有人烟，也不知道
有人类的罪恶的足迹曾经踏过。
敌人啊，朋友们啊，
永别啦，我不会再来做客啦！
你们狂饮吧，你们欢宴吧——
那喧声我再也听不见啦，
我孤单单地一个人
将要在雪地里过夜。
目前你们还不知道
世界上有一处地方，
那儿没有眼泪、鲜血在流淌，

我要在那儿沉睡……
我要在那儿进入梦乡……忽然我听见——
忽然我听见——在地下面
有镣铐的声音在哗啦啦响……我望见……
哦,多么不幸的人们啊!
你们从哪儿来,你们在做什么?
你们寻找什么?
在那地底下,……不,我不应该避开你们、
即使在天上也不应该躲藏!……
为什么这些惩罚、这些痛苦总跟着我。
是我对谁做了坏事不成!
是谁的沉重的手
在我的身上束缚住了我的心灵,
折磨着我的心,
如同放出一大群乌鸦,——
让歌儿飞向四面八方?
我不知道,为了什么我要受惩罚,
而且是严重的惩罚!
那么,我什么时候能得到宽恕,
什么时候能到达尽头,
我看不到,我也不知道啊!!

这片荒野忽然震动了起来。
好像从一具狭窄的棺材里,
从地里面冒出来一些死人,
在最后的审判时,他们要求得到真理。

（库特金　绘）

他们并不是死了的人,也不是被杀害了的人,

他们不向法庭乞求怜悯!

不,他们都是人,都是活人,

他们戴着镣铐,

他们从洞里把黄金往外运送,

为了给贪婪的人们填饱喉咙。

为什么把他们送到金矿里来!……

这是些苦役犯。①

为了什么? ……也许,

最高的主宰者上帝知道……

也许,他也未必知道。

看吧,那是一个打了烙印的盗窃犯,

他拖着脚镣!

另一个是被鞭打的强盗,

牙齿打着冷战,

他想用自己的手

杀死他的同伴!

而在他们这些绝望的人中间

有一个人被戴着镣铐,

他是全世界的主宰! 他是自由之王,

他是打上烙印的君主②,

在折磨中,在苦役中,他不祈求,

---

① 西伯利亚是流放苦役犯的地方,他们在金矿里从事苦役。

② 指被流放在西伯利亚的十二月党人,这里的"他"是政治犯的集体形象。

他不哭泣,他也不呻吟!
凡是因热爱人民而温暖的人,
他自己永远不会感到寒冷!

你的歌儿,那些像春花怒放的歌儿,
那些被热爱抚养、勇敢成长的孩子们到哪儿去了?
我的朋友啊,你把它们交给了谁?
或者你把歌儿永远在心里隐藏,
我的老弟啊,不要藏起来!让它们传扬、分散到四面八方,
它们会成长起来,长大起来,永远活在人间!
　　　还有痛苦吗?痛苦是否已经过去?
　　　会有的,会有的,因为这儿很冷,
　　　严寒使得人头脑清醒。

于是我又在飞翔。大地呈现出黑色,
我的头脑昏沉,我的心境发愣。
我看见:在大路上有些茅舍,
还有高耸着教堂的城镇,
而在城市里,大兵们像一群灰鹤,
在广场上操练;
他们吃得很饱,穿得很好,
锁链也钉得很牢,
他们在开步走……我再往远处一看:
在低洼的盆地里,好像走在深坑里,
一座城市在沼泽中间呈现出来,
城市的上空盖着乌云,
雾气很浓……我飞到了目的地——

这座城市①一望无边

这是土耳其的城市，

还是德国的城市，

也许，它是座俄国的城市，

教堂啊，宫殿啊，

还有大腹便便的老爷们啊，

可是没有一座农民的茅舍。

黄昏到了……灯火啊，灯火啊

在四面八方点亮②，——

我马上害怕起来……"乌拉③！乌拉！

乌拉！"——一群人在叫喊。

"不要喊，你们这些傻瓜！想想吧，

为什么这样高兴，

为什么这样激动？""你这个小俄罗斯佬④！

怎么不知道这是阅兵。

我们这儿在阅兵！

主子⑤今天要游逛游逛！"

"那么，我到哪儿去找那个活宝贝？"

"瞧，你到皇室里去找吧。"

① 指圣彼得堡，即今列宁格勒，它是由彼得大帝于 1703 年在芬兰湾涅瓦河口一带的沼泽地上兴建起来的。
② 1844 年 5 月，为了庆祝沙皇尼古拉一世和皇后在圣彼得堡举行阅兵典礼，全城入夜灯火辉煌，全体皇室成员都参加了这一庆典。
③ 乌拉，意为"万岁"。
④ 小俄罗斯佬，当时俄罗斯人对乌克兰人的一种蔑称。
⑤ 主子，沙皇尼古拉一世。

我去了;感谢上帝,

我在那儿碰上一个同乡,

他穿着一身皇家的服装!

"你从哪儿来的?"

"从乌克兰来的。"——

"那么,这儿的话,

你一句也不会讲!"

"怎么不,"——我说道,

"我会讲,

就是不愿意讲!"——"你这个怪人啊!

所有的进口我都知道,

我在这儿当差;如果你愿意,

我想个办法

把你领到皇宫里去。但是你要知道,

老弟啊,我们是有文化教养的人——

但你不给半个卢布不行! ……"

"呸! 你这个万恶的

耍笔杆子的家伙! ……"

于是我又像一个看不见的隐身人

走进了皇宫,

哦,我的老天爷啊!!

这才真是天堂?

谄媚逢迎的食客们满身披金戴银!

他本人①就在这儿，

个子高大，脾气易怒，

从容不迫地走了出来；紧跟着他的，

是一位瘦小、细腿，

体弱的皇后，

她干瘪得像树根上的蘑菇一样，

而且她啊，这个可怜的人啊，

脑袋还在摇晃。

原来你就是女神②！

你可真没有办法。

而我这个傻瓜从来也没有见过你，

这回我可上了当，

因为我相信了

你那些猪脸孔的拙劣的帮闲诗人。③

我像蠢材一样！要晓得，我是失败啦！

相信了俄罗斯人所写的那些东西。

现在你去读读这些东西，

你来相信它们吧！

跟着两位神仙走的——是贵族老爷们，是贵族老爷们，

他们都是全身披金戴银！

①　指沙皇尼古拉一世。

②　当时不少宫廷御用诗人都歌颂过皇后亚历山德娜·费奥多罗夫娜的"非尘世"的美丽，把她奉为"女神"，而谢甫琴科对女皇的描写含着讽刺。

③　据当年图书审查官尼基坚科说，奥林写了一本书《1825—1843年俄罗斯十八年来的景象》，在书中"称尼古拉一世是神"，"当时这本很糟的书要他审查，使他处于为难的地位，就精神说，不能禁止这样的书，但出版也是不恰当的"。

都像喂得很好的肥猪一样——

脸面团团，大腹便便！……

他们甚至流着汗，紧挤着，

想要挨近他们的身边：

或者是想要挨一巴掌，

或者是想舔舔皇帝做出的轻蔑的手势①，

而唯一的愿望就是

　　　待在皇上的蠢脸下面。

贵族老爷们排列成行，

鸦雀无声，好像大家都没有舌头一样，——

只有皇帝在嘟哝着；

而那个怪物似的皇后，

像在鸟群中间的一只仙鹤，

一蹦一跳，振作着精神。

他们长久地来回走动，

像一对闷闷不乐的猫头鹰，

他们在低声地说些什么——

在远处听不见——

他们似乎在谈论国家，

谈论制服上的新襟章，

以及最近操练的事情！……

然后皇后就一声不响地

在凳子上坐下来。

---

① 指握住拳头并从食指与中指之间伸出拇指。

我看见：皇帝走到一个大贵族前面，……

朝他的面孔就是一巴掌！……

那个可怜虫舐了一下嘴唇，

就对那个比他官职小的人的肚子揍了一拳！——

而这个人又对比他官职小的人打了一耳光；

这个挨揍的人又去打那些职小官卑的人，

接着那些微不足道的小喽啰们

就一直闪退到门边，

而站在靠外边的一些家伙们，

就一齐奔到大街上，

他们再去殴打

那些还没有挨揍的平民老百姓，

他们在高声叫喊，他们在得意地高叫：

"欢乐吧！我们的皇上，欢乐吧！

乌拉！……乌拉！……乌拉——拉——拉——拉……"

我哈哈大笑起来，这就够啦；

这一切真使我透不过气来。

清晨以前，所有的人都睡着了；

只有一些东正教的信男善女们

在角落里呻吟哭泣，

他们在呻吟哭泣，

还为皇上向老天祈求幸福。

我又是笑，又是流泪！

就出发去看这座城市。

这儿的黑夜,如同白昼①! 我看见:

在那静静的河岸上

到处都是皇宫,宫殿!

整个堤岸

都是用石头砌成。

我像个疯子

惘然若失地望着;

甚至不相信

从沼泽地里出现了

这样的奇迹⋯⋯

这儿流过很多人的血,

但并没有使用过刀剑。

而在河的那一边

有一座要塞②和钟楼

那尖顶像个锥子,只要望一眼,

心里就感到恐怖不安。

大钟在叮叮当当地响着。

我转过身来看见——

一匹骏马在奔驰,

马蹄踏在一块岩石上!

在马上坐着一个骑士,

他身披长袍,似乎又不是长袍,

他没有戴帽子,

---

① 圣彼得堡位于北纬 60° 左右,每年从 6 月 11 日起到 7 月 2 日通夜曙光明亮,称为"白夜"。

② 指彼得保罗要塞,从十八世纪末开始这里囚禁过很多政治犯。

头上只缠着一些树叶。

骏马在奔驰——眼看着，

就要……就要跳到河的对岸去。①

那骑士伸出手来，

仿佛要夺取整个世界。他是什么人？

我走到跟前，

读了一遍刻在石头上的题词：

"献给一世——二世立石。"②

这座石像立得很妙。

现在我才知道：

就是这位"一世"——

他磔杀了我们的乌克兰。③

而"二世"呢，

她断送了我们多少孤儿寡妇。④

这些刽子手啊，刽子手！

　这些吃人的野人！

他们喝饱了我们活命的鲜血；

但他们又能把什么带到阴间？

我的心感到十分沉重，

① 指 1782 年叶卡捷琳娜二世在参议院广场上建立的彼得大帝铜像,彼得大帝头戴桂冠,身着披风,马的后两蹄站在一块巨大的岩石上,前两蹄凌空跃起做奔驰状。

② 题词是用俄文和拉丁文两种文字写的。

③ 彼得大帝曾慷慨地把乌克兰土地分给他的近臣和亲信们,要他们派哥萨克和农民从事建设工作,特别是建造圣彼得堡城。

④ 1783 年 5 月 3 日,叶卡捷琳娜女皇签署一道命令,把乌克兰西南部地方的四五百万自由农民变为农奴。

仿佛我是在读着

一部乌克兰的历史。

我站着……呆然不动……

就在这时候,

有个看不见的人①

在悄悄地、悄悄地唱着:

"团队从格卢霍夫②城

开到那筑有

壁垒的边境防线③,

官家委派我当了黑特曼,

命令我率领哥萨克

来到了京城;

哦,我们仁慈的上帝啊!

哦,这可恶的沙皇,

这该死的沙皇,狡猾的沙皇,

这贪得无厌的恶棍!

在这儿,你是怎样对待哥萨克的?

你用他们高贵的尸骨

① 以下俱指黑特曼帕夫洛·波卢博托克(约1660—1723),他曾要求彼得大帝扩大黑特曼的权力,取消设在莫斯科的"小俄罗斯委员会",不服从沙皇俄国的管辖,因而于1723年被囚禁在彼得保罗要塞,后被折磨而死。他的事迹曾以传说的形式在民间流传。

② 格卢霍夫,乌克兰切尔尼戈夫省的县城,十七至十八世纪曾经是乌克兰黑特曼们的驻地。

③ 边境防线,指十七至十八世纪的俄国边境线,彼得大帝下令派遣哥萨克团队到与波兰和克里米亚的边境去挖掘壕沟和填筑围墙。

填满了沼泽；

你在他们被磨难的尸体上

修建了这座京城！

而我，自由的黑特曼，

在黑暗的牢狱中，

戴着镣铐，被你折磨着，

活活饿死。

沙皇啊！沙皇啊！

上帝不让我同你分手。

我的镣铐把你和我

永世相连。

我痛苦地

在涅瓦河上飞翔，

也许，遥远的乌克兰

已经不复存在。

我很想飞到那儿，看一眼，

但上帝不许我去。

也许，莫斯科①已把乌克兰焚毁，

把第聂伯河水放进蔚蓝的大海，

然后掘开古老的坟墓——

那是我们的光荣。仁慈的上帝啊，

怜悯吧，仁慈的上帝！"

一切又沉寂了。于是我看见：

带雪花的乌云

① 莫斯科，泛指沙皇俄国。

遮蔽了灰暗的天空。

而在云端,仿佛有野兽在树林里号叫。

那不是乌云,那是一只白鸟,

落在那座帝王的巨大的铜像上面,

并且哀号起来,

"你这吃人的野人,你这毒蛇,

我们和你永远镣铐相连!

在可怕的最后审判,

我们要卫护上帝,

不让你那贪得无厌的目光来侵犯。

是你把我们从乌克兰赶出来,

我们无衣,无食,

被驱进雪地,被赶到异乡。

是你杀害了我们;你剥我们的皮,

你抽我们的筋,

缝成你高贵的紫袍①,

你修建了这座京城,

给它披上新装。

你欣赏那些教堂和宫殿吧!

你寻欢作乐吧,你这残暴的刽子手,

你罪恶滔天! 罪恶滔天!"

乌云消失,鸟儿飞散,

太阳升起来了。

~~~~~~~~~~

① 高贵的紫袍,指沙皇穿的紫红色长袍。

我站立着，惊讶起来，

心里感到难受。

我看见一些赤贫的人

赶忙着去干活，

而在十字路口

兵士们已经排队在操练。

一些睡眼惺忪的姑娘们，

她们沿着路边在迅速地走，

她们不是从家里出来，而是赶回家去！

母亲要她们

整夜地干活，

为了去挣得一块面包。

我站着，心里闷闷不乐，

我思索，我猜想，

人们要挣得每天的食粮，

真是多么不易。

那边走来一伙人，

他们挤进参议院①，

沙沙地挥动着笔尖——

要剥下父兄们身上的皮。

我们的同乡们

来回在他们中间。

他们按照莫斯科的方式在宰割人，

① 参议院，又称参政院，由彼得大帝设立和管理，曾是国家最高立法机关和国家事务的管理机关（1711—1917）。

一边笑着,一边向他们的
父亲们狂叫,
在年幼时,没有教会他们讲德国话——
而如今,只得泡在墨水瓶里发酸;
吸血鬼啊,吸血鬼!
也许,你的老爹
向犹太佬出卖了他最后一头牛,
才让你学会说京城里的话。
乌克兰啊;乌克兰!
那些被墨水玷污了的
你的年轻的花儿,
不就是你的孩子们吗?
他们在德国人安置的温室里
被用沙皇的毒草
给活活地毁掉啦! ……
哭泣吧,乌克兰!
你这孤苦无依的寡妇!

我想再去看一看,
沙皇在宫殿里,
究竟在干什么:——我进去了:
许多大腹便便的高官
排成行在等待沙皇;
他们睡眼惺忪地在喘着气,
他们的肚子里都填满了火鸡,
并且斜着眼在瞧大门。

仿佛一头狗熊从洞里爬出来,

那个人①慢吞吞、慢吞吞抬着脚步,

他全身臃肿,脸色发青!

那可恶的宿醉

把他折磨得好苦。

当他向那些大腹便便的人们一声吆喝,

他们就吓得没有一个人

不摔倒在地上!

这时他又瞪起两眼——

那些没有摔倒的人都颤抖起来;

他又向官职较低的人吼叫——

那些人也摔倒在地上;

他向小官员们吼叫——

那些人吓得魂不附体;

他向侍从们吼叫——那些侍从们,

吓得连影子也不见啦;

他向士兵们吼叫,

士兵们只是哼了一声,

就一齐钻进了地里;

我看见这世界上稀有的景象。

我看着,还要发生什么事,

这头小狗熊啊

还要做什么事!

他站在那里,

———————

① 那个人,指沙皇尼古拉一世。

低垂着头，

真是丧气。

狗熊的本性又到哪儿去了呢？

他安静得像一只小猫，

于是我哈哈大笑了起来。

他听见了笑声，立刻大声吼叫，——

我吃了一惊，

于是我就醒过来了……

我做了这样一个古怪的梦。

这样一个稀奇的梦！……

只有疯子和醉鬼，

才会做这样的梦。

请原谅吧，

亲爱的弟兄们，

我给你们讲的不是自己的真事，

而只是我做的一场梦。

一八四四年七月八日于圣彼得堡

"星期天我没有出去游逛"

星期天我没有出去游逛，
我挣钱买了一块绸子，
我把它绣成一方手帕，
我一边绣着，一边在歌唱：

"绣好的小手帕啊，
　　上面绣上了花纹，
绣好了送给亲人，
他会热烈地吻我。
　　我的手帕啊，
　　绣上图案的手帕啊，
让人们一看就感到惊讶，
在孤儿的手上有块手帕，
　　是绣了花纹的，
　　是绣了图案的。
而我松散开辫发，
在等待我的亲人。
　　我的命运啊，
　　我的妈妈啊。"

她一边这样在绣着，
她一边向窗外张望，
是不是绵羊在叫喊，
是不是盐粮贩子从大路上走来。
盐粮贩子从利曼回来，
运着外地的盐粮，
赶着外地的犍牛，
一边赶着牛，一边在歌唱：

"我的命运啊，命运，
你为什么不是这样，
你好像有些异样？
难道我喝酒，我游逛，
难道我没有力气啦？
难道我不知道在草原上
走到你身旁的那条小径？
难道我不知道怎样
　　　把礼品送到你的手上？
我的礼品啊——
就是这对褐色的眼睛。
我的年轻的力气啊，
被有钱的人买了去啦；
也许，我的姑娘当我不在时，
已跟别人结了婚……
教教我吧，我的命运，

教教我怎样去游逛。"

这个可怜的孤儿,在草原上,

一边走着,一边哭泣悲伤。

哦,一只灰色的猫头鹰啊

在草原的坟墓上号叫,

盐粮贩子们感到难过,

心里在沉痛地悲伤。

"黑特曼啊,保佑我们吧,

在村庄旁停下,

好把我们的伙伴

带进村子去进圣餐。"

他们为他做了忏悔,让他进了圣餐,①

还请来了巫婆,——

可是一切都是枉然……

于是他们就带着

这个治不好病的人走上大路。

是劳动压毁了

这年轻的力量,

是不眠的苦恼

使他撑持不住。

是人们现在

把这个年轻人

---

① 按宗教仪式,人在死之前要举行忏悔礼和进圣餐的仪式。

从顿河①上运来，

把他送回家。

他祈求上帝，只为了心爱的姑娘……

哪怕再看一眼自己的村庄。

但没有能成……大家把他埋葬啦，

没有人为他哭泣悲伤！

　　大伙儿在孤儿的坟墓上

安放了一个十字架，

就各自分散开……好像一根草茎

好像随着流水的一片树叶，

哥萨克就离开了这个世界，

他带走了一切。

可是那条刺绣的手帕

在什么地方？

可是那个愉快的姑娘

又在什么地方？！

　　在新安放的十字架上，

手帕在随风飘扬，

而姑娘进了修女院，

在把自己的辫发松散开来。

一八四四年十月十八日于圣彼得堡

---

① 顿河，当年盐粮贩子经常走的路线，他们从顿河和库班把干鱼和食盐运
回乌克兰。

"为什么我这样沉重，
为什么我这样难过"

为什么我这样沉重，为什么我这样难过，

为什么我的心啊在哭泣，在流泪，在叫喊，

就像饥饿的孩子们一样？

我的心啊难过。

你想要什么，你什么地方疼痛？

你想喝，你想吃，还是想睡觉？

睡吧，我的心啊，你永远地睡吧，

心儿破碎了，——而恶毒的人们，

让他们去凶狠吧……我的心啊，我的心啊，

闭上你的眼睛吧。

一八四四年十一月十三日于圣彼得堡

"你给我算个卦吧,魔术师"*

你给我算个卦吧,魔术师,

我的白髭的朋友!

你已经闭上了你的心扉,

可是我却在担心害怕。

我害怕我那烧掉了的茅舍

定会倾倒成废墟,

我害怕,我的亲爱的人啊,

我的心从此给埋葬了。

也许,希望啊,

靠了那有医疗效果的

生命的水,

那晶莹的眼泪,还会再来临;

也许,我会从外乡回来,

---

* 这首诗最初发表在 1857 年第 61 期《俄罗斯残疾军人报》上,后于
1861 年发表在第 1 期《基础》月刊上,题名为《被抛弃了的没有人住的
茅舍》。这首诗是献给史迁普金的。史迁普金(1788—1863)是农奴
出身的话剧演员,以演格利鲍耶多夫的《聪明误》、果戈理的《钦差大
臣》等剧的主角闻名,从而奠定了俄国现实主义舞台艺术的基础。
1844 年他在圣彼得堡演出时同谢甫琴科相识,结下了深厚的友谊,至
死不渝。

到我那被抛弃了的茅舍去过冬，

把那所茅舍刷得粉白，

生起火来，使它变得温暖，

点起灯来，使它变得明亮……

也许，我的诗歌——我的孩子们

会再次苏醒过来。

也许，我要再次祈祷，

和孩子们一起哭泣悲伤。

也许，我会透过轻梦

再次看见真理的太阳……

做我的亲弟兄吧，哪怕是欺骗我。

告诉我，应该怎么办：

是祈祷呢？是悲伤呢？

或者就一头撞在墙角上？！

一八四四年十二月十九日于圣彼得堡

献给果戈理*

歌儿紧跟着歌儿一群群地在飞翔：

这一首压在你的心上，另一首使你心伤，

第三首悄悄地，悄悄地在你的心头哭泣，

——也许，只有上帝没有看见这种景象！

我能把它拿给谁看呢，

谁能欢迎它呢，

谁能够理解我的歌儿的伟大的字句篇行？

大家的耳朵聋了，大家都戴着镣铐……

垂头丧气……冷漠无情……

你在嘲讽微笑①，而我却在哭泣悲伤，

我的伟大的朋友。

哭泣能生出什么东西呢？

~~~~~~~~~~~~

* 果戈理（1809—1852）是谢甫琴科最热爱的作家之一，他曾反复阅读果
戈理的作品。他们虽然没有见过面，但谢甫琴科始终怀着尊敬的心情
讲起果戈理。1844 年秋谢甫琴科看了史迁普金在圣彼得堡上演的果戈
理的喜剧《结婚》之后写成这首诗，最初发表在 1859 年德国莱比锡出版
的《普希金与谢甫琴科新诗集》里。1846 年谢甫琴科访问果戈理曾经
读过书的涅任中学，和同学们见面时，曾把这首诗写在诗人和翻译家格
贝尔的纪念册上。

① 别林斯基称果戈理的微笑是"含泪的微笑"。

不过是一堆荒草……

亲爱的祖国

再听不到自由的炮声。

年老的父亲

再也不会为了乌克兰的

自由、光荣和荣誉，

把自己心爱的儿子杀掉；①

他现在不是杀掉，而是抚养成长，

奉献给俄国沙皇送上疆场，

他说："这是我们寡妇的贡献，

请你收下吧。"

他把他奉献给沙皇

和野狗般的德国佬……

任他们去吧，我的老兄——

而我们要照旧地嘲讽微笑和哭泣悲伤。

一八四四年十二月三十日于圣彼得堡

① 指果戈理的小说《塔拉斯·布尔巴》中的老布尔巴杀死被波兰美女迷住
而叛变了祖国的次子安德烈的故事。

"不要羡慕有钱的人"

不要羡慕有钱的人：
有钱的人既不知道尊敬，
也不知道爱情，——
他是用钱收买了它们。
不要羡慕有权势的人，
因为他要压迫人。
也不要羡慕有名望的人：
有名望的人清楚知道，
人们爱他的虚名，
而不是他本人，
他是用痛苦的眼泪
换来人们的欢乐。
可是年轻的人们相聚在一起，
他们相亲、相爱，
有如在天堂里一样，——可是要知道
也会有不幸。
总之不要羡慕任何人，
看一看你的四周围吧：
在大地上既没有乐园，

在天上也并没有天堂。

　　　　　一八四五年十月四日于密尔哥罗德

"不要跟有钱的女人结婚"

不要跟有钱的女人结婚，
她会把你赶出茅舍的大门，
不要跟穷苦的女人结婚，
她会不让你夜夜安身。
跟自由自在的人、
跟哥萨克的命运结婚：
要怎么样，就怎么样，
要是赤贫如洗，那就赤贫如洗吧。
谁也不会厌烦，
谁也不来解闷，——
为什么痛，什么地方痛，
谁也不会问一声。
人们都说，跟心爱的人一起哭泣，
心里好像更轻快；
你不相信，要是谁也不过问，
那么哭泣得更轻快。

一八四五年十月四日于密尔哥罗德

霍洛德内·亚尔[*]

每个人都各有自己的不幸，

我啊也没有什么幸福可言；

虽说不是自己的，而是外来的。

但不幸总归是不幸。

往事就让它去沉睡吧，——

看来，为什么要去回想

那早已成为过去的事情，

要重新把往事唤醒。

就拿这亚尔来说吧；

如今要到这荒凉的谷地，

连条小径也难于觅寻；

大概，人们永远不会

---

[*] "霍洛德内"意为"寒冷的"，"亚尔"意为"深谷"。这条深谷距离奇吉
陵不远，1768 年海达马克起义的农民曾在这里集合，准备向波兰贵族发
动进攻。1843 年和 1845 年谢甫琴科两次返回乌克兰时曾到过海达马
克的圣地奇吉陵和霍洛德内·亚尔，见到深谷里林草丛生很有感触。
1845 年他读了当年在敖德萨出版的反动历史学家、新罗亚斯克总督公
署办公厅长官斯卡利科夫斯基著的《十八世纪海达马克对西乌克兰的
袭击(1738—1768)》一书，见到对海达马克的诽谤辱骂，至为气愤，因而
写成此诗。

再用脚在这里行走；
回想一下吧，这里的大道
曾经从马特廖纳修道院
一直通到森严的亚尔。
从前海达马克的营地
就驻扎在这亚尔，
他们把火枪装上弹药，
把长矛磨得锋利，
人们从四面八方聚集到亚尔来，
他们就像从十字架上放下的死囚，
父亲和儿子，哥哥和弟弟——
他们一致奋起来对付
那狡猾的敌人，
那残暴的波兰人。
那条通到深邃的亚尔的
被人们踏平了的大道啊，你在哪里？
是你自己长成一片阴暗的丛林，
还是新的刽子手
把它故意种上？
为了不让人们
到那里去集合，
共同商议如何去对付
那批善心的老爷们，
那些吃人的老爷们，
那些新来的波兰人？
大道你们是掩藏不住的！

热列兹尼亚克将在亚尔出现，

他朝乌曼地方望着，

等待着冈塔！

你们不要把神圣的法律

加以掩盖和践踏，

你们不应该把残暴的尼禄①

奉为至尊！

你们不应该把帝王之战

奉为光荣。

你们自己全不知道

这些帝王的罪行。

而你们却偏偏叫嚷，

为了祖国

献出肉体，献出灵魂！……

天啊，真是驯良如羊羔的奴性；

傻瓜伸出脖子，

连自己也不知道为了什么！

却诋毁冈塔——

这是何等无耻！

"海达马克不是什么战士——

他们是一群强盗、窃贼，

是我们历史上的污点。"②……

胡说，你们这伙吃人的野兽！

---

① 尼禄（37—68），罗马帝国的暴君，据传说他曾经迫害基督教徒，并放火焚烧罗马城。这里是影射沙皇尼古拉一世。
② 这是反动历史学家斯卡利科夫斯基著作中的原话。

强盗不会挺身而出

去卫护神圣的真理和自由，

不会给愚昧无知的老百姓

卸掉镣铐锁链，

那被你们套上的镣铐锁链；

强盗不会把狡猾的儿子判处死刑；

不会对自己的祖国

献出自己的一片丹心。

不，你们自己才是强盗，

是一群饥饿的乌鸦。

你们根据什么公理，

你们根据什么神圣的法律，

出卖真诚的老百姓，

出卖他们的土地和所有的一切？

你们小心点吧！

对于你们，那不幸，

那严厉的惩罚即将来临！……

你们侮弄孩子们，

你们侮弄那盲眼的弟兄，

你们欺骗自己，欺骗别人，

但却欺骗不了上帝。

要知道，在未来欢庆的日子里，

惩罚将降临到你们的头上。

从霍洛德内·亚尔啊，

要重新燃烧起熊熊的火焰。

　　　　　　　一八四五年十二月十二日于维云尼夏

大卫的诗篇*

第 一 篇①

不听从狡猾的人的计谋，

不站在坏人的道路上，

不和恶人坐在一起，

这样的人才是有福的。

他的心和意志

遵循着上帝的律法；

他就犹如——

~~~~~~~~~~

* 谢甫琴科童年在教会小学读书时学习过《旧约》中的《诗篇》，相传
《诗篇》是大卫王所作，共 5 卷 150 篇，内容都是颂赞上帝耶和华以及
求主恩佑庇护和劝人行善的。谢甫琴科在维云尼夏时，共改写了 10
篇。

① 第一篇《善恶之比较》的原文：《兄弟睦谊之美誉》译出，以见一斑。前
篇在我国《旧约》中的译文："不从恶人的计谋，不站罪人的道路，不坐
亵渎人的座位，惟喜爱耶和华的律法，昼夜思想，这人便为有福。他要
像一棵树栽在溪水旁，按时候结果子，叶子也不枯干。凡他所做的，尽
都顺利。恶人并不是这样，乃像糠秕被风吹散。因此当审判的时候，恶
人必站立不住。恶人在义人的会中，也是如此。因为耶和华知道义人
的道路，恶人的道路却必灭亡。"

在美好的田地上

栽种在溪水旁边的

一棵青绿色的树木，

上面结满了果实。

这样的人啊

才能事事顺利如意。

而那些狡猾的、不诚实的人，

连踪迹都不会留下，——

就犹如灰尘一样，

被风从大地上吹散。

恶人不能同义人一样，

审判时从棺材里起来。

善人的事业也将焕然一新，

而恶人的事业呢必将灭亡。

一八四五年十二月十九日于维云尼夏

第一三二篇①

在世上，还有什么更美好、更幸福的，

能比善良的弟兄们和睦相处，

共同生活在一起，

永不分离？

～～～～～～～～

① 第一三二篇《兄弟睦谊之美誉》的原文："看哪，弟兄和睦同居，是何等的善，何等的美。这好比那贵重的油，浇在亚伦的头上，流到胡须，又流到他的衣襟。又好比黑门的甘露，降在锡安山。因为在那里有耶和华所命定的福，就是永远的生命。"

276

就犹如香气四溢的圣油，

从亚伦①的正直的头顶上

一直流到他的胡须上；

就犹如露水

落到他那珍贵的圣衣的

绣金的衣襟上；

又犹如黑门山的甘露②；

降落在高高的锡安山③的

那些神圣的山峰上，

主赐福给了生活在大地上面的一切生物，

大地啊，人民啊，——

因此，主啊并没有忘记

自己的安乐和弟兄们，

在安静的住家里，

在伟大的家庭里，

主赐给他们幸福的命运，

世代相传，直到永远。

一八四五年十二月十九日于维云尼夏

<hr>

① 据《圣经·旧约·出埃及记》，亚伦是摩西的哥哥，他的神杖曾行过许多
神迹奇事，帮助摩西率领犹太人离开了埃及，后被奉为犹太人的第一位
祭司长。

② 黑门山，据《圣经·旧约》是巴勒斯坦的一座山，黑门山的露水被誉为神
圣的甘露。

③ 锡安山，据《圣经·旧约》是巴勒斯坦的一座山。

给小玛丽亚娜*

快长大吧,快长大吧,我的小鸟儿,
我的美丽的罂粟花,
当你的心还没有破碎,
当人们还没有知道那幽静的深谷,
你尽情地开放吧。
当人们知道了——他们玩赏够啦,
当你干枯了之后,就被扔掉啦。
无论是被美丽笼罩着的
青春的年华,
无论是被眼泪濡湿了的
褐色的眼睛,
无论是你的安静的少女的心,
你那少女的善良的心,
都不能满足和闭上
那些贪婪的眼睛。
那些恶毒的人们会找到

* 据说 1845 年 12 月谢甫琴科访问佩列雅斯拉夫利附近的维云尼夏时见
到一个当雇工的孤女,给了她几个铜币,买了她绣的小手帕。他当时曾
把这首诗抄赠给他的朋友们。

你这个可怜的人——
就把你扔进火坑……你只有忍受痛苦,
诅咒着上苍。
你别再开放啦,我的新的小花儿,
你这还没有盛开的小花儿,
当你的心还没有破碎时,
你静静地衰萎了吧。

一八四五年十二月二十日于维云尼夏

"过去了多少白天,过去了多少黑夜"

过去了多少白天,过去了多少黑夜,
夏天已经消逝;
枯黄了的树叶发出簌簌的喧响;
两眼暗淡无光,歌儿熟睡,心儿入眠,
一切都进入梦乡,……我不知道,
我是否还活着,能不能活下去,
也许就这样在世界上苟延残喘,
因为我已经不再欢笑,也不再哭泣悲伤……

命运啊,你在哪儿? 命运啊,你在哪儿?
什么样的命运都没有!
上帝啊,假如你不舍得好的命运,
那就给我一个坏的,坏的命运也是一样!
你不让能走动的人安眠,
不要让他的心死掉,
像一块腐朽的木头
卧倒在地上。
你要让我活下去,让心活下去,
让我热爱人们,

假如不那样……我就要咒骂，

把这个世界放火烧光！

脚上戴着镣铐，

在囚禁中死去,这是多么可怕,

但是更可怕的,是在自由中

沉睡,沉睡——

永远永远地沉睡,

什么痕迹也没有留在世上;

你是否曾经活过,或者早已死亡,

反正都是一样!

命运啊,你在哪儿? 命运啊,你在哪儿?

什么样的命运都没有!

上帝啊,假如你不舍得好的命运,

那就给我一个坏的,坏的命运也是一样!

　　　　　一八四五年十二月二十一日于维云尼夏

三　年[*]

日子不像日子,似过而又非过,

可是岁月啊,

却像箭一般地飞驰而过,

它们带走了一切美好的东西。

它们窃取了一切美好的思想,

还把我们的心啊,

粉碎在冰冷的石头上,

它们歌唱着"阿门"①,

它们对一切快乐的事物

都歌唱着"阿门",从现在直到永远。

还把一个瞎了眼睛的残疾人,

丢弃在十字路口。

短短的三年啊,

白白地消逝了……

---

[*] 1843 年当谢甫琴科还在圣彼得堡美术学院学习时,他在离开了乌克兰十四五年之后,重新回到了家乡,见到了自己的亲人。在故乡停留期间,他目睹了农奴的悲惨不幸和封建地主的暴虐专横,曾将这一切都写在诗集《三年诗抄》中。这首诗排在诗集的最后,为这本诗集做了一个总结。

① "阿门",祈祷的结束语,原意为"心愿如此",又作"完了""完结"讲。

可是在我那所茅舍里，

它们却干了多少令人伤心的事情。

它们使我那颗可怜的、

平静的心变得极度空虚，

它们摧残了一切美好的东西，

还引起了无限的痛苦悲伤，

它们用煤气和浓烟

熏干了我善良的眼泪，

就是在通向莫斯科的大路上

和卡特鲁霞一同流下的那些眼泪；

就是在土耳其的囚禁中，

和哥萨克祈祷时一同流下的那些眼泪①；

还有为了奥克珊娜②，我的明星，

我的美好的命运，

每天以泪水洗脸的那些眼泪……

那时候，恶毒的年头

还没有到来；

可是它们一来到，

就把什么东西都窃取一空。

既可怜父亲，又可怜母亲，

更可怜那个忠贞的、

年轻而又快活的妻子，

---

① 谢甫琴科在 1842 年写成的《迦玛里雅》一诗中，讲到迦玛里雅率领乌克
  兰的哥萨克援救被俘后囚禁在斯库塔里牢狱中的弟兄们，那时候他们
  正在狱中流着眼泪，思念着故乡。

② 请参看本书第 222 页注①。

现在她躺在坟墓里，

我的弟兄们，这是多么不幸；

在没有生火的茅舍里，

要把那些没有洗干净的孩子们，

全都哺养成人该有多么困难，——

真是伤心啊，可是更加伤心的，

是那个热恋着的

和结了婚的傻瓜，

他的老婆为了三个铜币，

就把自己出卖给别人，

还要嘲笑他一顿。

真是令人伤心！

真是令人心碎！

可是我啊，也遭到了

这种恶毒的不幸：

我的心热爱着人们，

也从人们那里得到了安慰，

大家都欢迎它，

夸奖它，还为它而喜悦高兴……

可是岁月悄悄地逼近，

把我的眼泪，

把我那些真诚的热情的眼泪熏干；

我开始恍然大悟……我仔细一看——

还是别说吧。

在我的周围，无论我看到哪儿，

那都不是人,只是一窝毒蛇①……

我的眼泪,

我的年轻人的眼泪都枯竭了。

现在我用毒药

在医治我破碎的心灵,

我不再哭泣,我不再歌唱,

我像猫头鹰②一样在哀叫。

事情就是这样!

你们高兴怎样,那就怎样吧:

或者大声地蔑视咒骂我,

或者就偷偷地

夸奖我的歌儿,——

反正都是一样,

我的青春年华

一去永不复返,

我的愉快的话语

也一去不再来……我的心啊

也不会再回到你们的身旁。

我不知道:我要到哪儿去,

我将在什么地方安身,

我能和谁交谈,

我能让谁高兴,

我能在谁的面前

<hr>

① 指地主及沙皇政权所倚靠的那些人。

② 谢甫琴科在1844年写成的《猫头鹰》一诗中,讲一个不幸的母亲,她的独
生子被征去当兵,服役二十五年,从此母亲就过着孤苦伶仃的日子。

倾诉出我的心思?

我的歌儿! 我的岁月,

三个苦难的年头啊。

我的不幸的孩子,

你们能依靠谁呢?

谁也不能倚靠,

还是在家里睡着吧……

我要去迎接第四个年头,

去迎接新的年头。

你好啊,穿着旧年的厚呢长袍的

新的年头!

你在满是补丁的讨饭袋里,

把什么带给了乌克兰?

"按新指令明文规定,

从今以后万民安居乐业。"①

那就祝你健康,

但你要向穷困行礼问好,千万别把它遗忘。

一八四五年十二月二十二日于维云尼夏

---

① 这句话是模仿沙皇当局官方文件中的用语,含有讽刺的意思,因为这些
文件说在沙皇尼古拉一世统治期间(1825—1855)人民安居乐业。

遗　嘱[*]

当我死了的时候，
把我在坟墓里深深地埋葬，
在那辽阔的草原中间，
在我那亲爱的乌克兰故乡，
好让我能看得见一望无边的田野，
滚滚的第聂伯河，还有峭壁悬崖；
好让我能听得见奔腾的河水
日日夜夜在喧吼流荡。
当河水把敌人的污血
从乌克兰冲向蔚蓝的海洋……
只有那时候，我才会离开
祖国的田野和山岗——
我要一直飞向
上帝所在的地方，

---

[*] 这首诗在诗集《三年诗抄》中没有标题，1859 年在德国莱比锡出版的
《普希金和谢甫琴科新诗集》中取名为《歌》(杜姆卡)，1867 年重编谢
甫琴科的《科布扎歌手》诗集时，由于诗人在这首独白的诗里写出了他
的遗志，因此取名为《遗嘱》，一直沿用至今。这首诗曾由很多乌克兰作
曲家谱成歌曲。

Якъ умру то поховайте
Мене на могили
Середъ степу широкого
На вкраини милій,
Щобъ лани широкополы,
И Днипро, и кручи
Було видно; було чути
Якъ реве ревучій,
Якъ понесе зъ Украины
Усинье море
Кровъ ворожу.... отойди я
И ланы и горы
Все покину, и полыну
До самого Бога

《遗嘱》手稿

但在这样的日子到来以前，
我绝不会祈祷上苍。
把我埋葬以后，大家要一致奋起，
把奴役的锁链粉碎得精光，
并且用敌人的污血
来浇灌自由的花朵。
在伟大的新家庭里，
在自由的新家庭里，
愿大家不要把我遗忘，
常用亲切温暖的话语将我回想。

　　一八四五年十二月二十五日于佩列雅斯拉夫利

牢房诗抄*

——献给我的狱友们

一、"哦，我孤零零的一个人啊"

哦，我孤零零的一个人啊，

就像田野里的一根细草茎，

上帝既没有赐给我幸福，

也没有赐给我好运。

上帝就是给了我

一双漂亮的褐色的眼睛，

就是这双眼睛啊，

在少女的孤苦伶仃中流泪伤心。

我既没有弟兄，

也没有姐妹，

---

* 1847 年 4 月 5 日，谢甫琴科被捕，4 月 17 日至 5 月 30 日囚禁在牢房。在此期间，谢甫琴科偷偷写下了 13 首诗，藏在自己的靴筒中。他在 6 月 23 日到了流放地奥尔斯克要塞，又写了一首《"你们可要记住啊，我的同伙弟兄们"》，编在诗抄的卷首，这样《牢房诗抄》一共有 14 首诗。

我在陌生人中间长大，

长大啦——却没有爱过一个人。

我的亲爱的朋友，你在哪儿！

善良的人们啊，你们又在何方？

什么人都没有，就只我孤零零的一个人。

连一个心上的朋友也不会有啦！

一八四七年四月十七日至五月十九日于圣彼得堡

二、"沟壑后面还是沟壑"

沟壑后面还是沟壑，

再往那儿就是草原和坟场。

一个白发苍苍的瘦削的哥萨克，

从坟墓里走出来。

他在深夜里走出来，①

在草原上走着，一边走一边唱着歌，

歌声是那样阴郁悲伤：

"不断堆积的泥土，

布满了所有的房舍，

谁也没有想起我们。

我们在这儿已经过了三百年了！

---

① 在乌克兰的民歌中有不少关于古老的哥萨克死而复活走出坟墓的诗歌
作品。

我们的同伴们在这儿长眠！

谁都没有起来。

黑特曼①把我们出卖给了

基督教徒去当奴隶，

他驱赶着我们。

在自己的土地上

我们流下了自己的血，

并且杀害了自己的弟兄们。

我们用弟兄的鲜血

灌溉了这片土地，

现在大家都长眠在坟墓里。"

他静默不响了，疲困了，

他倚在长矛上，

站在自己的坟墓上，

他看看第聂伯河，

沉痛地哭泣悲伤，

蓝色的波浪在回响，

从第聂伯河，从村庄

一直传到森林。

第三次雄鸡啼叫了。

哥萨克倒了下去，

---

① 黑特曼，指彼得·多罗申科(1627—1698)，他曾经和克里米亚的鞑靼可汗签订条约，把成千上万的乌克兰哥萨克和农民"像牲口一样"赶去当奴隶。也有可能是影射告密的彼得罗夫。

整个沟壑震动起来，

而坟墓在叹息呻吟着。

一八四七年四月十七日至五月十九日于圣彼得堡

三、"我能否还在乌克兰生活"*

我能否还在乌克兰生活，

对我来说反正都是一样。

我在异乡的雪地当中，

是否还有人记着我，或者已经把我遗忘——

那对我来说完全都是一样。

我在异乡人中间，在囚禁中生活，

没有亲人为我哭泣，在囚禁中流着泪死亡，

我要把一切都带进坟墓，

我没有留下一点什么

在我们那光荣的乌克兰，

在我们的——但不是在自己的土地上。

父亲不会向儿子提起我，

也不会对儿子说，

"祈祷吧，祈祷吧，儿子，

为了乌克兰，

他曾经受尽了磨难。"

这个儿子是否为我祈祷……

* 这首诗反映了谢甫琴科在宪警第三厅受审讯时的情况。

对我来说反正都是一样，

假如恶毒的人们

要把乌克兰催进梦乡，

假如狡猾的人们在烈火中

把掠夺光了的乌克兰唤醒，

那对我来说就都不是一样，

哦，那对我来说就都不是一样。

　　一八四七年四月十七日至五月十九日于圣彼得堡

四、"人们都说：'不要扔下母亲！'"

　　人们都说："不要扔下母亲！"

而你扔下了母亲，走开了。

母亲到处寻找你——但没有能找到，

她也不再寻找了，

就流着泪死去了。

你曾经玩耍过的地方，现在早就没有了。

小狗呢——它也跑掉了，

茅舍的窗户也被打破了。

在阴暗的花园里，

白天牧放着羊羔。

而在夜里面，猫头鹰和鸱鸮在号叫，

不让邻居们安静地睡觉。

你种的那株十字形的长春花，

曾经等待你的灌溉，

现在也已经枯萎。

294

你曾经洗过澡的

那个干净的小池塘，

现在长满了树丛。

鸟儿也不在树林里歌唱了，

是你把它带走了。

水井也掩没了，

柳树也枯萎了，

你走过的那条小径，

现在长满了带刺的荆棘。

你到哪儿去了？

你飞到什么地方去了？

在异乡的土地上，在别人的家庭里，

你使谁高兴欢乐？你向谁，

你向谁伸出了你的两手？

你的心追求着

要在高楼大厦里过豪华的生活，

你不惋惜你抛弃了的茅舍……

我向上帝祈祷，但悲伤

永远不会把你唤醒，

你也不会找到高楼大厦……

你不要责骂上帝，

你也不要诅咒你的母亲。

　　一八四七年四月十七日至五月十九日于圣彼得堡

五、"你为什么要到坟墓上去?"

"你为什么要到坟墓上去?"——
妈妈勉强吃力地说道。——
"你为什么哭着走,
你为什么夜里不睡觉,
我的灰蓝色翅膀的小鸽子①啊?"
"是啊,妈妈,是啊。"她还是去了,
妈妈流着眼泪在等待她。

夜里在坟墓上开花的
并不是睡梦草②,
姑娘种下的
是一株红绣球花树,
她用眼泪浇灌,
她祈求上帝,
夜间降下雨水
和很多的露珠,
好让红绣球花树能接受雨露,
长出了枝丫。
"也许,心爱的人会变成一只小鸟儿,

① 小鸽子,妈妈对女儿的爱称。
② 睡梦草,亦作睡草,是一种白头翁或银莲花属的多年生草本植物。

296

从那个世界上飞回来。

我要为亲爱的人做一个鸟巢，

我和心爱的人飞到绣球花树上，

一起轻轻地唱着歌，

我们哭着，唱着，

悄悄地谈着心。

然后就在一个大清早，

一同飞到另一个世界上去。"

绣球花树长起来啦，

它分出了枝丫。

一连三年

姑娘都到坟墓上去。

在第四年上……睡梦草

仍然没有在夜里开花，

姑娘就对红绣球花

哭着，说道：

"我的宽宽的、

高高的绣球花啊，

在太阳上升以前，

我给你浇灌的

并不是水；

我给你浇灌的，

是辽阔的眼泪的河水，

人们用虚假的荣誉

使得我再不能忍受啦。

女朋友们嘲笑着

自己的女友，
她们嘲笑着
我的红绣球花树。
你围绕着我的头，
你用露水洗净我的脸，
你用宽阔的枝丫
遮住了太阳的光亮。
人们会笑话我，
孩子们弄断了
你宽阔的枝丫。"
一大清早，小鸟儿
在绣球花树上叫着，
而姑娘躺在绣球花树下面，
她长眠着，再没有起来。
这个年轻的姑娘疲困了，
她从此长眠在梦乡……

太阳从坟墓后面升起来，
人们高兴地起了床。
妈妈还没有躺下去睡觉，
她等待姑娘回来吃晚饭，
她伤心地流着眼泪在等待着。

一八四七年四月十七日至五月十九日于圣彼得堡

六、"哦,三条宽阔的大路啊"*

哦,三条宽阔的大路啊,
不知道通向什么地方。
三个亲兄弟啊离开老家
从乌克兰直奔向他乡。
他们辞别了年老的亲娘。
老大抛下了妻子,
老二和妹妹分别。而最小的弟弟呢——
则离开了年轻的姑娘。
老妈妈在田野里
种下了三株桦树。
嫂嫂呢,种下了
一株高高的白杨。
妹妹在溪谷里
种了三株白槭树……
而年轻的姑娘呢——
种下了一株红色的绣球花树。
三株桦树没有成活,
白杨树枯萎啦,

<hr style="width:25%; border-top: wavy;">

*　这首诗根据乌克兰民歌的题材,用民歌形式写成。周作人在 1912 年写的
《艺文杂话》中以文言文译述了这首诗:"是有大道三歧,乌克兰兄弟三人分
手而去。家有老母,伯别其妻,仲别其妹,季别其欢。母至田间植三树桂,妻
植白杨,妹至谷中植三树枫,欢植忍冬。桂树不繁,白杨凋落,枫树亦枯,忍
冬憔悴,而兄弟不归。老母啼泣,妻子号于空房,妹亦涕泣出门寻兄,女郎已
卧横土陇中。而兄弟远游,不复归来,三径萧条,荆榛长矣。"

三株白椴树干死啦，

红绣球花树也没有成长。

三个亲兄弟一去不返。

老母亲空在哭泣悲伤，

媳妇带着孩子们

在没有生火的茅舍里流泪。

妹妹哭着奔向他乡

去寻找自己的亲兄弟们……

最年轻的姑娘呢，

已经被用棺木埋葬。

三个弟兄一去不复返，

在世界上到处流浪，

而那三条宽阔的大路啊，

长满了荆棘，满目荒凉。

一八四七年四月十七日至五月十九日于圣彼得堡

七、致尼·科斯托马罗夫 *

太阳愉快地隐藏到

春天的云霞的后方。

牢房里的哨兵们在换岗以前，

那些穿着蓝制服的哨兵，

~~~~~~~~~~~~~

* 尼古拉·科斯托马罗夫(1817—1885)，乌克兰历史学家、作家和诗人，
非常热爱谢甫琴科的诗歌作品，"基里尔-梅福迪协会"组织者之一。
1846年4月他同谢甫琴科相识，后来一同被关在圣彼得堡沙皇宪兵第
三厅的牢房里。

给自己戴着镣铐的客人们，

送上了牢房的晚茶。

我已经多少习惯了

那些上了锁的大门，

那些窗子上的铁栅栏。

我并不惋惜一切的损失，

我曾经辛酸地流下的

我的沉痛的血泪，

它们流进了

潮湿的田野。

可是无论是薄荷，

无论是小草，都没有生长出来。

我想起了自己的村庄……

我和哪些人在话别呢？

父亲和母亲都已不在人世……

我的心悲伤难过，

没有谁把我回想！

突然间，我的老弟，我看见你的母亲，①

她比黑色的土地还要黑，

她戴着十字架走过来……

于是我祈祷！上帝啊，我祈祷！

我要不停地将你颂扬！

因为没有人好同我分享

----

① 谢甫琴科在这首诗中提到科斯托马罗夫的母亲来探监的情形。谢甫琴
科后来曾称她是"最幸福和最高尚的母亲"。

我的枷锁，我的牢房。

一八四七年五月十九日于圣彼得堡

八、"茅舍旁边有个小樱桃园"*

茅舍旁边有个小樱桃园，
金龟子①在樱桃树上嗡嗡响，
农夫们背着耕犁回家转，
妈妈等待姑娘们回家吃晚饭，
她们一边走着，一边把歌唱。

全家人坐在茅舍旁边吃晚饭，
这时黄昏星已经升到天上。
女儿送上了晚饭，
妈妈原想唠叨几句，
但是夜莺没有让她能开口把话讲。

妈妈让几个小孩
在茅舍旁边安歇；
自己挨着他们也进入了梦乡。

---

* 这首诗是谢甫琴科最喜爱的作品之一。他经常把它写在朋友们的题字本和纪念册上。他有时称它为《黄昏》《春天的黄昏》或《五月的黄昏》。这首诗曾由俄国名诗人梅伊译成俄文，到了1859年，这首诗最初发表在第3期《俄罗斯谈话会》上，同年又连同梅伊的俄译发表在《民众读物》第3期上。这首诗朴素无华的抒情诗，曾经得到屠格涅夫的无限赞赏，后来由柴可夫斯基等作曲家谱成歌曲，成为流行的浪漫曲和民歌。

① 金龟子，又名五月金龟子，是一种金甲虫。

（加夫里连科 绘）

一切都安静下来了,只有姑娘们

和那只夜莺还在不停地歌唱。

一八四七年五月十九日至三十日于圣彼得堡

九、"一清早,新兵们"

　　一清早,新兵们

离开了村庄,

跟着这批青年人走的

是个年纪轻轻的姑娘。

老母亲累坏了,

在田野里追赶上了女儿……

追赶上了,把她带回家;

责备啦,劝说啦,

终于把女儿送进了坟场,

而她本人也在老年离井背乡。

　　许多年过去了,

村庄没有完全变样。

只是村庄边上没人住的茅舍

已经是东倒西歪,

有一个装假腿的大兵,

拄着拐杖在茅舍旁边独自徘徊。

他看看这果园,

他看看那茅舍。

老弟啊，他看不见

黑眉毛的姑娘从茅舍里走出来。

老妈妈也没有请他

到茅舍里去吃晚饭。

这还是以前……很久以前的事啦！

手巾已经织好，

手帕已经绣好。①

以为相亲相爱地生活着，

赞扬着上苍！

可是后来呢……

谁也没有能实现这个愿望。

他一个人坐在茅舍旁，

院子里已经黑暗起来，

猫头鹰像个老太婆，

在凝视着门窗。

一八四七年五月十九日至三十日于圣彼得堡

十、"在囚禁中生活是多么痛苦"

在囚禁中生活是多么痛苦，

说实话，根本就没有什么自由可讲。

如在异乡，多少还可以说是生活着，

---

① 按乌克兰的习惯，手巾和手帕是订婚的礼品。

因为是生活在田野上……
现在我像期望上帝一样，
我要期待着那可恨的厄运，
我等待着它，我指望着它，
我诅咒自己的愚蠢的理智，
因为它嘲弄了愚蠢的人。
我要把自由在泥沼里淹死才成。
只当我想起，我不会在乌克兰被埋葬，
我不能再在乌克兰生活，
去爱人们和上苍，
我的心啊就感到一阵冰凉。

一八四七年五月十九日至三十日于圣彼得堡

十一、割草人 *

他在田野里到处走着，
他存放的不是割下来的禾草，
他存放的不是割下来的禾草——而是
一座座的坟山。
大地在呻吟，大海在呻吟，
呻吟着和怒吼着！

---

* 割草人或刈禾者，通常指在田野里劳动的庄稼人，但这里是指死神。在外国的绘画里经常把死神画成一个手持长柄镰刀的骷髅，用长镰刀刈割那些命定要死的人。

夜里面,猫头鹰
欢迎着割草人。
这个割草人啊从不休息。
他谁都不管,
连问都不问一声。

谁也不管,谁也不问,
他也不磨快自己的镰刀;
无论在郊外,无论在城里,
这个老家伙像用剃刀一样,
尽在刈除着那些命定要死的人。

不管是农民,还是小酒馆的老板,
还是讨饭卖唱的孤儿,
这个老家伙在刈除着所有的人,
他刈除下来的人堆成一座座坟山,
甚至连沙皇也不放过。

连我也没有放过,
我在异乡受尽苦难,
在铁栅栏后面被勒死,
谁也不会为我安放一个十字架,
谁也不会回想起我。

一八四七年五月三十日于圣彼得堡

十二、"我们还能再相聚吗"

我们还能再相聚吗？

或者我们就永远分散开？

我们要带着真理与爱情的话语

走遍草原和森林！

就这样也好。我们不能敬爱

自己的亲生母亲。

这是上帝的意旨啊！我们得等待着！

我们要听从上帝，并向他祈祷，

我们要相互作出承诺。

要热爱自己的乌克兰，

要热爱她啊！……在不幸的日子里，

在沉痛的时辰，

要为了她祈祷上苍！

一八四七年四月十九日至五月三十日于圣彼得堡

十三、"我睡不着啊，——而黑夜,深似海洋"*

我睡不着啊,——而黑夜,深似海洋,

（虽然现在还不是秋天,

更何况我是在囚禁中呢。）在高墙里,

---

* 谢甫琴科于1847年5月30日被判刑这一天写下这首诗。而且,与前12首不同的是,谢甫琴科没有给这首诗编序号。此处序号"十三"为编者所加。

谈不上什么烦恼，

更谈不上什么童年时代的梦。①

我辗转反侧，等待黎明。

而两个哨兵

在门旁边谈起他们

各自当兵的苦命。

第 一 个

当时是那样的规定，

少给二十五卢布都不行。

而老爷又是那样穷。

你听着，他们就抓住我，

把我带到卡卢加②去，剃了头，

当了兵，当时的情况就是这样。

第 二 个

而我呢？……回想起来真是可怕！

要晓得，我是自己去当兵的：

在我们的村子里，

我认识了一个姑娘……我们常见面，

寡妇母亲把我们结成亲。

但是该诅咒的地主不答应：

他说姑娘还太小，让我等着再说。

---

① 这句诗引自茹科夫斯基的诗《小花》。

② 卡卢加，莫斯科西南的一个城市。

你晓得，我常去看望冈努霞①，

一年过去了——我坚持自己的意见；

我和母亲一起去求情。

他说道："没有用，不用求情。"

他说道："你出五百卢布……

一次交清……"有什么好说呢？

可怜的人啊！借钱吗？

谁肯借这么大的数目？

老弟，我就去干活，

两条腿从没停息过。

为了弄到一戈比一戈比的钱，

我一连工作了两年，

跑遍了黑海和顿河……

我一路上还买了些礼品

送给最心爱的人……

一天夜里我回到村子来到姑娘家，

只有老妈妈躺在炕上，

这个可怜的人快要死了，

茅舍也已经倾倒。

我点上灯去看她……

她全身透着泥土的气息，

她已经不认识我了！

我又去看神父，看邻居，

找到了神父，但已经晚了，——

① 冈努霞，冈娜（安娜）的爱称。

老太婆已经死了。

也问不到关于我的冈娜的踪迹。

我向邻居问起冈努霞。

"难道你直到现在还不知道？

冈努霞已去了西伯利亚。

她到地主少爷那儿去了，

后来生下了一个婴儿，

她就把他在水井里淹死了。"

我好像被火烧了一样，

勉强拖着脚步走出茅舍。

那时候天还没有亮。我带着刀

不知怎样一直闯进了地主的大厅……

地主少爷已经到

基辅去学习。老弟啊，事情就是这样！

我留下了父亲和母亲，

就到这儿来当兵。

我怀着可怕回想起这一切。

我想烧掉地主的大厅，

或者就自杀，

但是上帝宽恕了我，……哦，你晓得，

地主少爷被从军队里

调到了我们这儿来了？

第 一 个

那怎么呢？

你现在就把他刺死吧！

第 二 个

为什么呢？上帝帮助我，

我早就忘掉了那些往事。

这两个哨兵长久地谈着话，

在黎明之前我也睡着了。

我当时梦见了这些地主少爷们，

但我没有让这些混蛋好好睡觉。

一八四七年五月十九日至三十日于圣彼得堡

十四、"你们可要记住啊，我的同伙弟兄们……"

你们可要记住啊，我的同伙弟兄们①……

希望这个苦难永远不会再来临，

当你们和我站在铁栅栏后面

相互悄悄地凝望着的时候。

大概，我们心里都在想着：

"什么时候我们才能相互谈心，

在这个严酷的大地上，

什么时候我们才能重新会面？"

不，同伙弟兄们，不，

---

① 同伙兄弟们，指乌克兰秘密文化政治团体"基里尔－梅福迪协会"的成员。1846 年 4 月谢甫琴科加入该组织。基里尔和梅福迪是创立斯拉夫文字母的两位圣者。

我们不会再一同站在第聂伯河岸上！

我们大家将纷纷四散，各自带着自己的不幸

走进草原和森林，

再过上不久，等到自由来临，

我们才能重新开始

在人们中间，像人一样地生活。

在这一天来到以前，

你们，我的同伙弟兄们，

我们要热爱乌克兰，

为了她的不幸，

我们要祈求上苍。

朋友们，把那个人①遗忘了吧。

也用不着去咒骂他。

在残酷的奴役之中，

望时常回想起我吧！

一八四七年六月二十三日于奥尔斯克要塞

① 那个人，指基辅大学的大学生彼得罗夫。因为他的告密，包括谢甫琴科在内的"基里尔-梅福迪协会"成员被捕。

流放诗选 (1847—1858)

一八四七年流放时期
被贬为小兵时的谢甫琴科自画像

"我的歌啊,我的歌啊"*

我的歌啊,我的歌啊,

你们是我唯一心爱的,

在这不幸的时刻,

千万也不要把我抛弃开。

我的灰蓝色翅膀的鸽子啊,

望你们成群结队地

从辽阔的第聂伯河上飞来,

在这荒漠的草原上,

和穷苦的吉尔吉斯人①一同游逛。

虽然他们那样贫穷,

虽然他们衣不蔽体……

他们在自由中还祈祷着上苍。

我的亲爱的歌啊,快快飞到我的身旁,

我要用温柔的话语

* 谢甫琴科在流放期间过着非人的囚禁的士兵的生活。根据沙皇尼古拉
  一世的亲自批示,他被严格禁止写诗和作画,但他还是偷偷用纸订成小
  本子,写下了一百多首诗歌作品,藏在自己的皮靴筒里,这就是《靴筒诗
  抄》(共四本)。

① 吉尔吉斯人,十九世纪前半叶居住在里海东岸草原上的游牧民族。但
  谢甫琴科诗中所指的实际上是哈萨克人。

来欢迎你们,我的孩子们

并且和你们一同哭泣悲伤。

一八四七年下半年于奥尔斯克要塞

长诗《公爵小姐》的前言*

我的黄昏星啊，

你升起在山岗上，

让我在奴役中

悄悄地同你把话讲。

请你告诉我吧

太阳怎样落到山后方，

彩虹怎样高悬在

第聂伯河的水面上。

宽阔的白杨树

怎样伸出自己的枝干……

垂杨柳啊

怎样垂挂在河水上；

它把绿色的枝叶

覆盖在河面上，

* 长诗《公爵小姐》叙述了一个耽于酒色的公爵，在夫人去世以后玷污了自己的女儿，公爵小姐后来到奇吉陵的修道院并死在当地。这首诗曾单独发表在 1860 年在圣彼得堡出版的文艺丛刊《茅舍》上，题名为《写给星星》。

没有受过洗礼的孩子们
就爬在树枝上欢笑歌唱。
吸血鬼夜里面
躺在田野里的坟墓上，
猫头鹰在树林里号叫，
预告着不幸。
睡梦草怎样在山谷中
夜里把花朵开放……
至于人们呢……并不是这样。
好人啊，我知道他们。
好人啊，我知道。我的星星啊！
我的唯一的朋友！
谁知道，在我们乌克兰
发生了什么事情？
我知道。我要告诉你，
我睡不着觉。
而你明天早上
悄悄地去告诉上帝吧。

　　　　　　一八四七年下半年于奥尔斯克要塞

长诗《公爵小姐》的片断[*]

村庄啊！心儿终于得到了安慰。
村庄在我们的乌克兰——
就犹如绘画一样，
到处是绿色的树林。
园子里鲜花怒放；茅舍闪着白光，
而在山岗上那些邸宅
犹如奇迹一样。
四周围长满了阔叶的白杨树，
再远一点是森林、森林和田野，
在第聂伯河的后面是青色的山岗，
而上帝在村庄的上空飞翔。
哦,村庄啊！村庄啊！

一八四七年下半年于奥尔斯克要塞

---

* 谢甫琴科在自己的诗歌作品中经常写到乌克兰美丽如画的村庄。长诗
《公爵小姐》中的这一片段曾有过好几种俄译,其中叶赛宁的译文发表
在 1914 年《小世界》杂志第 3 期上,题名为《村庄》。

N. N. （一）[*]

太阳落山啦,群山显得阴暗,
小鸟儿不再歌唱啦,田野里寂静无声,
人们都很高兴,这该是休息的时光。
而我却在张望着,……于是我的心啊,
飞向乌克兰,飞向阴暗的小花园。
我飞啊,飞啊,一边在想着,
这样心儿就好像得到了安慰。
黑色的田野,还有树林,还有群山,
这时蓝天上出现了一颗星星。
哦,星星啊!星星啊!——于是我流下了眼泪。
你是否也已经出现在乌克兰?
那双褐色的眼睛,是否在蓝天上
已经找到了你?或者就已经遗忘!
如果已经遗忘,就让它们安眠吧,
只要它们再不会想起我的不幸的苦命。

一八四七年下半年于奥尔斯克要塞

* 原文为拉丁文,意为"致某人",可能指谢甫琴科的童年女友奥克珊娜·科瓦连科。以下同。

N. N.（二）

那时候我才十三岁，
在村庄外面放牧着羊羔。
是由于太阳那样光辉地照耀着，
还是由于我的心中有种无名的欢乐？
我那样地高兴，高兴，
犹如在天堂里一样……
早已叫我回去吃中饭啦，
我却待在高高的杂草丛中
向上帝祈祷……我不知道
什么使我这个小孩高兴，
那样愉快地祈祷？
我觉得上苍的天空、村庄，
甚至连畜群也都兴高采烈！
太阳和暖地照耀着，但并不烤人！

    太阳这样和暖地照耀着并不很久，
    我在祈祷着也不很久长……
    太阳突然非常烤人，变成了红色，
    把天堂给烧焦。
    我好像如梦初醒，向四面张望：

村庄变得昏黑，
上帝的蔚蓝的天空
也显得黯然无光，
我望着我的羊羔——
那不是我的羊羔！
我回顾我的茅舍——
我的茅舍也没有啦！
上帝什么东西都没有留给我！……
于是我流下眼泪来，
流下辛酸的眼泪来！……
这时有个少女正在大路旁，
在离开我不很远的地方
在拔着大麻，
她听见了我在哭。
她跑了过来，安慰了我，
揩掉我的眼泪，
还又吻了我……

这时，好像太阳又重新照耀着，
世界上的一切又重新属于我……
还有那些田野、树林和花园！……
于是我们嬉笑，
把别人家的羊羔赶了去饮水。

这不算什么！……但今天一想起这些事，
我的心啊就疼痛得要哭，

为什么上帝不让我

在那个天堂里多待一些时光。

我宁可死在故乡的大地上，

我宁可不被世人知道，

我愿世界上再没有装疯卖傻的人，

也不再咒骂上帝和人们！

一八四七年下半年于奥尔斯克要塞

N. N. (三)

哦,我的歌啊! 哦,恶毒的荣誉啊!
为了你,我在异乡无缘无故地遭苦受难,
我受尽折磨,吃尽苦头……但我绝不后悔认错!……
我像热爱自己真诚的女友一样,
热爱着亲人似的可怜的乌克兰!
不管你怎样对待我这个不幸的人,
只是不要把我抛弃,我要追随着你,
哪怕是下地狱也心甘……
…………

　　　　　　你接待过
残暴的尼禄、萨尔达纳帕尔、
希律、该隐、耶稣、基督、苏格拉底①,
哦,你这个淫荡下贱的女人!
你爱过刽子手恺撒②,

①　尼禄,公元前五世纪罗马的暴君。萨尔达纳帕尔,公元前七世纪的亚述国王,以暴虐闻名。希律,一世纪犹太暴君,残忍好杀。该隐,亚当的长子,曾将他的兄弟亚伯杀害,典出《旧约》。苏格拉底,希腊的大哲学家,公元前399年在狱中服毒而死。
②　恺撒,罗马皇帝的称号。此处指尼禄。

你也爱过那个善良的希腊人①，

所有的人都同等看待！……他们都付过钱。

可是我这个贫穷的人，我能献给你什么？

你为了什么要吻我？

难道为了我的诗歌？……

许多比我这个不幸的人好得多的歌手，

都枉然地在歌唱。

当我一想到，伤心的事就近在眼前：

要知道，为了荣誉啊，

多少勇敢人的头颅从肩头上掉了下来！

亲兄弟们像一群公狗在打架，怎样都拆散不开。

而荣誉呢，带着她的麻醉剂：

像小酒馆里的一个荡妇，所有的人都为她醉倒！

一八四七年下半年于奥尔斯克要塞

① 善良的希腊人，指苏格拉底。

"在异乡太阳并不温暖"

在异乡太阳并不温暖,

而在家乡却已很烤人。

在我的光荣的乌克兰

我生活得不很快活。

没有人爱我,安慰我,

我也不屈从任何人,

我独自漫步,向上帝祈祷,

咒骂那些恶毒的贵族老爷。

在我的眼前,那些万恶的年代,

那些久远的年代早已消逝而去,

那时候他们吊死了基督,①

而现在他们会杀死马利亚②的儿子!

我没有地方感到幸福,

也许,在乌克兰也没有幸福,

善良的人们啊,就像在异乡一样:

我只希望……人们不会用

① 指《圣经·新约》中耶稣被钉上十字架。
② 指圣母马利亚,即耶稣的母亲。

外乡的木头

为我做一口棺材。

我只希望神圣的风啊,

从我的神圣的第聂伯河那里

带来一小块泥土,

这就够啦。

人们,这就是我所要的……

还要预料什么呢……

当一切不能按照我们心意的话。

那为什么要去为难上帝呢!

一八四七年下半年于奥尔斯克要塞

致波兰人*

当我们还是哥萨克的时候，
合并还没有开始，①
我们那时生活得多么愉快！
我们和自由的波兰人结成兄弟，
我们欣赏那自由的草原，
姑娘们就像百合花在盛开，
她们在花园里相爱。
而母亲为她们的儿子，
为她们的自由的儿子们高兴。
儿子们一天天地长大，
他们一直活到老年，是那么愉快。
突然间，波兰的天主教士以基督的名义来到，
焚毁掉我们平静的天堂。
那时候，眼泪和鲜血
流成了辽阔的海洋，

---

* 这首诗与谢甫琴科在流放中的朋友，波兰革命家布罗尼斯拉夫·扎列斯基(1820—1880)有关。大概谢甫琴科是把以前写的这首诗献给他，最后几行诗是补写的。
① 指 1596 年以前。

他们以基督的名义

使孤儿受尽苦难……

哥萨克开始垂下头来，

就像被践踏的小草一样，

乌克兰在哭泣，呻吟！

头颅一个跟着一个地

纷纷落地。

那刽子手在逞凶，

而天主教士却用疯狂的语言

在叫喊道："我们在天上的父！① 哈利路亚！"

　　看吧，波兰人，我的朋友，弟兄！

那些贪婪的天主教士和大地主

把我们拆散，分开，

否则我们现在还会生活在一起。

重新把手伸给哥萨克吧，

把纯洁的心拿出来吧！

让我们以基督的名义，

让我们的平静的天堂焕然一新！

一八四七年六月二十二日于奥尔斯克要塞，

一八五○年改写于奥伦堡

① 原文是拉丁文。

"这个人问另一个人"

这个人问另一个人：
为什么母亲要把我们生下来？
是为了善？是为了恶？
为什么我们要活着？我们还又盼望什么？
我们还没有弄清楚，就又死掉，
从此离开了人世……

我的仁慈的上帝啊，
世上的人怎么来议论我呢？
宁可还是不生孩子吧，
不让你神圣的上帝发怒，
假如他们在奴役中生了下来，
那只能带给你耻辱。

一八四七年下半年于奥尔斯克要塞

"我自己也感到惊讶。该怎么办呢?"

我自己也感到惊讶。该怎么办呢?
到哪儿去呢,从什么地方着手呢?
诅咒人们和命运吧,
天啊,这都不值得。
在异乡,在孤独中该怎么生活?
而且还又是戴着镣铐?
假如我能弄断那些锁链,
我就弄断多少。
但它们不是铁匠铸造的,
又不是用铁打的,
那就无法把它们弄断。我多么不幸啊!
而我们这些囚徒和孤儿,
是生活在乌拉尔河后面这一望无尽的草原上。

一八四七年下半年于奥尔斯克要塞

"哦,我一针一针地缝啊"

哦,我一针一针地缝啊,
我一连缝了三个夜晚,
我缝啊,绣啊,
好在星期天出去游逛。

哦,丝绸绣的小手帕啊,
你们会感到惊讶,姑娘们,
你们会感到惊讶,小伙子们,
扎波罗热的哥萨克们。

哦,你们感到惊讶,你们表示热爱,
但你们和别的人结了婚,
手巾都已经送过啦……
那是怎么回事,哥萨克们!

一八四七年下半年于奥尔斯克要塞

致安·奥·科扎奇科夫斯基[*]

这是很久以前的事了。
我在教区小学,跟一位教堂执事读书,
我偷了一个五戈比的钱币——
那时我衣不蔽体,
我那样穷苦不堪——
但我却把钱买了一大张纸。
我订成了一个小本子。
在每页的四周围,
我画上了十字形和带小花朵的图案,
我抄上了斯科沃罗达①的诗句
或是"三个献礼的博士"②。
于是我一个人躲在杂草丛中,

---

* 安德烈·奥西波维奇·科扎奇科夫斯基(1812—1889),乌克兰医
  生,1835 年毕业于圣彼得堡医学院。1841—1842 年时谢甫琴科同
  他在圣彼得堡相识,之后常同他交往,在卧病时请他看过病。科扎
  奇科夫斯基曾写有《回忆谢甫琴科》,发表在 1875 年的《基辅电讯
  报》上。
① 斯科沃罗达(1722—1794),乌克兰著名的哲学家、诗人和教育家,写有
  诗歌、寓言等作品,某些诗歌在乌克兰民间广为流传。
② 圣诞节的颂歌,源自《马太福音》,据说当耶稣在伯利恒诞生时,有三个
  东方的传教士看见了他的星,特来向他献了黄金、乳香和芍药等礼品。

为了没有人听见，没有人看见，
　　　　我唱着歌和哭泣。
而今，我在老年又遭到同样的事情，
我偷偷地写诗，
我订成一个个小本子，
我在杂草丛中歌唱、哭泣。
我伤心地哭泣。我不知道，
上帝为什么要惩罚我？
我在教区小学里受尽苦难，慢慢成长，
我在教区小学里头发花白了，
我在教区小学里人变得发傻了，
都因为我小时候
从教堂执事那里偷了五戈比，
上帝就这样把我严惩。

　　哦，听我说吧，我的鸽子，
　　我的雄鹰——哥萨克！
　　我怎样要在奴役中死亡，
　　我怎样在世上苦恼不堪。
　　听我说吧，我的老兄，
　　你要教自己的孩子们，
　　教他们不要从小时起
　　就开始写诗。
　　如果不得不写的话，
　　我的老兄，那就偷偷地写，
　　那就躲在一角，

一边写诗，一边悄悄地哭泣，

不让上帝听到，

这样，老兄啊，

就不会受苦，

正像我现在奴役中

又经受苦难。

就好像小偷，我翻过土墙，

在星期天偷偷地溜进田野。

我沿着乌拉尔河岸①长满灌木丛的沙丘，

眺望那辽阔的草原，就像得到了自由。

我的沉痛破碎的心啊，

在战栗起来，

有如鱼儿在水中挣扎，

心里暗暗微笑。

有如一只鸽子

在异乡的田野上飞翔。

在田野里，在自由中，

我的心里又活跃起来。

我爬上高高的山岗，

我向远处瞭望，

我想念乌克兰，

但我害怕回想。

那里有草原，这里也有草原，

但它们并不一样——

① 谢甫琴科的囚禁地奥尔斯克要塞位于乌拉尔河岸。

这里是赤褐,赤褐,带些红色,

而那里是一片天蓝,

是一片青绿,

绣着田地和原野,

高高的古墓,

深绿的草场。

而这儿是杂草、沙土和沙丘……

即使有座古墓也好,

可以诉述往事。

但这里却是荒无人烟,

它自古以来

就是一片荒凉,

我们终于把它找到,

到处都建起城堡,

然后将是墓地一片!

哦,我的命运啊! 我的家乡啊!

我怎么能离开这片荒漠?

也许,我的上帝啊,

我就在这里死亡。

赤褐色的田野渐渐发黑……

"快回到营房里去! 快回到奴役生活中去!"

仿佛有人在叫唤我。

我清醒过来了。

像一个小偷,翻过土墙,

沿着乌拉尔河,重又回来。

哦,我的朋友,我为此痛苦,
我就如此度过了神圣的星期天①。

而星期一呢? ……我的朋友老兄!
关在臭气熏天的茅舍里,
整夜心情不安。
我的心啊,一百次被粉碎,还有希望,
还有我不敢流露出的情怀……
世界上的一切都破灭啦。
长夜漫漫无尽头。
时辰真有度日如年。
我啊,流着辛酸的血泪,
不止一次地将枕边濡湿。

我一天天、一年年地度过去,
我曾对谁怀过热爱?
我曾为谁创造幸福?
世界上没有谁啊,世界上没有一个人啦。
我仿佛在森林里独自彷徨!
我曾经有过自由,我曾经有过力量,
可是力量被扼杀啦,
我曾经在做客时喝掉了自由,

_____

① 据《创世记》,上帝定星期天为安息日,称这一天为圣日。

当我迷了路走到尼古拉①的身边……
于是我决心把酒戒绝。

　　仁慈的上帝啊,这都无济于事。
　　正如俗话所说:
　　"悔则悔矣,
　　改则不易。"
　　我感谢上帝,快点天亮吧,
我像期待自由一样,期待着太阳的光明。
蟋蟀已停止叫;晚霞在发亮。
我祈求上帝,赶快黑暗下来吧,
因为看守人
会带着我这个老兵去上操。
他懂得信仰自由的,
他知道,傻子到处都被鞭打。

　　　青春的年华一去不返。
　　命运已经消失,可是希望
　　却在奴役中增长,
　　痛苦又在把我折磨,
　　不让我们心灵安静。
　　也许,我能看到好日子的来临吗?
　　也许,我能用泪水冲洗掉不幸吗?
　　那时我要畅饮第聂伯河的水,

───────────
　　① 尼古拉,指沙皇尼古拉一世。这句诗指沙皇逮捕和流放谢甫琴科。

朋友,我要回来看望你。
也许,在你们安静的茅舍里,
我的朋友,我会重新和你谈心。
我害怕啊! 我害怕提起这些,
这一切能成为现实?
也许,我只能从天空中
看着乌克兰
我看着你。
有时我会这样
欲哭无泪;
我祈求着死亡……
可是啊,乌克兰
有着陡峭岩边的第聂伯河啊,
还有那希望,老兄啊,
它不允许我向上帝
去祈求死亡。

一八四七年下半年于奥尔斯克要塞

"现在我在给你写信"[*]

> 俗话说:狗惯于跟大车奔跑,
> 它也会跟着雪橇奔跑。

现在我在给你写信:
我只是浪费了纸张和墨水……
而从前呢!天啊,我不撒谎!
我只要回想起我所见到的,
当时我凝视着,我就流出眼泪来。
好像我突然间,
飞回到乌克兰,虽然只一个小时。
我看着,我望着她,
好像使人得到了满足,
心里就感到非常轻快。
我应该说,我不爱,
我要忘掉乌克兰,
为了我现在所忍受的一切,

~~~~~~~~~~~

[*] 这首诗写在第一本《靴筒诗抄》的卷尾,可能是在交给友人保存之前写成的。

我要诅咒那些狡猾的人，——
天啊，弟兄们，我宽恕一切，
我向仁慈的上帝祈祷。
愿你们不要往坏处想；
虽然我没有对你们做过坏事，
但我和你们在一起生活过，
也许，我们什么时候还能重新相会。

　　　　　一八四七年底于奥尔斯克要塞

"呶,让我们来重新写诗吧"*

呶,让我们来重新写诗吧。
当然要偷偷地写。我们要重新写,
当这些诗还有新的内容的时候,
但我们给它装上了古老的封面,
这就是说……为了不撒谎,
叫我怎样讲呢?……我们要重新
诅咒人们和命运。

      我们咒骂那些人,让他们认识我们,
      而且尊敬我们。
      让命运不要沉睡,
      不要把我们遗忘。
你看一看,这是什么景象!
它把一个小孩丢在十字路口,
他孤苦无靠,
从年轻一直到衰老,——
他依然是一个小孩,——

---

* 这首诗写在第二本《靴筒诗抄》的卷首,作为 1848 年诗歌作品的前言。

他轻轻地叹息了一声

就沿着别人家的篱笆

来到了乌拉尔。

他来到这荒漠,这囚禁的地方……

欺骗人们的命运啊,

怎么能叫人不把你咒骂?

命运啊,我躲在土墙后面,

我不将你咒骂。

我要偷偷地写诗,

你啊,我的命运啊,

我希望你从辽阔的第聂伯河边,

来到我囚禁的地方做客吧!

一八四八年上半年于奥尔斯克要塞

"哦,我看着,我望着"*

哦,我看着,我望着
那草原,那田野;
也许仁慈的上帝
会当我老年的时候给我以自由。
那时我要回到乌克兰,
回到我的老家,
那儿会欢迎我,
让我这个老头儿高兴,
我要在那儿稍事休息,
祈祷上苍,
我要在那儿……那些伤害,那些议论,
我都无所谓。
在囚禁当中
没有希望我怎样才能生活下去?
善良的人们啊,教教我吧,
否则我有些糊涂迷茫。

一八四八年上半年于奥尔斯克要塞

〰〰〰〰〰〰

* 在谢甫琴科被流放以后,很少有人敢和他保持通信联系,他的苦痛心情
都反映在《"哦,我看着,我望着"》等诗中。

"上帝没有给过谁"

上帝没有给过谁，
像现在给我这个老年人的坏命运，
我失掉了自由，
我虚度着自己的时光。

我想到草原上去走走，
驱散我心中的悲伤。
但人们对我说："别走出这间茅舍。
你不允许出去闲逛。"

一八四八年下半年于科斯－阿拉尔岛

"幸福的人,是他有个老家"*

幸福的人,是他有个老家,

而在老家里有亲姊妹,

有善良的母亲。

这是幸福的人。

可是老实讲,我从来没有过

这样的幸福,

而我就是这样在生活着。

……

我只有在遥远的

异乡过着生活,

我流着眼泪,因为没有一个亲人,

没有一个家主妇,没有一个老家!

……

我们在海上航行了很久,

* 1848 年 6 月,谢甫琴科被派到参谋部军官布塔科夫率领的咸海科学考察团,负责描绘咸海一带的风景。从当时至 1849 年 11 月近一年半的时间,谢甫琴科同外界的朋友们失去了联系。

来到达里亚河,在岸边抛锚;①

从渔村里带来了信件,

大家都悄悄地在谈着,

我和一个同伙躺着,

互相讲着话。我心里想,

什么地方才有幸福,

从什么地方收到信,而且世上还有个母亲?

"你都有吗?"——"有妻子,儿女,

老家,母亲,还有姊妹,

可是就没有信……"

……

一八四八年下半年于科斯-阿拉尔岛

① 1848 年 9 月 23 日咸海考察团的船只到达达里亚河口的科斯-阿拉尔岛并在当地过冬。

"好像是在追逼人头税"

好像是在追逼人头税①，
忧愁啦和秋天啦
又在异乡紧跟着我。
仁慈的上帝啊，我能躲到哪儿去？
我又能做些什么呢？
我在阿拉尔海②上游逛；
我冒犯禁令，在偷偷写诗，
只有上帝知道这难得的机会，
于是我在心灵深处，
回想起已往的一切，把它们写出来；
为了要把忧愁赶走，不让它像一个官兵
在折磨着我的心。可是那个恶毒的看守，
一分钟都不肯离开我的身边。

一八四八年下半年于科斯-阿拉尔岛

---

① 十八至十九世纪在俄国实行的一种主要的直接税，一切纳税阶层的男子不分年龄均须缴纳，直到十九世纪九十年代才废止。
② 阿拉尔海，即咸海。

冈·扎[*]

在奴役中回想起自由，
没有比这更痛苦的命运。
可是你啊，我的命运啊，
我时常想起你。
对于我，你从没有像现在
这样美丽、年轻，
这样迷人地
呈现在我的眼前，在遥远的异乡，
而且又在奴役当中。命运啊，命运！
你是我歌唱过的自由啊！
你哪怕从第聂伯河看我一眼，
你哪怕从……①向着我微笑一下……

~~~~~~~~~~~~~~~~

* 冈·扎，冈娜（安娜）·伊万诺夫娜·扎克列夫斯卡娅（1822—1857）
  的缩写。她是乌克兰皮里亚金地方的地主扎克列夫斯基的年轻的妻
  子。谢甫琴科于 1843 年 6 月 29 日或 30 日在女地主沃利霍夫斯卡娅
  家的舞会上同他们夫妇相识，后来还为他们画了像。据同时代人丘日
  宾斯基的回忆，谢甫琴科好像爱上了扎克列夫斯卡娅。这首诗最初于
  1860 年发表在《茅舍》文艺丛刊上，编者库利什为它取名为《寄往乌
  克兰》。
① 虚点处的地名疑为利曼。

你啊,我唯一的亲爱的,

你从大海里,

你透过浓雾,

像玫瑰色的朝霞升起!

你,我唯一的亲爱的,

你引导着我的青春年华,

让宽阔的村庄,

让村庄里的许多樱桃园子,

还有那些愉快的人们,

像大海一样展现在我的眼前。

那些人们啊,那些村庄啊,

你对亲兄弟一样,

把我迎接。妈妈啊!

白发苍苍的老妈妈①啊!

一直到现在,

那些愉快的客人,

还在你们家里散步,

平平常常地散步,

就像很久以前的老样子,

从天明到天明?

还有你们,我们年轻的

黝黑的孩子们,

愉快的姑娘们,

~~~~~~~~~~~~~~~~~~~~~~~~~~~

① 老妈妈,指女地主塔季扬娜·古斯塔沃夫娜·沃利霍夫斯卡娅(1763—
1853),1843 年 6 月谢甫琴科在她的庄园里同她相识。

一直到现在还在老家里
跳舞吗？可是你啊,命运啊!
还有你啊,我的安慰!
我的神圣的黑眉毛的主妇啊,
一直到现在,你还在他们中间,
轻飘飘地走过?
你用那双眼睛,
那双显得呈天蓝色的眼睛,
一直到现在还在迷惑着,
所有人的心灵!一直到现在,
大家是否还在欣赏着
你的轻柔的身材?我的神圣的!
我的唯一亲爱的!
假如一群姑娘们,
她们包围着你,我的命运啊,
她们按照她们的习惯,
像小鸟儿在叽叽喳喳地叫。
也许,姑娘们偶然
回想起了我,
也许,讲了我的坏话。
我的心啊,会悄悄地,
悄悄地微笑了起来,
因为谁也没有看见……
谁也没有想得更多。
而我,我的命运啊,我在奴役中
祈求着上苍。

一八四八年下半年于科斯-阿拉尔岛

"假如我们什么时候重新相会"*

假如我们什么时候重新相会，
你是否会感到惊讶？
那时你会怎么向我
讲着轻悄悄的话？
不。你不会认出我啦。
也许，当你后来回想起来，
你会说："只在梦里见过。"
我会高兴起来，我的奇迹啊！
你是我们黑眉毛的命运啦！
那时，我好像看见和回想起，
那愉快的，年轻的，
和那不幸的过去。
我会伤心地哭起来！哭起来！
我祈求这不是真的，
而是一场骗人的梦，
我要把泪水洒在
那过去的神圣的奇迹上！

一八四八年下半年于科斯–阿拉尔岛

---

* 这首诗是回忆冈娜·扎克列夫斯卡娅的。

先　知

　　　上帝爱护自己的子民，
就像热爱遵守教规的儿女们一样，
他把先知派到了人间；
传播了自己的爱，
宣扬了神圣的真理！
就像我们辽阔的第聂伯河一样，
先知讲的每句话，
深深地灌注到人们的心底。
他用看不见的火焰
点燃了冷却的心灵。
人们那样热爱先知，
到处紧紧跟随着他，
不断地流下了眼泪。
但是人们恶毒而又狡猾！
他们亵渎了神的光荣……
他们向异教的神献上供品！
他们也侮辱了神圣的使者……你遭到不幸！
在广场上被人们用石头殴打。
伟大的仁慈的上帝啊，

对这些残酷的粗野的人，

应该铸造锁链，

筑起高的牢房。

但是狡猾残酷的人们，

他们代替温和的先知……

却给你们送来一个沙皇！

一八四八年下半年于科斯-阿拉尔岛，

一八五九年十一月十八日改写于圣彼得堡

"阴暗的天空,沉睡的波浪"

阴暗的天空,沉睡的波浪;

在远方黑暗中的海岸旁,

虽然没有风吹雨打,

芦苇却像带着睡意似的弯倒在地上。

天哪! 在我这座没有上锁的牢狱里,

在这片荒凉无用的大海①上,

我,忍受忧愁的折磨,

枯黄了的野草一声不响,

像活着似的倾倒在地上;

它不肯向我讲出真话……

我也找不到一个人可以询问商量。

一八四八年下半年于科斯–阿拉尔岛

---

① 大海,指咸海。

"我在异乡成长"

我在异乡成长，

我在异乡受尽磨难；

在我的孤独生活中，

我不知道在世界上，

还有比第聂伯河，

比我的光荣的故乡更美丽的地方……

俗话说，只有我们没有去过的地方，

那儿才算美好。在困苦的时光，

这是不久以前的事，

我曾经回到乌克兰，①

来到我那最美丽的村庄……

在那儿，小时候母亲拥抱过我，

夜里面她向上帝点起蜡烛；

诚心地叩头膜拜，

恳求仁慈的上帝

给孩子以最好的命运……还好，妈妈，

你很早就躺下长眠啦

---

① 1845 年 9 月谢甫琴科曾回到乌克兰，访问了基里洛夫卡村庄。

否则为了我的命运，
你会诅咒上帝的。
　　　　　就在这美好的村庄里，
是一片多么可怕的景象：
人们在大地上徘徊，
比黑色的土地还更乌黑；
绿色的果园荒芜了，
白色的茅舍东倒西歪，
池塘里长满了杂草。
村庄像是被火烧过一样，
人们好像变得更傻啦，
他们还带着自己的儿女
一声不响地去从事劳役！……
……
于是我便痛哭起来，
重新奔回异乡。

　　像那样的村庄还不止一处地方，
在光荣的乌克兰，
狡猾的地主
到处把人们缚在轭架上……
而骑士的子孙们
就在轭架上死亡！死亡！
而那些破落了的地主们，
就把自己剥下来的裤子
都卖给了自己的好兄弟犹太人……

……

在这荒漠的地方死亡

是多么沉痛,是多么可怕!

但在乌克兰看到的一切,

你只有哭泣——不敢作声!

……

如果不知道那罪恶是多么可怕,

你会认为乌克兰

自古以来一切就十分美好。

古老的第聂伯河在山谷间奔流,

好像可怜的孩子

    到处受人称赞,受人喜爱,

    在它的两岸上,

    辽阔的村庄在闪着绿光,

    在快乐的村庄里,

    人们生活得那么欢畅。

但是村庄要想变成这样,

只有万恶的地主们

不再留在乌克兰这个地方!

……

        一八四八年下半年于科斯-阿拉尔岛

"既不是为了别人,也不是为了荣誉"

既不是为了别人,也不是为了荣誉,
我只是为了自己,我的同伙弟兄们啊,
我才在纸上写出了这些精美的诗行!

在囚禁中写出这些诗句,
我心里感到了轻松愉快。
就好像这些诗句,
是从遥远的第聂伯河边飞来,
最后落在我的纸上。
它们哭啊,哭啊,
如同孩子们一样。
它们使得我那孤独的
不幸的心灵快乐起来,
和它们在一起,心里是多么欢畅,
就像在一座富裕的茅舍里,
父亲和自己的孩子们相聚一堂。
我非常满意,我非常愉快,
我要祈祷上苍,
在这遥远的异乡,

我不会让自己的孩子们进入梦乡。

让这些轻盈的孩子们，

重新飞回家乡吧。

让他们告诉大家，

在世上活着是多么悲伤。

在幸福愉快的家庭里，

大人们爱抚着自己的孩子，

父亲摇着自己的

白发苍苍的头。

母亲则说：

"宁可不让孩子们生到世上。"

可是姑娘心里却在想：

"这些孩子我是深深地爱在心上！"

一八四八年下半年于科斯-阿拉尔岛，

一八五八年改写于圣彼得堡

"假如我有双高跟皮靴"*

假如我有双高跟皮靴，

我要跟着音乐去跳舞，

　　我的命好苦啊！

我没有高跟皮靴，

而音乐总是在演奏着，演奏着，

　　只有增加我的痛苦！

哦，我要光着脚在田里走，

我要寻找自己的命运，

　　我的命运啊！

请看着我这黑眉毛的姑娘，

我的命运不公正，

　　真是不幸啊！

姑娘们穿着红高跟皮靴，

跟着音乐在跳舞，——

---

* 这首诗是根据民歌改写的，附在 1859 年 3 月 25 日寄给玛丽亚·瓦西里耶夫娜·马克西莫维奇的信中。玛丽亚·瓦西里耶夫娜是乌克兰学者兼民间文学研究者马克西莫维奇的妻子，1858 年 3 月 18 日谢甫琴科在莫斯科同她相识，并把《春天的黄昏》(《茅舍旁边有个樱桃园》)一诗抄赠给她。1859 年 6 月 22 日，谢甫琴科为她作了一幅画像。

我却忍受着孤单。
没有打扮，没有爱情，
我怎能把自己的黑眉毛
去借让给别人！

一八四八年下半年于科斯－阿拉尔岛

"我很有钱"[*]

我很有钱，
我很漂亮，
但是我不幸啊，
我没有一个心上人。
我痛苦地、痛苦地生活在世上，
就是没有人可爱。
我穿着天鹅绒的上衣，
孤独的一个人，
可是我爱上了，
结交上了
一个黑眉毛的孤儿，
但这不是我的幸运！
爸爸妈妈睡不着，
老是把我看管着，
不让我自己一个人
独自到花园里去散步。
即使放我出去，

[*] 这首诗是根据民歌改写的。

但要我陪伴着那个老头儿，

那个我不爱的财主，

那个我的凶狠的仇人！

一八四八年下半年于科斯-阿拉尔岛

"我爱上啦"*

我爱上啦，
我结婚啦，
同一个不幸的孤儿——
这就是我的命运！

高傲恶毒的人们
把我们拆散开，
他们把他送到征兵站，
让他当了兵！

我成了士兵的老婆，
我孤零零的一个人，
我在别人家的茅舍里衰老下去——
这就是我的命运！

一八四八年下半年于科斯-阿拉尔岛

"妈妈在高大的邸宅里"*

妈妈在高大的邸宅里
把我生到世上，
　　用丝绸把我包起来。

我戴着金银，我戴着珠宝，
就像一朵被深藏着的小花，
　　在不断地长大、长大。

我长得那样喜人，
褐色的眼睛，黑色的眉毛，
　　还有一个白色的脸庞。

我爱上了一个贫苦的人，
妈妈不允许我跟他结婚，
　　我就孤单单的一个人

　　住在高大的邸宅里，

---

* 这首诗是根据民歌改写的。

度过着我的日子，

  这就是我的不幸的命运。

我像山谷里的小草，

在孤独的生活中

  慢慢地衰老啦。

我不看上帝的世界，

我什么人也不等待……

  我的老妈妈啊……

请原谅我吧，我的妈妈，

只要我不死，

  我要咒骂你一辈子。

    一八四八年下半年于科斯–阿拉尔岛

"哦,我把自己的丈夫"

哦,我把自己的丈夫
送上了大路,
我就踏着小径
从这家小酒馆跑到那家小酒馆。
我又到干亲家那儿去
向她借了一些稷米,
因为在没有生火的茅舍里,
小孩子们正挨着饿。
　　我喂饱了他们,
　　　放他们睡了觉,
就去到教堂执事那儿去,
为了弄到五戈比,
　　　在他那儿过了一夜。
而丈夫从克里米亚
勉强地拖着两条腿回来。
　　　犍牛都疲困啦,
　　　大车也损坏啦,
盐粮贩子带着皮鞭
　　　总算回到了家。

他刚走进茅舍，

眼睛一阵发黑，就晕倒在地上：

孩子们饿着肚子，光着身子，

在灶台上乱爬。

"孩子们，你们的妈妈到哪儿去啦？"——

他生气地问道。

"爹爹，爹爹！我们的妈妈

正在小酒馆里游逛。"

一八四八年下半年于科斯–阿拉尔岛

"哦,我磨快了伙伴"

哦,我磨快了伙伴①,
把它塞进靴筒,
我要去寻找真理,
还有自由的光荣。
哦,我不是沿着草场,
不是沿着河岸走,
我也不是沿着大路,
而是沿着别的路!
我要找酒馆的老板,
我要找有钱的大地主,
我要找穿着短上衣的
卑劣的小贵族讲话。
假如碰巧的话,
我还要找教士讲话,
不让他闲逛,
要他去诵读经书,
教育人们。

---

① 伙伴,指斧头。

弟兄们不要互相厮杀，

不要互相抢夺，

不要把寡妇的儿子

送了去当大兵。

一八四八年下半年于科斯－阿拉尔岛

"大风在街道上呼啸"

大风在街道上呼啸，
卷刮得白雪飞扬。
一个寡妇瘸着腿，
顺着墙篱笆在街上走，
她在钟楼底下，
可怜地伸出两手，
向那些有钱的人们乞讨，
因为前一年,她的儿子被剃了头发①,
送了去当兵。
她想活下去……
哪怕当年老的时候，
在媳妇那儿过个幸福的晚年。
但是不成啦。
她要乞讨每一个戈比……
为了保佑自己的儿子
买支蜡烛点在圣母的像前。

一八四八年下半年于科斯-阿拉尔岛

---

① 1874 年以前在俄国被抓去当兵的壮丁要被剃光前额的头发。

"哦,我坐在茅舍下面"

哦,我坐在茅舍下面,
向着大街张望,
只是在姑娘们中间,
没有见到我的冈娜,
没有见到我的冈努什卡①,
在玩着"跳十字"的游戏。
姑娘们玩得不很愉快,
唱得也不很欢畅。
可是见不到我的小鸽子啊。
婆婆老是在唠叨着,
老是盯着我张望。

一八四八年下半年于科斯–阿拉尔岛

---

① 冈努什卡,冈娜的爱称。

一只杜鹃鸟儿在歌唱

一只杜鹃鸟儿
在绿色的树林里歌唱，
一个年轻的姑娘啊——
因为没有心上人在哭泣悲伤。
少女的年轻的愉快的年华
就这样消逝过去，
正像花朵儿随着溪水，
从这个世界上漂流而去。
假如我有爸爸！妈妈，
他们都很有钱，
只要我爱上谁，
我就跟谁结婚。
可是我没有啊，像个孤儿，
我这个没有出嫁的人呀，
要在篱笆下面的什么地方
把自己的一生葬送。

一八四八年下半年于科斯-阿拉尔岛

"哦,他没有喝啤酒和蜜"*

哦,他没有喝啤酒和蜜,

他也没有喝水,

一个盐粮贩子

在草原上遭到了灾难。

他的头疼,

他的肚痛,

他从大车上跌下来,

跌下来就没有再站起来。

从那光荣的敖德萨城起,

他就染上了瘟疫,

他离开了伙伴,

他遭到了不幸!

他的水牛忧郁地

站在大车旁边。

一群群草原上的大鸦

向他飞来。

* 这首诗是谢甫琴科根据他喜爱的有关盐粮贩子的民歌——特别是关于盐粮贩子在死前的旅途上——改写的。

"哦,乌鸦啊,你们不要
啄食盐粮贩子的尸体,
你们啄完之后
就在我的身旁休息吧。
哦,我的灰蓝色翅膀的乌鸦,
飞到我的家乡,
你们对我的父亲说,
在他们做完祈祷之后
就为我诵读圣诗,
去告诉年轻的姑娘,
不要再等待我啦。"

　　　　一八四八年下半年于科斯-阿拉尔岛

"我在大街上不开心"

我在大街上不开心，
在茅舍里爸爸老是把我责骂，
妈妈不让我到寡妇家里去
坐一会儿,谈一谈话。
　　　我该怎么办好呢?
　　　我到哪儿去藏身呢?
或者是我爱上什么人,
或者就是投水自杀?
哦,我要戴上耳环,
我要戴上项链,
我要在星期天
到市场上去逛逛。
我就对他说:"向我求婚吧,
或者就作罢!……
因为我跟母亲生活,
那我宁可投水自杀。"

　　　　　一八四八年下半年于科斯-阿拉尔岛

"那个卡泰林娜的家啊"*

那个卡泰林娜的家啊，

是一所铺地板的茅舍，

有一天，从光荣的扎波罗热啊

来到了三位贵客。

一个是赤脚谢萌，

另一个是光身伊万，

第三个是光荣的寡妇的儿子

伊万·亚罗申科。

"我们走遍了波兰

和全乌克兰，

我们从没有见过

像卡泰林娜这样美丽的姑娘。"

第一个说："弟兄们，

要是我有钱，

我要把所有的黄金，

都献给卡泰林娜，

---

* 伊万·弗兰科指出，谢甫琴科为了表现出哥萨克的深刻感情，采用了乌克兰人民最流行的民歌《三种药草》，同时把寻找三种药草的主题改为从囚禁中解救一个哥萨克，从而使得诗歌更生动真实。

只为了同她相处一个小时。"

第二个说："弟兄们，

我长得十分健壮，

我要把全副的力量，

都献给卡泰林娜，

只为了同她相处一个小时。"

第三个说："弟兄们，

为了卡泰林娜，

世界上没有一样东西

我不能得到，

只为了同她相处一个小时。"

卡泰林娜想了一想，

就对第三个说道：

"我有一个亲兄弟，

正在敌人的俘虏中，

他现在克里米亚；

要是谁能把他救出来，

扎波罗热人啊，

那我就做他的心上人。"

他们立即站起，

骑上了骏马，

去拯救卡泰林娜的

亲兄弟。

一个淹死在

第聂伯河的波浪里，

另一个死在

科兹洛夫①地方的拷刑中，

第三个呢，伊万·亚罗申科，

光荣的寡妇的儿子，

他从奴役中，

从巴赫切萨拉伊②，

把卡泰林娜的弟兄救了出来。

一清早，有人打开了

茅舍的大门。

"起来，起来，卡泰林娜，

迎接你的弟兄吧！"

卡泰林娜走出来一望，

马上说道：

"这不是我的弟兄，这是我的心上人，

我欺骗了你们……"

"原来她欺骗了人！……"

于是卡泰林娜的头

就滚到了地上……

"弟兄们，我们走，

离开这肮脏的茅舍。"

扎波罗热人走啦，

像风在飞奔。

~~~~~~~~~~

① 科兹洛夫，克里米亚哥萨克对叶夫帕托里亚城的旧称，鞑靼人称为"盖
兹廖夫"。

② 巴赫切萨拉伊，十六至十八世纪克里米亚鞑靼汗国的首都。

人们将黑眉毛的卡泰林娜

在田野里埋葬，

而光荣的扎波罗热人，

在草原上结成了亲兄弟。

一八四八年下半年于科斯－阿拉尔岛

"太阳从树林的后面升起"

太阳从树林的后面升起,
又落到了树林的后方。
黄昏时,有个不安的哥萨克
在山谷里走着。
他走了一个小时,
他走了又一个小时。
黑眉毛的姑娘
始终没有来到阴暗的草场上,
这个骗人的姑娘没有出来……
就在这时,地主老爷
带着猎狗和看管猎狗的人,
从沟壑和树林里走出来,
他们放出了猎狗,
再把这个哥萨克的两手在背后捆绑了起来,
使他遭受了
致命的磨难,
然后地主老爷
就把这个年轻人关进地下室……

他又玷污了那个姑娘

使她成了扎头巾的少女在世上流浪。

一八四八年下半年于科斯-阿拉尔岛

"哦,我到山谷边去取水"

哦,我到山谷边去取水,
我看见心爱的人同另一个女人在游逛。
　　这另一个女人啊,
　　这个把我们拆散开的坏人啊,
是个有钱的邻居,
　　是个年轻的寡妇。
　　我昨天碰见了
　　这条毒蛇,
在田里同她打骂起来,
　　我讲出了一切,
　　他是如何爱我,
　　准备跟我结婚,
现在他找到了你这条母狗,
　　你想跟他成亲。
　　我的伊万啊,伊万,
　　我的亲爱的好友!
让上帝的威力
把你在大路上痛打一阵吧。

　　　　　　　一八四八年下半年于科斯-阿拉尔岛

"哦,睡吧,睡吧,我的小乖乖"

哦,睡吧,睡吧,我的小乖乖,

    无论是白天还是黑夜。

我的儿子啊,你要走遍乌克兰,

    会把我们怨恨。

我的儿子啊,儿子,你别怨恨你的父亲,

    你别提起他。

你要诅咒就诅咒我吧,我是你的母亲,

    你就把我咒骂。

当我不在的时刻,你不要向别人问起,

    你要走进树林,

树林不会责备和欺侮你,

    你就在那儿散散心。

你在树林里会找到一棵雪球花树

    你要对它致敬,

我的小乖乖,我曾经

    热爱过它。

当你走进村庄,走过那所茅舍,

    你不要难过。

当你看见抱着孩子们的妈妈，

　　你也不用惊讶。

　　　　　一八四八年下半年于科斯-阿拉尔岛

"哦,绿色的田野"

"哦,绿色的田野,

你为什么变得发黑啦?"

我是因为争取自由的命运

而流下的血才发黑的,

在别列斯台奇卡①的周围,

在四里路的范围内,

光荣的扎波罗热人

用自己的尸体把我盖满啦。

从半夜里就飞来的乌鸦

又把我盖满……

它们啄掉了哥萨克的眼睛,

但尸体就丢下不管。

绿色的田野你变得发黑啦,

我为了你们的自由……

我会重新发绿的。

可是你们的自由

① 别列斯台奇卡,在现在乌克兰沃林州的戈罗霍夫斯克区,一六一五年波格丹·赫梅利尼茨基曾率领哥萨克的军队同波兰贵族地主的军队在这里激战,由于克里米亚可汗的背叛,哥萨克受到很大的损失。

不会再来临啦，——
每当想起未来时，
你们去把我开垦吧，
你们去诅咒命运吧。

    一八四八年下半年于科斯－阿拉尔岛

"白雾啊，白雾在山谷里弥漫"

白雾啊，白雾在山谷里弥漫，
跟亲人在一起生活该多么好。
但是更好的，是在山那边
去当一个年轻的新娘。
哦，我走遍阴暗的树林，
想寻找我心爱的人：
"你在哪儿？你在哪儿？你回答一声吧！
快来吧，心爱的人，来爱抚我吧
让我们，心爱的人，相亲相爱，
我们就结婚，
因为父亲和母亲，
都不知道我们是在哪儿过夜的。"
我结婚啦，我藏起来啦，
宁可还是没有爱过吧，
一个人生活轻快一些，
总比和你一起在世上挣扎好得多。

一八四八年下半年于科斯-阿拉尔岛

"我到小树林里去"

我到小树林里去
捡胡桃，
为了寻开心，
我爱上了一个磨粉工。
磨粉工正把麦子磨成面粉，
为了寻开心，
他转过身来给了我一吻。

我到小树林里去
拾香菌，
我爱上了一个马具匠。
他是那样年纪轻轻。
马具匠正在缝做马颈圈，
他热情地拥抱了我，
他是那样年纪轻轻。

我到小树林里去
捡木材，
我爱上了一个木桶工。

他长着一对黑眉毛,多么漂亮,

木桶匠正在箍木桶,

他热情地紧偎着我,

他长着一对黑眉毛。多么漂亮。

我的妈妈啊

很想知道真情,

我们要请哪个女婿

最先来上门,——

所有的人,所有的人。

我的妈妈啊,

星期天一来到,

三个女婿都会齐上门。

一八四八年下半年于科斯-阿拉尔岛

"星期天的大清早"

星期天的大清早，
太阳还没有上升，
我年纪轻轻地
走上了大路，
心情并不愉快。
我从树林后面走进山谷，
为了不让母亲看见，
我到大路上去，
迎接那个年轻的
盐粮贩子。
哦,穿过阴暗的蔓藤，
我已经看见
那装满了盐粮的大车，
他的那几头牛，
那几头淡黄色的牛啊，
一边反刍着,一边在走动，
而我的年轻的盐粮贩子
却没有站在牛旁边。
哦,人们在草原上,在大路旁，

用把马轭紧扣在车辕上的木棍为他挖了个坑，
就用草席把他卷起来，
把伊万放进
那个深深的土坑，
葬进那个高高的荒坟。
哦,仁慈的上帝啊,亲爱的仁慈的上帝啊,
我是多么爱他啊。

一八四八年下半年于科斯-阿拉尔岛

"并不是狂风"

并不是狂风
把高高的白杨吹弯在地上,
那是一个孤苦的少女
在诅咒自己的命运:
"命运啊,
我宁可在大海里淹死,
为什么直到现在你不让我
爱上什么人。
姑娘们亲吻,
爱人们把她们拥抱,
至于后来怎么样呢——
那我就不知道。
我永远不知道。哦,妈妈啊,
永远当个姑娘多么可怕,
我要永世当个姑娘,
不会和什么人相亲。"

一八四八年下半年于科斯-阿拉尔岛

"我踏着小路"*

我踏着小路，
　　跨过深谷，
越过山岗,心爱的人啊
　　来到了市场上。
我把面包圈儿
　　卖给了哥萨克,
我得到啦,心爱的人啊,
　　五个戈比整。
我把两个戈比,两个戈比
　　都喝掉了,
我把另一个戈比
　　给了吹笛子的人。
吹笛子的人啊,
　　吹些歌儿给我听吧,
这样我就忘掉了
　　自己的悲伤。

~~~~~~~~~~~~~~~~~

* 这首诗中有四句出自民歌《哦,一个姑娘沿着河边走》。俄国著名作曲
家穆索尔格斯基在歌剧《索罗庆市集》中采用了。

我是个姑娘，

我是这样一个好姑娘！

快来向我求婚吧，我会嫁给你的，

我的心爱的人。

一八四八年下半年于科斯-阿拉尔岛

"无论是辽阔的深谷"

无论是辽阔的深谷，
无论是高耸的荒冢，
无论是那美丽的黄昏时光，
无论是我梦见过和说过的话
　　　　我将永远不会遗忘。

但这又怎么样呢？我们没有结婚，
好像我们从不相识，就各自分散开
而那些珍贵的时辰，
还有那些青春的年华，
　　　　就白白地消逝而去。

现在我们两个人都已经衰老啦——
我在囚禁当中，而你当了寡妇，
我们不是在生活，但我们得活下去，
想想那些美好的岁月啊，
　　　　将长久地留在我们的心中。

　　　　　　　一八四八年下半年于科斯-阿拉尔岛

"在菜园里,紧靠着浅滩旁"*

在菜园里,紧靠着浅滩旁,
长春花啊没有发芽成长。
为什么年轻的姑娘啊,
没有到浅滩旁来打水。
在菜园里,紧靠着篱笆旁,
绿色的啤酒花啊,枯死在木桩上,
可是年轻的姑娘啊,
没有走出自己的小茅舍。
在菜园里,紧靠着浅滩旁,
垂柳把枝干弯到地上。
黑眉毛的姑娘在伤心,
她心里感到无限的悲伤。
她哭啊,哭啊,流着眼泪,
像条小鱼儿在乱蹦乱撞……
一个不中用的小伙子啊,
却在嘲笑着这个年轻的姑娘。

一八四八年下半年于科斯–阿拉尔岛

* 这首诗曾发表在 1861 年第 7 期《基础》月刊上,俄国著名作曲家柴可夫斯基后来把它写成一首供两人合唱的歌曲。

"假如我,妈妈啊,有个项链"

假如我,妈妈啊,有个项链,
那我明天要到城里去,
在城里面,妈妈啊,在城里面,
三个人组成的乐队①在奏乐。
姑娘们和小伙子们
在谈情说爱。妈妈啊！妈妈啊！
我是多么不幸！

哦,我要祈祷上苍,
我要去当雇工,
好买一双,妈妈啊,高跟皮靴,
好请三个人的乐队来奏乐。
人们,你们用不着惊讶,
看看吧,妈妈啊,我怎样在跳舞。
我的命真苦！

你不能让我老待在家里当姑娘,

①　指小提琴、手鼓和扬琴三种乐器组成的小乐队。

把我的辫发松开又编上，

老在家里紧锁着眉毛，

在孤独中过活一辈子。

当我现在还能劳动时，

黑眉毛就慢慢褪了色，

　　　我是多么不幸！

　　　一八四八年下半年于科斯–阿拉尔岛

"这次邮车又没有给我"

这次邮车又没有给我
从乌克兰带来什么信……
也许,这是愤怒的上帝
要惩罚我这个在荒漠中的人。
我不知道为了什么要惩罚我,
我也不想知道。
我的心啊在哭泣,当我回想起
那些不愉快的事情
和那些不愉快的日子,
当我回想起
不久前我在乌克兰所见到的一切……
当年有些人对我发誓,
说要做我的兄弟姊妹,
但谁也没有流过神圣的泪珠,
就各奔前程,仿佛乌云消散。
而现在,我已上了年纪,
又重新去结识人……不,不!
所有的穷人大概都已死去,
要么是霍乱蔓延,

否则他们也会寄来
片言只语……
　　……

　　　哦,由于悲伤和忧郁,
为了让眼睛瞧不见。
别人怎么在读他们的信,
我就出去散步,
在海边散步,
来排遣自己的忧愁。
心里想念着乌克兰,
嘴里哼着民歌。
人们会说假话,人们会背叛,
可是她啊,乌克兰,给了我安慰,
她永远给我安慰,给我欢乐,
把一切真情对我细讲。

　　　　　　一八四八年下半年于科斯-阿拉尔岛

"哦,老父亲已经去世"

"哦,老父亲已经去世,
老母亲也已经死亡,
他们不能再给谁啊
真心的幸福欢乐。
　　我现在是个孤儿,
　　在世上我还能做什么呢?
　　我只能到人间去生活,
　　或者就在家里哭泣悲伤?
哦,我走进绿色的树林,
我在那儿种了一株芸香。
假如我的芸香长出来,
我就留在家里,
　　心爱的人来到我的茅舍
　　　　就做当家的主人。
　　如果不是那样,那我就去
　　　　寻找自己的命运。"
　　芸香仍在树林里
　　抽枝成长。

而我这个孤苦的少女

却出去当上了雇工。

　　　　　一八四八年下半年于科斯-阿拉尔岛

"一个当骠骑兵的军官"

一个当骠骑兵的军官
再没有从出征的地方回来。
为什么我心里这样难过？
为什么我心里为他惋惜？
因为他穿着短短的披风，
因为他骠骑兵的黑色的胡子，
因为他叫我玛莎①?
不,我并不是因为这些悲伤；
我的美貌已经消失,
没有人再讨我当妻子。
而在大街上,
那些该死的姑娘们都嘲笑我,
叫我是骠骑兵的姑娘。

一八四八年下半年于科斯-阿拉尔岛

① 玛莎,玛琳娜或玛丽亚的爱称。

"像秋天在草原上走着的盐粮贩子"*

像秋天在草原上走着的盐粮贩子，
他经过了那一个个的里程标①，
我那美好的岁月啊也就这样消逝而过，
这我满不在乎。我装订着一个个小本子，
开始写上自己的诗歌。
为了让自己愚蠢的头脑消愁解闷，
我是在为自己铸造锁链，
（假如突然被老爷们知道了的话）。
即使遭到碟刑，我也不怕。
没有诗歌我就不能生活。
我已经这样写了整整两年啦。
现在又开始了第三个年头。

一八四九年上半年于科斯-阿拉尔岛

* 这首诗写在第三本《靴筒诗抄》的卷首。
① 里程标，帝俄时代大路上安装的记里程的标注。

"在太阳旁边,飘着一小片白云"

在太阳旁边,飘着一小片白云,
它逐渐变成红色伸展开去,
它召唤着太阳就寝,
沉没进蔚蓝的大海:
它用玫瑰色的铺盖把云笼罩,
　　就像母亲在安放自己的婴儿一样。
　　两眼看着多么愉快。哪怕只有一会儿,
　　哪怕只有一小时,
　　让心灵休息,
　　同上帝在谈心……
　　可是雾气像狡猾的敌人
　　遮盖了大海,
　　还有玫瑰色的小云片,
　　它带来了黑暗,
　　把灰色的雾弥散开去,
　　用黑暗笼罩了你的心灵,
　　它渴望着光明,
　　它等待着它,就像亲爱的母亲
　　在等待自己的子女那样。

　　　　　　一八四九年上半年于科斯-阿拉尔岛

"哦,灰色的鹅群"

哦,灰色的鹅群
在谷地的池塘边呱呱叫;
寡妇的名声啊
传遍了整个村庄。
正像俗话所说的,
并不是个好名声,并不是个好名声,
有一个从营地来的哥萨克
骑马到了寡妇的院子里。
"他们在正房里吃了晚饭,
喝了蜂蜜葡萄酒,
同在房间里的床上
躺下来过了一夜。"
坏名声并没有放过她,
并不是枉然地传开:
这个寡妇到了开斋节
生下了一个小乖乖。
她把小儿子哺养大,
送他进了学校。
又从学校里接回家,

为他买了一匹马，

买了马之后，

又为他用丝线

绣了一个小马鞍，

绣上了金线，

又给了他一件红色的披风，

她让他骑上马……

"瞧吧,敌意的人们！

你们惊讶吧!"

她牵着马

走遍了村庄。

后来又把他带到营地，

送他去当了兵……

而她本人哟,就剃了发，

到基辅去当尼姑修心。

　　　　一八四九年上半年于科斯-阿拉尔岛

"通往家乡的道路"

通往家乡的道路
长满了荆棘，
看来，我要永远地
永远地和她分离。
看来，我永远再不会
回到我的家乡。
看来，我只能在囚禁中
给自己吟诵这些歌？仁慈的上帝啊！
我生活得好苦啊！
我不能向谁啊——
吐露出自己心中的痛苦！
你没有赐给我好的命运，
年轻的命运！
你从没有赐给我，
永远没有！永远没有！
你没有让我的心
和少女的心亲近！
我的日日夜夜啊，
就这样毫无欢乐地

在异乡消逝而过！

我找不到一个可以交谈的人，

而现在，甚至找不到一个人

可以和他谈谈心！

啊，仁慈的上帝啊，

让自己的心灵怀着这些痛苦。

没有人可以谈心，——

没有人可以讲句神圣的话语，

苦痛的心灵毫无欢乐，

也不能去责骂那些恶毒的人，

我只有死去！……我，主啊！

让我哪怕能再望一眼

我那些苦难的人民

和我的乌克兰吧！

　　　　一八四九年上半年于科斯-阿拉尔岛

"在复活节的这一天"

在复活节①的这一天，
孩子们坐在麦秆上晒太阳，
他们玩着彩绘的蛋，
还炫耀着自己身上穿的新衣裳。
有的在衬衣上
绣着节日的各种花样，
有的人买了条丝带，
有的人戴着羊皮帽，
有的人穿上大长袍。
只有我孤独的一个人
没有新的衣裳，
两只小手缩在衣袖里。
——这是妈妈给我买的。
——这是爸爸给我买的。
——这是教母
给我绣的。

~~~~~~~~~

① 复活节，俄国东正教的大节日，一般在俄历 3 月 22 日至 4 月 25 日，以绘
制彩蛋表示庆祝。

小孤女则说道：

——我在神父家里讨了一顿午餐。

一八四九年上半年于科斯-阿拉尔岛

"那黄金般的、宝贵的"

那黄金般的、宝贵的、
年轻的命运啊，
你们可要知道，我并不惋惜；
但有时候，悲伤侵袭着心灵，
我就要痛哭起来。
就在这以前，我在村子里
看到一个年幼的小孩。
他像从枝头上掉下的一片树叶，
穿着一身破旧的粗布衣衫，
孤苦伶仃地坐在篱笆下面。
我忽然觉得，这就是我啊，
这就是我的青春。
我忽然觉得，
在自由的命运中，
他看不到一点神圣的自由。
他的最美好的年华
就那样白白地消逝。
在这个广阔的自由的世界上，
他竟没有一处地方可以安身。

他只有去当个雇农，
从此不再哭泣，不再伤心，
或有什么地方混一下，
然后被送了去当兵。

　　　　一八四九年上半年于科斯-阿拉尔岛

"我们曾经同在一块儿长大"

……

我们①曾经同在一块儿长大，

从小时候就相亲相爱，

我们的妈妈望着我们说道，

让他们将来什么时候就成亲吧。

可是他们没有料想到。老年人很早过世，②

而我们小时候就分散开，

从此就再没有见过面。

我在自由时和奴役中到处奔波。

差不多老年时我才又回到了家乡，③

当年那个愉快的村庄，

现在，在我的这个老头儿看起来，

是那样阴暗，无声无息，

正像我现在衰老了一样。

① 我们，指诗人和他的童年女友奥克珊娜·科瓦连科。
② 谢甫琴科的母亲在 1823 年 8 月 20 日去世，父亲在 1825 年 3 月 21 日去世，科瓦连科的父亲在 1831 年 3 月 22 日去世，母亲在 1832 年 1 月 16 日去世。
③ 指诗人在离别家乡 14 年后于 1843 年 9 月重访故乡基里洛夫卡村。

看来(我这样觉得),

这个贫穷的村庄,

既没有发展,也没有衰败,

一切都还像往常一样。

无论是峡谷、田野、白杨,

还有那棵柳树,

弯着身子在水井上面,

好像在遥远的奴役中,

心里有说不尽的悲伤。

那池塘、堤坝,还有那座风车,

在树林后面摇晃着翅膀。

那棵绿色的橡树,像一个哥萨克

从树林里走到山坡下面来游逛;

山坡上有个阴暗的花园,

在花园的阴凉的地方,

我的祖辈们像长眠在天堂。

那些橡木的十字架东倒西歪,

木板上面的题词也早已模糊不清……

不管是木板,不管是题词,

早被沙特恩神①摩擦光……

就让我们的祖辈们

和那些圣者们永远长眠吧……

我轻轻地问我的弟弟:

① 沙特恩神,古罗马神话中的农神。

“那个奥克珊诺奇卡①还活着吗？”

“哪一个？”“就是那个小小的、鬈发的，

曾经同我们在一块儿玩耍的。

兄弟们，你为什么有些悲伤？”

“我并不悲伤。这个奥克珊诺奇卡，

跟着士兵们出征去啦，从此不知去向。

对，这样过了一年，不知为什么她又回来啦，

她带了一个私生子回来啦，

头发已经被剪掉啦。

有时候，她夜里坐在篱笆旁，

像个杜鹃鸟儿在啼叫；

或者就悄悄地歌唱，

或者就编着自己的辫发。

后来她又走啦，

谁也不知道她去到什么地方，

听说她发了疯，到处在游荡。

可是她曾经是个那样的姑娘，

漂亮得像个女皇！

上帝没有把幸福赐给她啊……”

也许，赐给了她，但是被窃取了，

他们欺骗了神圣的上帝的愿望。

一八四九年上半年于科斯-阿拉尔岛

---

① 奥克珊诺奇卡，奥克珊娜的爱称。

"一切都准备就绪！扬帆启航"

一切都准备就绪！扬帆启航，
小艇和大船①在锡尔达里亚河②上，
在芦苇丛中间
顺着蓝色的水浪远航。
再见吧，贫困的科斯－阿拉尔岛。③
整整两年来，
你驱散了我那该诅咒的忧伤。
谢谢你啊，朋友；人们都赞扬你，
人们发现了你，知道了你，
要怎样来把你开发。
再见吧，我的朋友！对你的荒漠，
我既不赞扬，我也不毁谤，
在其他什么地方，我还不知道，
也许什么时候我会回想起那往日的忧伤！

一八四九年下半年于科斯－阿拉尔岛

---

① 小艇和大船，指诗人当时所在的咸海科学考察团乘坐的"孔斯坦丁"
"尼古拉""米哈伊尔"等船。
② 锡尔达里亚河，"达里亚"意为"河"。长 2212 公里，流入咸海，河口有
科斯－阿拉尔岛。
③ 1849 年 10 月 10 日考察团离开当地。

"在流放中我数算着白天和黑夜"（一）*

在流放中我数算着白天和黑夜，
可是我怎么也数不清。
哦，上帝啊，我是怎样艰苦地
度过了这些日子。
年代就在这些白天和黑夜之间
静悄悄地消逝而去，
它们把一切善良的东西，
同时也把一切邪恶的东西带走！
它们把一切东西
一去永不复返地带走啦！
你不用祈祷上帝，因为你的祈祷
传不到他的耳中。

是第四个年头了，
我生活在苦痛之中
在囚禁中，我现在开始编订

---

* 《在流放中我数算着白天和黑夜》一诗共有两种稿本。谢甫琴科从咸海
考察归来后在1850年4月27日被搜查和逮捕以前，把这一稿本在奥伦
堡写在第四本《靴筒诗抄》的卷首。

第四本小书,——

是用血和泪

在异乡把它们编成,

难道我可以用言语

在世界上的任何地方,

向谁讲出自己心中的痛苦,

不能、不能!

在这遥远的奴役中,

丧失了语言!

既丧失了语言,又丧失了眼泪,

真是一无所有。

就是在你的周围

也见不到伟大的上帝的存在!

没有什么东西能够使你高兴,

没有人你可以交谈。

你不想再活在世上,

但你必须活着。

必须活着,必须活着,是为了什么?

因为不要伤害自己的心灵?

它似乎不值得怜悯……

但须要在世上活着,

在奴役中

戴着这枷锁!

也许,是为了能够

再看见我的乌克兰……

也许,是为了能够

同绿色的橡树林，
同碧色的牧场
说几句话儿，流几滴眼泪！
在全乌克兰
我纵使没有一个亲人，
但那里的人们
不像在异乡的人们一样！
我要沿着第聂伯河，
在欢乐的村庄中游逛，
我要安静地，不愉快地
自己在沉思默想。
让我活到那个时候吧。
哦，我的仁慈的上帝！
让我看看那绿色的原野，
和那起伏的荒冢古墓！
如果我活不到那个时候，
那么就把我的眼泪
献给我的故乡；因为，上帝啊！
我是为了她而死亡！
也许，我在异乡长眠，
会感到轻快些，
要是长眠在乌克兰，
人们会将我回想！
我的仁慈的上帝啊！
但她用希望
来宽慰我的心肠……

凭着这贫乏的头脑，

我不能有所作为，

甚至连心都是冰凉的，

当我想起，也许在异乡

我要和我的歌儿

在一起埋葬！……

而在乌克兰，

人们也将我遗忘！

或许，日子一天天悄悄地过去，

我用我的眼泪编成的诗歌

总有一天会传到

乌克兰……

它们像甘露降在大地上，

像眼泪悄悄地

洒在年轻人的心上！

也许有人向我点点头致敬，

同我一起哭泣悲伤，

也许，上帝啊，他会在祈祷中

把我回想！

无论它怎么样，那就怎么样吧。

即使是还要涉水，或者是还要徒步，

哪怕把我钉在十字架上！

我仍然要悄悄地

编写自己的诗章。

一八五〇年上半年于奥伦堡

"在流放中我数算着白天和黑夜"（二）*

在流放中我数算着白天和黑夜，
可是我怎样都数不清。
哦，上帝啊，我是怎样艰苦地
度过了这些日子。
年代就在这些白天和黑夜之间，
静悄悄地消逝而去，
把一切善良的东西，
同时也把一切邪恶的东西带走。
它们把一切的东西
一去永不复返地带走啦，
你不用祈祷上帝，因为你的祈祷
传不到他的耳中。

三个年头啊，
像混浊的泥沼，
在杂草丛中间阴郁地流过。

---

　*　1858 年，谢甫琴科从流放中回来，将《"在流放中我数算着白天和黑夜"
　　（一）》压缩改写，形成了这一稿本。

426

它从我这阴暗的牢室中

　　把不少东西带走，

带进了大海。

这大海吞没了的

不是我的金银财宝，

而是我的珍贵的时光，

我的痛苦，我的悲伤，

在悲伤的时刻，

用看不见的笔写下的诗章。

让那奴役的岁月

像泥泞的沼泽，

在杂草丛中间流逝啦。而我呢！

这就是我的遗言！

我时而坐一会儿，我时而漫步，

我望着草原，我望着大海，

我时而回想起往事，低声唱着歌，

把一切都写进小本子，

尽管写得密密行行。我现在开始啦。

一八五〇年上半年，

一八五八年改写于奥伦堡、圣彼得堡

"我们唱完了歌,大家就各自分散开"[*]

我们唱完了歌,大家就各自分散开,

既没有流一滴眼泪,也没有什么话好谈,

我们还能再相会吗?

我们什么时候还能再一起歌唱。

也许能再相会……但在哪儿? 我们又会是怎么样?

又会唱着什么样的歌?

不会再在这儿啦,也许,不会再是这样啦!

也不会再唱着这样的歌啦,

我们在这儿心情不愉快地唱着歌,

因为我们在这儿过着不幸的生活,

但我们还算是生活,

至于我们在一起发愁,

回想起我们那愉快的家乡,

<hr>

[*] 据说谢甫琴科当时参加朋友聚会,他背诵了自己的长诗《高加索》《梦》
等,唱了几首心爱的歌曲,怀着特别悲伤的感情唱了一首歌:
　　白雪闪着银光,
　　周身疼痛啊,
　　头也疼痛啊。
　　但没有一个人,
　　为了背纤夫的身体哭泣悲伤……

那辽阔陡峭的第聂伯河，

这是我们年轻时代的悲伤！……

这是我们年轻时代的有罪的天堂！

一八五〇年上半年于奥伦堡

"妈妈没有为我祈祷"[*]

妈妈没有为我祈祷，
也没有为我顶礼膜拜；
她就这样用襁褓
把我包了起来，
她这样唱道："愿他长大，
愿他身体健壮！"
于是我长大了，谢天谢地，
并没有出人头地。
宁可不要把我生下来，
或者就把我淹死，
总比在囚禁中
咒骂上帝要好得多。

我向上帝恳求得很少，
并不算多。我只要一间茅舍，
在树林里有一间小茅舍，

---

* 这首诗 1860 年发表在《茅舍》文艺丛刊上，题目由编辑库利什改为《小茅舍》，附注"写在黑海上"。最后 11 行诗被审查者删去。

紧靠着它有两棵白杨树，

此外还有我那可怜的

我的奥克珊娜；

我和她两个人从山顶上

眺望着辽阔的第聂伯河，那些山谷，

还有金黄色的田地，

还有高耸的荒冢古墓；

我们看着想着和猜测着：

人们什么时候在开掘这些荒冢古墓？

人们把谁在里面埋葬？

我们要一起低声地

唱着那忧郁、古老的歌，

歌唱那勇士的黑特曼①，

他怎样在火上被波兰人活活烧死。

然后我们走下山坡，

在第聂伯河上，在阴暗的树林里散步，

那时候天还没有黑，

那时候上帝保佑的世界还没有进入梦乡，

那时候月亮还没有随着黄昏星，

出现在山岗上，

那时候雾气还没有在田野里弥漫。

我们看着，我们祈祷着，

然后我们走回自己的茅舍吃晚饭。

———〜〜〜〜〜———

① 指谢维宁·纳利瓦伊科，参看本书第66页注②。

我们唯一的上帝啊，

你在自己的天堂里给了地主们果园，

你给了他们高楼大厦，

贪心和肥胖的太太们，

在你的天堂里随地吐痰，

而不让我们从可怜的茅舍里

向外面张望。

直到目前为止，我只请求在天堂里

有一所小小的茅舍，

让我好死在第聂伯河上，

哪怕是在一个小小的山岗上。

一八五〇年上半年于奥伦堡

"要是你们能知道,公子哥儿们"

要是你们能知道,公子哥儿们,
人们在那儿成天流着眼泪生活,
你们就不会大写其悲歌①,
也不会徒然地在赞美上帝,
更不会嘲笑我们流下的眼泪。
我真不懂,为什么你们要把
树林里的那所小茅舍说成是安静的天堂。
我曾经在茅舍里受苦,
我曾经在那儿流泪,
我那最初的辛酸的眼泪。
我不知道上帝赐给的苦难,
哪一种没有到过这个茅舍?
而你们竟把茅舍说成是天堂!

在村庄尽头,在清洁的水塘旁边,
在树林里那所小茅舍,
我不能把它叫做天堂。

---

① 不少注释中说,"悲歌"是笔误,应为"牧歌"。

433

母亲在那儿生下了我，

把我用襁褓裹着，给我唱歌，

她把自己心中的忧愁

倾吐给了自己的儿子……

我在那处树林里，在那所小茅舍里，

在那处天堂里，我看到是地狱……

那儿是奴役，是沉重的劳动，

连祈祷的时间也不给。

我的善良的母亲

由于沉重的贫困和劳动，

很早就进了坟墓。

父亲和孩子们一起痛哭，

（我们都很小，衣不蔽体），

他忍受不了恶毒的命运，

就在劳役中死亡！……

我们就像小老鼠，

在人间分散开。

我进了教区小学——

为学生们挑水。

弟兄们没有被抓去当兵之前，

都服务着劳役！

姊妹们呢！姊妹们呢！你们多么不幸，

我们年轻的小鸽子们啊！

你们为谁生活在这世上？

你们在别人的雇佣中成长，

你们在雇佣中，

在雇佣中,姊妹们啊,你们就死亡!

只要一回想起村庄尽头的那所茅舍,
我心里就不禁有些害怕!
我们的上帝啊,
在你主宰的正义的大地上,
在我们这个天堂里干了些什么勾当!
我们在天堂里修建了地狱,
而我们祈求的却是另一样东西,
我们弟兄们平静地生活,
在地狱里为别人耕地,
用眼泪浇灌着别人的田地,
或许,但我不知道,
仿佛事情就是这样……
(上帝啊,没有你的意旨,
我们就不会在天堂里从事奴役)
也许,你从天上
会把我们嘲笑,
也许,你和地主们商量好,
怎样来管理这个世界!
你看吧,那就是绿色的小树林,
而在树林旁边有个明净的池塘,
它像一块画布,柳树在池塘上面
悄悄地垂下自己的绿枝……这真是天堂吧!
你问过究竟吧!
在天堂里是一种什么景象!

当然,那儿是快乐无边,
对于你,唯一的神圣的上帝,
你的非凡的事业要大加颂扬!
但事实却不是这样!没有颂扬,
只有鲜血、眼泪和责难,
对一切只有责难!不,不,
在大地上没有什么神圣的东西……
我觉得,人们实际上
都在诅咒着你啊!

一八五〇年上半年于奥伦堡

"火光在燃烧着，乐队在演奏着"*

火光在燃烧着，乐队在演奏着，
音乐在哭泣，在呻吟；
年轻人们的眼睛
像珍贵的金刚石在闪着光；
快乐的眼睛里
是欢乐和希望，
这些年轻的无邪的眼睛，
都在欢笑，喜乐，
大家都在跳舞。只有我一个人啊，
好像被诅咒的，
看着他们在悄悄地流泪悲泣。
为什么我流泪悲泣呢？
也许，我伤心，
是因为我的青春的年华
就像阴雨天那样地消逝。

一八五〇年上半年于奥伦堡

---

* 这是谢甫琴科本人喜爱的诗歌之一，他从流放地回来之后曾在好几个朋友
的纪念册上题写过这首诗，后经作曲家李森科谱成浪漫曲并广泛流传。

"见鬼去吧，干吗我要浪费"*

见鬼去吧，干吗我要浪费
那么多的时光、鹅毛笔和纸张！
也许，什么时候我要付清的，
但这不免有些过分啦。
我并不是因为世界和尘世的生活，
而我，有时候，当喝醉啦，
我如一个白发苍苍的老头儿，老泪纵横——
看起来，我就像是个孤儿一样。

一八五〇年上半年于奥伦堡

<hr>

* 1850 年春，谢甫琴科在奥伦堡军事长官的支持下申请取消禁止他写诗和作画的禁令。同年 2 月 20 日，第三厅长官杜别尔特正式通知奥伦堡军区司令说，宪警长官奥尔洛夫伯爵认为不可能为谢甫琴科向尼古拉一世提出请求。这首短诗反映了谢甫琴科当时的绝望心情。

"我这时梦见:在山岗下面"*

我这时梦见:在山岗下面
在柳树中间,在池塘边,
有一座白色的小茅舍。
白发苍苍的老爷爷
坐在小茅舍的旁边,
爱抚着自己的可爱的鬈发的小孙子。
我这时又梦见:妈妈走出茅舍,
愉快地和带着笑容,
在爷爷和孙子的脸上
愉快地各亲吻了三遍。
她用手抱着孩子
把他放进了摇篮。
老爷爷坐着,
微笑着,在轻声地祈祷:

*　谢甫琴科秘密写的《靴筒诗抄》,到这一首诗中断。由于当时有人告发,
　说谢甫琴科可能与政治流放犯有关系,为了避免长官和宪兵的注意,靠
　了他的朋友拉扎列夫斯基的帮助,焚毁了大部分文件、书信、绘画,同时
　把他最后的一本《靴筒诗抄》交给拉扎列夫斯基代为保存,而谢甫琴科
　在1850年6月23日再次被捕。10月17日被押送到在里海边的诺沃
　彼得罗夫斯克要塞去。

"痛苦在什么地方
还有悲伤啊,厄运啊?"

老爷爷悄悄地画着十字,
悄悄地念着:"我们在天上的父。"
太阳透过柳树闪着光亮,
静静地消失。一天过去了,
一切都静寂无声。老爷爷走进茅舍,
准备去安息啦。

一八五〇年上半年于奥伦堡

"我的仁慈的上帝啊,
不幸的日子重新来到! ……" [*]

我的仁慈的上帝啊,不幸的日子重新来到! ……

而过去的日子是那样安静、美好;

我们大家准备摘下

奴隶们的枷锁镣铐……

但是瞧吧! ……庄稼人的鲜血

又在流淌! 那些戴着王冠的刽子手

就活像一群饿狗,

为了一根骨头在争吵。

一八五三年至一八五九年

于诺沃彼得罗夫斯克要塞–圣彼得堡

* 这是谢甫琴科在 1850—1857 年在诺沃彼得罗夫斯克要塞里写的仅有的一首短诗,内容暗指 1853—1856 年克里米亚战争。

晚年诗选（1858—1861）

一八五八年自画像

命　运

　　你并没有跟我讲假话，
你成了我这个可怜不幸的人的
朋友、兄弟和姊妹啦。
当我小时候，你牵着我的手，
把我带到酗酒的教堂执事那儿去求学。
你这样说道："你好好地学吧，
总有一天我们会出人头地。"
我很听话，开始学习，
多少学会了一些东西。可是你撒了谎。
我们并没有出人头地，尽管如此啊！
我并没有跟你讲假话，
我们只是往前走；
但我们心里没有违背真理的地方。
让我们走吧，我的命运啊！
我的可怜的、诚实的朋友啊！
让我们继续前进，光荣就在前方，
那光荣啊——这就是我的生平夙愿！

　　　　一八五八年二月十九日于尼日尼诺夫戈罗德

缪斯女神

啊,你,最纯洁的神圣的女神啊,
你是福玻斯①的年轻的姊妹!
当我小时候,
你就把我带到原野。
在原野当中的古墓上,
你用白茫茫的雾气
任意地笼罩着辽阔的田畴。
你飘浮着,你歌唱着,
你发出诱人的魅力……而我,
哦,我的女魔术师啊!
你到处都在帮助我,
你到处都在爱护我。

在草原上,在没有人烟的草原上,
在远方的囚禁当中,
你闪耀着光辉,你显得那样美丽漂亮,
就像一朵鲜花开放在田野上!

---

① 据古希腊罗马神话,福玻斯即太阳神,亦即文艺、诗歌、音乐之神阿波罗。缪斯女神共有九人,都是司文艺的女神。

从那肮脏的营房，

你像一只纯洁的、神圣的小鸟儿，

在我的头顶上飞翔，

你这只金翅膀的小鸟儿啊，

你在飞翔，你在歌唱……

你把生命的水

灌注到我的心灵上。

当我活着的时候，

你用我的星星啊，

我的神圣的安慰啊，

你用神的光辉在我的头顶上照耀着。

你是我年轻的命运！

不要离开我啊。

无论黑夜，无论白天，

无论黄昏，无论早晨，

你在我的头顶上飞翔吧，教导我吧，

教我用不撒谎的嘴

去讲出真理。

用祈祷使得我的心里好过。

当我死去的时候，我的神圣的女神啊！

你就是我的亲生母亲啊！

你的儿子被放进棺材，

从你那双不朽的眼睛里

哪怕流下一滴清泪吧！

一八五八年二月九日于尼日尼诺夫戈罗德

447

光 荣

啊,你,肮脏的女商贩,

喝醉了的小酒馆的老板娘!

为什么你带着你的光辉

要停留在这个绝境里?

或者,你在凡尔赛,

和那个坏蛋①耍脾气?

或者由于忧愁和醉酒

你又和别的人正在厮混。

你现在紧贴着我的身边,

仅由于痛苦和不幸:

让我们好好拥抱吧,

让我们相亲相爱和安静地嬉戏吧,

让我们接吻和结婚吧,

我的漂亮如画的美人啊。

因为我直到现在

始终紧跟在你后面,

---

① 指拿破仑三世(1808—1873),原为法兰西共和国总统,1851 年 12 月 12
日举行政变,窃取皇位,自称皇帝。

虽然我听到不少闲话，

说什么你同喝醉酒的帝王们

在小酒馆里闲逛，

说什么你和尼古拉到了塞伐斯托波尔①，——

可是我不在意，

我的命运啊，

让我细看看你，

让我投进你的胸怀，

我要在你的羽翼的爱护之下

在寒冷中长眠。

一八五八年二月九日于尼日尼诺夫戈罗德

---

① 指沙皇尼古拉一世（1796—1855），1825—1855 年的俄国沙皇。这里影射 1853—1856 年的克里米亚战争。

梦

——献给马尔科·沃夫乔克①

一个农妇在劳役②的田地上割小麦，

她已经劳动得异常疲困；

但她没有跑到麦捆旁边去休息，

却勉强迈着步子去喂自己的伊万小乖乖。

这个被包裹着的小孩，

躺在麦捆的阴影里号叫。

妈妈打开他的襁褓，喂了奶，

还逗着他玩笑，

于是她抱着孩子打起盹来。

她梦见她的儿子伊万已经长大，

既富有，又漂亮，

他不是孤独一个人，

他已经和一个自由的姑娘结了婚，

他本人也不再是地主的人，而是一个自由人；

---

① 参看本书第 455 页注。

② 劳役指俄国过去依附于封建地主的农民，被迫用自己的工具在封建
地主或庄园主的土地上进行无偿劳动而言，是剥削农民的一种残酷的
方式。

（阿夫拉缅科　绘）

他们两口儿过着幸福的生活，
在自己的田地里割着小麦，
孩子们还把午饭送到田头。
那个可怜的农妇微笑起来，
可是当她一觉惊醒——原来是空梦一场……
她看着自己的小乖乖，
把他的襁褓仔细包好，
为了要收完管家人规定的数目，
她还得再割上六十捆小麦。

一八五八年七月十三日于圣彼得堡

"我没有生病,不会用毒眼看人"

我没有生病,不会用毒眼看人①,

可是我的眼睛好像看见什么东西,

我的心也在期待着什么事情。

我的心发痛,像没有吃饱的婴孩,

睡不着觉,尽在哭泣悲伤。

大概,你在等待险恶的艰苦的时光?

不要妄想好的日子马上会来临!

也不要等待大家期望的自由——

它现在正在沉睡:

是沙皇尼古拉②把它催进了梦乡。

为了把虚弱可怜的自由唤醒,

大家要一致起来铸造巨斧,

要把斧头磨得更加锋利,

只有那时才能把它从睡梦中唤醒。

否则这个不幸的自由会睡过了头,

一直睡到最后审判来临!

~~~~~~~~~~

① 据迷信的说法,用毒眼或凶眼看人,会让人遭到灾难和不幸。
② 即指沙皇尼古拉一世。

地主老爷们要继续催着它睡觉，
他们要建起庙堂和宫殿，
他们将永远热爱那位酗酒的沙皇，
还要把拜占庭制度①赞美颂扬，
看来，真会长久是这样！

一八五八年十一月二十二日于圣彼得堡

---

① 拜占庭帝国是由罗马帝国分裂出去的一个腐朽的奴隶制的国家，因此俄国的革命民主主义者赫尔岑和车尔尼雪夫斯基等人经常用"拜占庭制度"这个名词来影射俄国沙皇的专制暴政和黑暗的农奴制度。

致马尔科·沃夫乔克[*]

——纪念一八五九年正月二十四日

不久前,我在乌拉尔河那边流浪,

我祈求上苍,

让我们的真理不会消灭,

让我们的声音不会消亡;

我祈求到了。上帝把你,

把你这个温柔的先知,

把你这个揭露残酷的贪得无厌的人们的人,

赐给了我们。哦,你是我的光明!

~~~~~~~~~~~~~~~~

[*] 马尔科·沃夫乔克是著名的乌克兰和俄罗斯革命民主主义女作家玛丽亚·亚历山德罗夫娜·维林斯卡娅–马尔科维奇(1834—1907)的笔名,代表作有《乌克兰民间小说集》(1857)、《俄罗斯民间习俗小说集》(1859)等,对受压迫的农民充满人道主义的同情。谢甫琴科在尼日尼诺夫戈罗德时就读过她的《民间小说集》,他在1858年2月18日的日记中写下了他的印象:"这位妇女是个多么崇高的美丽的创造物啊!……必须给她写封信,感谢她在读了她的有鼓舞力量的著作时所得到的那种欢乐。"他认为她精通民间的生活和语言,是位杰出的艺术家。1859年1月24日是他们在圣彼得堡相见的日子。屠格涅夫回忆谢甫琴科的文章中也写道:"有一次,他答复我的问题,应该读哪位作家的作品,才能很快地学会小俄罗斯的语言?他有准备地说道:马尔科·沃夫乔克,只有她一个人掌握我们的语言!"

你是我的神圣的星辰，
你是我的青春的力量！
照耀着我，使得我温暖吧，
使我那颗受尽折磨的
可怜的心，那颗没有庇护的
寒冷的心重新活跃起来吧。
我要唤醒，
我要从棺木里召唤自由的歌声。
那自由的歌声啊……哦，我的幸运！
我们的先知！你是我的女儿！
我在召唤你的歌声。

　　　　　　一八五九年二月十七日于圣彼得堡

仿《以赛亚书》第三十五章[*]

高兴起来吧,没有灌溉过的田野!

高兴起来吧,没有长满过

各种盛开的庄稼的土地! 开放吧,

盛开出玫瑰色的百合花!

盛开吧,放射出绿光吧,

就像约旦河岸上

青绿色的草场!

迦密的华美和黎巴嫩的光荣①

那都不是骗人的,

* 谢甫琴科在晚年时,曾利用《圣经·旧约》中的几部先知书,如《以赛亚书》《以西结书》《何西阿书》和《撒母耳记上》中关于扫罗的事迹(诗开头的一句是"在尚未觉醒过来的中国……"),改写了其中的章节,不少地名改成乌克兰,通过它们在农民中间进行政治和社会的宣传,使他们容易接受。现在译的《仿〈以赛亚书〉第三十五章》,即其一例。以赛亚是古犹太的先知,第三十五章是讲遭难之后必获欢欣,软弱者必将得助。在《圣经·旧约》中的译文是这样开始的:"旷野和干旱之地,必然欢喜。沙漠也必快乐,又像玫瑰开花,必开花繁盛、乐上加乐,而且欢呼。黎巴嫩的荣耀,并迦密与沙仑的华美,必赐给他,人必看见耶和华的荣耀,我们上帝的华美。……干旱之地,要变为泉源……在那里必有一条大道,称为圣路。污秽的人不得经过,必专为赎民行走,行路的人虽愚昧,也不致失迷……"

① 迦密和黎巴嫩都是巴勒斯坦山地的名称。

那是用珍贵的，
金线精巧绣成的，
是用神圣的被单覆盖的，
好让瞎眼的人们
能够看见上帝的奇迹。

　　奴隶们会放松开
　　因劳动而疲困了的两手，
　　被锁着镣铐的两膝
　　也会松动了一些！
　　高兴起来吧，精神振奋起来吧，
　　不要害怕奇迹，——
　　上帝会作出判断，
　　他会解放你们这些
　　长久忍耐着的
　　可怜的人！他会给那些罪恶的人
　　以应有的惩罚！

上帝啊，只要神圣的真理
在大地上飞翔，
它宣告哪怕短暂的休息，——
盲人会看见东西，
矮腿的人会像羚羊在树林里飞奔。
哑巴会张开嘴；
话语会像河水冲出来，
久未灌溉过的荒漠，

被治疗的水所灌溉，
重新恢复了生机；
于是愉快的河水
滚流起来，
四周围的湖沼森林都苏醒过来，
到处充满了愉快的鸟声。

草原、湖沼苏醒过来，
再不是安着里程标的
而是自由的、宽阔的
神圣的大路，
伸向四面八方；
再也找不到统治者的大路啦，
奴隶们可以沿着这些大路，
没有求救声和叫喊声，
在愉快的欢乐之中
大家一起相会，
荒原也变成了
愉快的村庄。

一八五九年三月二十五日于圣彼得堡

N. N. *

　　曾经有一个姑娘，

像一朵百合花，

在约旦河上开放，

把神圣的话语传播到大地上。

什么时候，你啊，第聂伯河的花朵……

不，不！上帝宽恕吧！被钉上了十字架。

被戴着镣铐送往西伯利亚。

你啊，我的毫无庇护的小花啊……

你一声不响……

　　　　　　主啊，

你赐给她快乐的天堂吧！

在这个世界上给她以幸福，

其他什么都不用给她！

但不要在阳春的时光

把她带到尘世以上的天堂，

* 据谢甫琴科的朋友，乌克兰的画家切斯塔霍夫斯基说，这首诗是献给波多利亚地方的神父克鲁皮茨基的女儿的，谢甫琴科在参加圣彼得堡医学院的一次晚会上见到她。

而让人们在大地上

看到你的美丽荣华!

一八五九年四月十九日于圣彼得堡

"哦,在山岗上开着一朵啤酒花"

——致费奥多尔·伊万诺维奇·切尔年科①,
纪念一八五九年九月二十二日

哦,在山岗上开着一朵啤酒花,

而在山谷里面走着一个哥萨克,

这个悲伤的人想打听一下:

"什么地方才能找到幸福?"

"是跟有钱的人在酒馆里吗?

是跟盐粮贩子在草原上吗?

还是随着风自由自在地,

在空旷的田野里被吹散?"

不在那儿,不在那儿,我的朋友,

是在别人家的茅舍里,和姑娘在一起,

---

① 切尔年科(1818—1876),乌克兰的建筑工程师。谢甫琴科早在十九世
纪四十年代时即同他相识。谢甫琴科流放回来后,曾经常参加在他家
举行的圣彼得堡乌克兰同乡会的每周集会。1859 年 9 月 22 日是谢甫
琴科从乌克兰回来之后访问切尔年科的日期。

是藏在新的木箱里的

手巾和手帕的中间。

　　　一八五九年六月七日于利赫文

"哦,我有一双漂亮的眼睛"

哦,我有一双漂亮的眼睛……
妈妈啊,谁也不看它们一眼,
心爱的,谁也不看它们一眼!

哦,我有一双洁白的小手……
妈妈啊,谁也不来握它们一下,
心爱的,谁也不来握它们一下!

哦,我有一对轻快的小脚,
妈妈啊,可是它们能跟谁跳舞,
心爱的,可是它们能跟谁跳舞!

一八五九年六月十日于皮里亚金

写给妹妹*

我走过一些非常贫穷的村庄，

那是第聂伯河上的一些极不愉快的村庄，

我心里这样想："我能在哪儿找到一个安身的地方？

为什么我要尽在世上流浪？"

于是我做了一个梦：我看见，

在一所开满鲜花的园子里，

---

* 这首诗是谢甫琴科写给他妹妹亚琳娜·格里戈里耶夫娜·博伊科 (1816—1865)的。亚琳娜在1836年嫁给她同村的画匠博伊科，当谢甫 琴科在1859年夏天回到乌克兰时，她的丈夫已经去世了。经过多年的 阔别之后，他们兄妹又在基里洛夫卡村相见。据他的妹妹回忆说："当 我正在菜园里挖掘小畦时，我的小女儿跑过来，告诉我说，有一个叫塔 拉斯的人来找我。哪一个塔拉斯？……突然间他自己走过来啦。'你 好，妹妹！'……于是我们坐在茅舍前的土台上；他亲切地把头靠在我的 膝头上，向我谈起所有的事情，要我把自己苦命的生活都讲给他听。"谢 甫琴科回到圣彼得堡之后，就着手为他的两个弟弟尼基塔、约瑟夫和妹 妹亚琳娜，向地主弗利奥尔利夫斯基请求赎身，俄罗斯文学基金会，特 别是车尔尼雪夫斯基和屠格涅夫等人都参加了这一工作。据前往乌克 兰办理这一谈判的人回忆说："我永远忘记不了我们的话别，这是最后 一次，因为此后我就再没有见过他，……当时谢甫琴科再次重复了为他 们的弟兄和妹妹赎身的请求，他抽搐地号哭着：哦，亚琳娜，亚琳 娜！……就倒在他那间可怜的小房间角落里的小沙发上，歇斯底里像 个小孩痛哭起来。"

一座小小的茅舍，

像一个少女站在山岗上，

父亲般的第聂伯河啊，

在滚流着和闪耀着银光！

我看见，在阴暗的花园里，

在樱桃树下面清凉的地方，

正坐着我唯一的亲妹妹！

我的受尽苦难的神圣的亲妹妹啊！

她好像在天堂里休息，

从辽阔的第聂伯河岸，

等待着我这个可怜的人。

她看见——我的小船，

从波浪里漂浮出来……

又重新在波浪里消失。

"我的哥哥啊！你是我的幸福！"

我们苏醒过来啦。你啊……

在地主的田地上做着劳役，而我却在囚禁中！……

这就是说，我们还要走着从幼年时起

就走过的那满是荆棘的田野！

妹妹，祈祷吧！只要我们还活着，

上帝会帮助我们走过这条路的。

一八五九年七月二十日于切尔卡斯

466

"我曾经用愚蠢的头脑"*

我曾经用愚蠢的头脑
这样想过:"我的不幸的苦命啊!
我怎样才能活在这个世上?
我要去夸奖人们和老爷们吗?
我好像一块腐朽的木头,
被埋在污泥里老朽和腐烂掉,
然后就无影无踪地
离开这个被盗窃了的世界!……
哦,不幸啊! 我的命苦啊!
在世上我要到什么地方去栖身呢?
到处的彼拉多们①在把人们钉上十字架,
在把人冻死,在把人送进火坑!"

一八五九年七月二十一日于切尔卡斯

~~~~~~~~~~~~~~~~

* 谢甫琴科流放归来后,曾在 1859 年夏天重访乌克兰,因被指控有"渎神罪"和在农民中间进行革命宣传,在切尔卡斯被短期逮捕,这首诗和《写给妹妹》一诗就是这期间写成的。逮捕后不久,即被地方当局解往圣彼得堡。诗中提到的"彼拉多们",即暗指宪警当局。

① 据《圣经·新约·四福音书》,彼拉多是驻犹太的罗马总督(26—36),曾把耶稣钉上十字架。

仿爱德华·索瓦诗作*

> 为了纪念我的女友①，
>
> 为了纪念唯一的女伴，
>
> 我在小茅舍旁边种了
>
> 一棵苹果树，一棵梨树！

* 安东尼·索瓦是波兰诗人爱德华·热利戈夫斯基(1816—1864)的笔名，他因为参加波兰的秘密革命团体以及他的文学作品，在 1851 年被流放到奥伦堡，当在奥伦堡时，曾经过朋友的介绍，通过书信同谢甫琴科相识，并准备把谢甫琴科的诗译成波兰文，但他们直到 1858 年 3 月 28 日，即在谢甫琴科返回圣彼得堡的第二天，方初次相见。4 月 11 日谢甫琴科听他朗诵了自己的诗剧《佐尔斯基》，其中有一首歌曲，谢甫琴科即根据它在 11 月 19 日写成《仿爱德华·索瓦诗作》。其实谢甫琴科仿作的诗，是波兰另一位诗人杨·切乔特的作品，他在奥伦堡被流放了二十多年之久，1847 年即死在当地。谢甫琴科在初到奥伦堡时，听到过人家回忆切乔特；11 年之后回到圣彼得堡，又读到(或重新读到)他在 1845 年出版的诗集《来自涅曼河，第聂伯河和德涅斯特河的迎春歌曲》，他从其中找到了他仿效的那首歌曲(第 74 首)。但因为谢甫琴科写的这首诗，多年来是以仿索瓦诗作闻名的，因此就未加改正。他在 1860 年 8 月 22 日写给他的堂弟瓦尔福洛梅的信中还说："秋天在干完田里的活和开垦了我们未来的那一小块田，在这小块田里选一个好地方，种一株苹果树和梨树，纪念 1860 年 7 月 28 日这个日子。"查这块田地是诗人购买的，他准备到当地去居住，度过晚年。

① 女友，也可译为妻子。

上帝保佑,这两棵树长大。
我的女友在这两棵树下面,
带着小孩子们
坐在阴凉的地方纳凉休息。

我就从树上摘下梨子,
分给小孩子们吃……
于是我和唯一的女伴,
这样悄悄地在讲:

"记得吧,心爱的,在结婚时,
我种下了这两棵树……
我们多么幸福啊!"——"而我,好朋友,
和你在一起我也感到很幸福!"

　　　　　一八五九年十一月十九日于圣彼得堡

"一个可爱的黑眉毛的小姑娘"

一个可爱的黑眉毛的小姑娘
从酒窖里取出啤酒来。
我看着，我仔细地看着——
简直弯下身子来……
她在给谁取啤酒？
为什么她光着两只脚在走？……
有威力的上帝啊！你的威力
怎样不防止这样做。

一八六〇年一月十五日于圣彼得堡

"哦,深黑色的橡树林啊!"*

哦,深黑色的橡树林啊!

你在每年里

要换上三次新装……

你有一个有钱的父亲。

第一次他给你披上

绿色的衣裳,——

他自己高兴地

看着自己的橡树林……

就像看着自己亲爱的,

年轻的小女儿一样,

当他看够了,

就给她披上金黄色的长袍,

当她因为忧虑

而躺下去的时候——

又把白色的银被

覆盖在她的身上。

一八六〇年一月十五日于圣彼得堡

* 这首诗是根据波兰诗人杨·切乔特的作品改写的,而原诗是首乌克兰民歌的改写。

祈祷词:《帝王们，
全世界的酒馆老板们》

帝王们①,全世界的酒馆老板们,
无论是杜卡特金币,还是塔列尔银币,②
还有铸造得牢固的锁链,一切都属于你们。

而对劳动者的头脑、双手呢,
你们从大地窃夺走的一切财物中,
你们就只赐给了他们力量。

我呢,我的上帝啊,在大地上,
你赐给我爱吧,那心灵的天堂吧!
其他什么都不要赐给我!

一八六〇年五月二十四日于圣彼得堡

---

① 帝王们,亦可译为沙皇们。
② 杜卡特是意大利威尼斯的金币,塔列尔是德国的旧银币,后来成为欧洲
各国通行的各种货币的名称。

"那些贪婪的眼睛"*

那些贪婪的眼睛，

那些尘世的神——帝王，

所有的犁头，所有的船只，

大地上的一切财宝都属于他们，

甚至是赞美的圣诗

~~~~~~~~~~~~~~~~

* 谢甫琴科在 1860 年 5 月 24—27 日先后写成了三首祈祷词，说劳动人
民具有毫无争议的权利，享有大地上的一切财宝，但这一切都被强有
力的人，帝王们所侵占。他在 5 月 31 日根据俄国诗人库罗奇金的诗
《为了在地上的伟大人物们……》自由改写成的《那些贪婪的眼睛》，
也属于同一题材，因此一向被列为《祈祷词》的第四首。谢甫琴科撰
写这些祈祷词，最初是想编进第一本乌克兰文的《识字课本》中，来代
替教会编印的课本，让农民的儿童在初学字母时，就灌输给他们政治
和社会的意识，但由于审查制度的关系，他的计划未能实现，在 1861
年出版的《识字课本》中，就仅收了一首《大卫的诗篇》第 132 首，内容
是赞颂上帝的。谢甫琴科在 1861 年 1 月 4 日写给乌克兰教师恰雷
(1816—1907，后来成为谢甫琴科传记的作者)的信中曾提起这种课
本："我寄给你十本我编的《识字课本》，从托运代办处你还会接到
1000 本。最好是能尽可能地推广到县和村的小学里去。……我听
说，并且读到了，最神圣的总主教阿尔先尼，非常关心乡村小学校，同
时埋怨没有出版廉价的识字课本。请你把我编的《识字课本》拿给他
看看，假如他喜欢的话，我可以寄去哪怕 5000 本，当然要付钱(每本
三戈比)，因为这些书并不属于我，而是属于我们的一家并不富裕的
星期日学校——也请你告诉他。"

473

也都归于这样卑小的神。

劳动者的头脑，
劳动者的双手，
他们开垦了荒地，
他们想，他们播下了种子，
但没有料到要收割种下的庄稼，
还是靠了他们这些劳动者的双手。

那些善心的小人物，
那些热爱平静的圣者，
上天与大地的创世主啊！
你让他们在这个世界上
得到长寿；
而那些死了的人……
你却把他们送进天堂。

世界上的一切——全不属于我们。
它们属于所有的神，属于那些帝王！
无论是犁头，无论是船只，
还有大地上的一切财宝。
我的好朋友啊！……属于我们的——
那就只有人与人之间的爱。

     一八六〇年五月三十一日于圣彼得堡

雅罗斯拉夫娜的悲泣[*]

一大清早,在普季夫利城①,

雅罗斯拉夫娜在歌唱,在悲泣,

她像一只杜鹃鸟在咕咕叫,

用言语表达出自己的心伤。

她说道:"我愿是一只守寡的海鸥,

沿着弯弯曲曲的路线,

在顿河上面飞翔,

我要把海狸的衣袖

在卡雅拉河里濡湿,

---

* 谢甫琴科多年来想翻译俄罗斯古代史诗《伊戈尔远征记》,他在 1854 年
4 月 14 日写信告诉利扎奇利夫斯基,说他准备把《伊戈尔远征记》翻译
成亲切的、优美的乌克兰文,请求他把这本书的原本借给他;他在 5 月 1
日写给乌克兰语言学家和历史学者博江斯基的信中也提出同样的要
求。他在流放期间,没有能完成这个计划,回到圣彼得堡后才着手翻
译,进行了细致的研究和准备。他反对前人那种用复述的办法翻译。
而想保持这部史诗的语言的简洁性、准确性和表现力。他在 1860 年 6
月 4 日翻译了《雅罗斯拉夫娜的悲泣》,9 月 14 日又重新做了修改,可惜
全诗的翻译工作未能完成,他只译了《从黎明一直到夜晚》(即史诗中
的《卡雅拉河上的战斗》),此外还留下一个片断的原稿,即史诗的开头
部分。

① 普季夫利是南俄的一座古城,1146 年已有记载,位于谢伊姆河上。

在王子的洁白的消瘦了的身体上，

洗擦那干了的血迹，

和他那深深的创伤。"

　　一大清早，在普季夫利的城垒上，

雅罗斯拉夫娜在呻吟，在悲伤，

"我的亲爱的风啊——大风啊，

你是轻快的长着双翼的君王！

为什么你把可汗的利箭

吹到我的战士们，

吹到我的亲爱的王公，丈夫的身上？

难道天空、大地，

还有蔚蓝的海洋不够你吹刮吗？

你在大海上摇晃着大船，

而你，是那样的凶狠……伤心啊！伤心啊！

你窃取了我的欢乐，

把它投进了长满羽毛草的草原上。"

　　一大清早，雅罗斯拉夫娜啊，

在普季夫利城悲伤、呻吟、哭泣。

她说道："有力的、古老的、

辽阔的第聂伯河啊，你并不小啊！

你冲击着高高的峭崖，

你流到波洛夫人①的土地上。

你把斯维雅托斯拉夫的大船，

送到波洛夫人那里，送到利比雅克的营地上！

你把我的丈夫送回来吧，

我好给他铺床，

不会把眼泪洒向大海洋。"

　　一大清早，雅罗斯拉夫娜

在普季夫利城垒的大门旁哭泣悲伤，

明亮的太阳升到了天上。

她说道："明亮的太阳啊，

你把欢乐带给大地，

你照着人们，你照着大地，

为什么你不照到我丈夫的身上。

神圣的、火焰般的太阳啊！

你烧毁了平地、草原，

你烧死了我的王公和士兵们，

现在你把我也烧死吧！

你既不使人温暖，你也不照耀着……

我的丈夫死啦……我也跟着他死亡！"

一八六〇年六月四日于圣彼得堡

---

① 波洛夫人是一支突厥游牧民族，早在十一世纪就来到了伏尔加河与第
聂伯河之间的草原和克里米亚一带，曾多次侵犯俄国的城市。

"从黎明一直到夜晚"

从黎明一直到夜晚，
从夜晚一直到黎明，
带钢尖的利箭在纷飞，
马刀砍在头盔上铿锵有声，
铜矛在咔嚓咔嚓地破裂着，
在草原上，在那不知名的田野上，
在波洛夫人的土地的中央。

黑色的大地在马蹄下面
被翻耕了一个身；
满地撒满了尸骨
浸透了鲜血，
忧愁和苗芽，
已在俄罗斯大地上生长。

黎明前，从远方
传来了什么声音？它说道，
伊戈尔在召回自己的军队，

去帮助他的兄弟符塞伏洛德①。

他们厮杀了一天，
又厮杀了第二天，
在第三天的晌午，
伊戈尔的军旗倒了下来。

这样在卡雅拉河岸上
弟兄们分了手，
血酒已经不够啦！……勇敢的俄罗斯人
结束了自己的酒宴，
他们让亲家们痛饮，
而自己却为了俄罗斯土地
光荣地牺牲。
青草哭泣着低下头来，
高高的树木弯下身子……
它们弯向大地，在沉痛悲伤！

一八六〇年六月六日于圣彼得堡

---

① 符塞伏洛德(？—1196)，特鲁布切夫斯克的王公兼库尔斯克的王公，同
伊戈尔一起参加远征。

修女的赞美歌*

雷啊,打在这所房子上,
打在我们等待着死亡的神殿上,
上帝啊,我们在诅咒你,
一边在咒骂,一边在歌唱:
哈利路亚!

假如没有你啊,我们可以恋爱,
我们可以谈情,可以和男朋友交往,
还可以生儿育女,
把他们教养,同时在歌唱:
哈利路亚!

你愚弄了我们这些可怜的女人。

* 圣彼得堡总主教格里戈里去世后,1860 年 6 月 17 日谢甫琴科写了一首短的
讽刺诗《穿粗毛衣服的伟人逝世了》,嘲讽了这位极端反动的总主教,还嘲讽
了为他吹捧的反动记者阿斯科琴斯基和斯拉夫派诗人霍米亚利夫。这位总
主教反对地质学,因为它违反《圣经》的记载。他还请求教会把赫尔岑革出
教门。1858 年 5 月《祖国之子》杂志附送的妇女时装图的衣服上绣有十字形
的花纹,他请求圣彼得堡总督禁止。之后谢甫琴科写了《修女的赞美歌》,揭
露宗教对妇女的压迫和修女的苦命。

你夺取了我们幸福的命运，
我们一边在号哭，一边在歌唱：
　　　哈利路亚！

　　你把我们剃度成了修女，
可是我们都是年纪轻轻的……
我们一边唱着，一边在念经，
　　　哈利路亚！

　　　一八六〇年六月二十日于圣彼得堡

"在第聂伯河的水面上"

在第聂伯河的水面上，
一株白槭树站在蔓藤中间，
它在细长的蔓藤中间，
和红色的绣球花树做伴。

第聂伯河水冲击着河岸，
它冲刷着白槭树的深根。
它年老啦，它衰萎啦，
就像一个哥萨克在悲伤。

他没有幸运，他没有亲人，
他没有忠诚的朋友，
没有朋友，没有希望
孤独地生活在世上！

白槭树说道："你弯下身子，
到第聂伯河来洗澡吧。"
哥萨克说："我要游逛游逛，
去找自己心爱的人。"

而绣球花树和松树，
还有细长的蔓藤，
就像从树林里走出来的少女
一边走着，一边在歌唱；

　　她们穿得漂亮，打扮得好看，
和幸福结下良缘，
她们不知道什么忧虑，
她们弯着腰身在歌唱。

　　　　　　一八六〇年六月二十四日于圣彼得堡

"我们曾经在一块儿成长，长大"

我们曾经在一块儿成长，长大；
后来我们停止了欢笑，游戏。
我们从此就分散开！……
现在我们又重新相会。我们结了婚；
我们平静地，愉快地
带着永远无瑕的心灵，
要一直到走进棺材。
我们就这样在人间生活着！

仁慈的上帝啊，
你让我们这样开花，这样成长，
我们结了婚，
在艰苦的道路上我们不互相争吵，
一同走向那个平静的世界。
别哭，别号叫，别咬牙切齿——
让我们把不朽的爱情，
一直带到那个平静的世界。

一八六〇年六月二十五日于圣彼得堡

"我的明亮的光明啊！
我的平静的光明啊！"

　　　　我的明亮的光明啊！我的平静的光明啊！
我的自由的，毫无掩蔽的光明啊！
为什么你，光明弟兄啊！
你在自己的和爱、温暖的茅舍里
　　　被戴上枷锁，被禁锢着
　　　（被聪明地欺骗了），
被蒙上被盖和
送上了十字架。

　　　　他们办不到！起来吧！
你要在我们的上空照耀着，
照耀着！……弟兄啊，
我们要把被盖撕成破布，
我们要用烟管从教堂的手提香炉里抽烟，
我们要在火炉里烧掉所有"显圣的"神像，
弟兄啊，我们要变成洒水的扫帚，
在新的茅舍里把一切打扫得干干净净！

　　　　　　　　　一八六〇年六月二十七日于圣彼得堡

给利克丽娅(一)*

——纪念一八六〇年八月五日

你是我的心爱！你是我的好友！
我们都不相信十字架，

* 谢甫琴科从流放回来以后，很想组织一个家庭，同时又在基辅附近的康涅夫购置一小块土地，准备建一所茅舍，在那儿度过他的晚年。1857年底谢甫琴科到了尼日尼诺夫戈罗德，同当地的女话剧演员皮乌诺娃(1841—1909)相识，写过评论《皮乌诺娃夫人的纪念演出》，1858年曾向她求婚，没有成功。谢甫琴科在1859年5月回到乌克兰，在科尔松他堂兄瓦尔伏洛梅家里看见十八岁的美女哈里季娜·多夫戈波年利科(1841—?)，但这个贫穷的女雇农表示还不想结婚。1860年6月在圣彼得堡时，谢甫琴科向朋友马卡罗夫家的农奴女用人利克丽娅(利克拉)·波卢斯马利娃(1840—1917)求婚，并为她作了画像，这件事引起了他认识的许多地主、"好心人"的愤怒，他们尽力破坏这次婚事和安排好的婚礼。谢甫琴科在1860年8月22日曾写信告诉他的堂兄瓦尔伏洛梅："我准备结婚啦……我未来的妻子叫利克丽娅，是个农奴，孤儿，同哈里塔一样，也是个女雇农，只有一点比较聪明……她识字……她是我们在涅任地方的同乡人。在这儿的我们的同乡们(特别是小姐们)，一听到上帝赐给了我这个幸福，都有些发傻了。大家齐声叫道：'不相配，不相配！'"安年科夫写信告诉屠格涅夫，利克丽娅的主人马卡罗夫"准备从国外回来，破坏谢甫琴科的婚事，因为他准备同利克丽娅，同那个胖利克丽娅结婚"。8月5日是谢甫琴科看望利克丽娅的一天。多年以后利克丽娅回忆说："塔拉斯·格里戈里耶维奇我很喜欢。那时候我完全是个傻瓜，不知道他是一个伟大的人物。……他还给我一些礼品，有书，有精工细致的木头十字架，有戒指……我没有把戒指还给他……当人们问起我：'你爱谢甫琴科吗?'——我回答说不知道。"

我们也都不相信神父，

我们是忧郁的奴隶、囚徒！

我们像猪一样在泥洼里，

在神圣的奴役中沉睡着！

你是我的好友！你是我的心爱！

我们不画十字，我们不发誓，

我们不祈求世界上的任何人！

所有的人都在撒谎，

就是拜占庭的万军之主①

也在骗人！上帝不骗人，

不会惩罚和宽恕人！

我们不是他的奴隶——我们是人！

你是我的心爱！

对自由神圣的心灵微笑吧，

我的好友！

向我伸出自由的手吧。

让我跨过这个泥洼，

让我们带着苦痛，

在幽静和愉快的小茅舍里

把那沉重的悲伤埋葬！

一八六〇年八月五日于斯特列利纳

① 万军之主，犹太教中对上帝耶和华的称号之一。

"长春花开出了花朵,长出了绿叶"*

——致尼·雅·马卡罗夫,
纪念一八六〇年九月十四日

长春花开出了花朵,长出了绿叶,
它是那样漂亮,它在不断生长;
但是清晨的寒霜
侵袭了美丽的花园。

它践踏了愉快的花朵,
它冻死了所有的花朵,……
可怜的长春花啊,
清晨的寒霜伤害了它!

一八六〇年九月十四日于圣彼得堡

---

* 马卡罗夫(1828—1892)是位有钱的乌克兰地主,同十九世纪五十至六十年代乌克兰文学界的人士常有交往,而且自称谢甫琴科的"朋友"。前诗中的利克丽娅是他的兄弟家的女用人,他积极地在幕后参与了破坏谢甫琴科同利克丽娅的婚事,9月14日看来是婚事破裂的日子。后来他写信给马卡罗夫和其他人,坚决要求毁掉他送给利克丽娅的礼品。他在一封信中写道:"为了利克丽娅,我不惜献出自己的灵魂,可是现在我舍不得几根线!我发生了多么奇怪的事啦?"

"无论是阿基米德,还是伽利略"

无论是阿基米德,还是伽利略①,

他们都没有见到过美酒。

橄榄油流进了僧侣的肚子!

而你们,神圣的先驱者,

你们走遍全大地,

把少量的粮食

带给那些贫困的帝王。

可是帝王们却暴殄了天物。

人民在成长起来。

那些尚未出生的帝王也将死亡……

在万物更新了的大地上,

再没有仇敌,

那时只有儿子,还有母亲

人民将在大地上永生。

一八六○年九月二十四日于圣彼得堡

---

① 阿基米德(约前287—前212),古代物理学家和数学家,生于叙拉古。
罗马进犯叙拉古时,他应用机械技术帮助防御,城破时被害。伽利略
(1564—1642),意大利物理学家和天文学家。他阐发了哥白尼的"日心
说",因此在1632年被罗马天主教法庭判罪,晚年在流放中度过。

给利克丽娅（二）[*]

我要造一所茅舍和房间，
我要建一座小树林和花园。
我坐在自己小小的安静的地方
休息和过活。
我要在果园里安静地睡眠。
我梦见了我的孩子们，
我梦见了愉快的母亲，
我早已没有见过
这个明亮的梦！……还有你！……
不，我不应该睡觉，
也许你也梦见了我。
你一声不响地
走进了我的小天堂，
你带来了不幸啊……
你焚毁了我安静的天堂。

一八六〇年九月二十七日于圣彼得堡

~~~~~~~~

* 原诗标题中只用了利克丽娅的缩写。这首诗是谢甫琴科在同利克丽娅
断绝关系之后写的。与利克丽娅断绝关系，更加强了谢甫琴科组建家
庭的愿望，他在 1860 年 9 月 28 日写给波尔塔瓦中学的老师特卡琴科的
信中说："孤独使得我很难受。"

"我不责备上帝"

我不责备上帝，
我也不非难别人。
我这个傻瓜啊，却用诗歌来欺骗自己。
我耕着一块贫瘠的熟荒地。
我播下诗歌的种子，
等待着良好的收成。
我真傻啊！
我就这样欺骗我自己，
但我晓得，我能指望谁呢？

你被开垦出来吧，我的处女地啊，
从低谷一直到山地！
我黑色的处女地啊
你接受光明的自由意志的种子吧！
你被开垦，你被耕翻，
你像田野一样扩展开去！
在你的土壤中播种下良好的庄稼，
由命运来把你浇灌
这一俄亩的处女地啊，

向四面八方伸展开去！
处女地啊，你播种下的不是空话，
而是理智的种子！
收割的人们将会来到。……
幸福的收割季节一定会来临！……
贫瘠的处女地啊，
你扩展开去，你翻耕过来吧！！！

也许，我又用奇怪的善良的话语
来欺骗自己？
欺骗自己吧？因为我清楚地知道，
宁可欺骗自己，
绝不能徒然责备上苍，
也不能和敌人把真理分享！

                    一八六〇年十月五日于圣彼得堡

"我的青春年华已经消逝"*

我的青春年华已经消逝，
我的希望也被吹来的寒风冻僵。
冬天已经来到啦！
我一个人坐在寒冷的茅舍里，
没有一个人可以倾心谈心，
或者愉快一下。没有，
一个人也没有！
我一个人孤零零地坐着，
希望在戏弄和嘲笑着我这个傻瓜……
严寒蒙住了我的视线，
我的骄傲的诗歌，
也像雪花一样被吹散在草原上。
我一个人坐在房角里，
别再等待春天哪——那神圣的好运！
你的小花园不会再变成青绿色，
你的希望也不会再来临！

---

* 这首诗反映了诗人向利克丽娅求婚失败后的痛苦心情。参见本书第486页注。

你也不能再把你自由的歌声

传播到四面八方……你一个人坐着，

什么都用不着等待啦！……

一八六〇年十月十八日于圣彼得堡

"蒂塔丽夫娜-涅米丽夫娜"*

蒂塔丽夫娜-涅米丽夫娜
在绣着一方手帕。
她爱上了一个俄国军官,
现在摇着自己的小乖乖。

蒂塔丽夫娜-涅米丽夫娜
在提防着所有的人……
她只爱着
这个军官的小乖乖!

蒂塔丽夫娜-涅米丽夫娜
她出身自名门……

---

* 蒂塔丽夫娜是位教会长老女儿的名字。谢甫琴科早在 1848 年流放在
科斯-阿拉尔岛时,曾根据民歌的题材写过一篇题名为《蒂塔丽夫娜》
(《教会长老的女儿》)的叙事诗,内容讲蒂塔丽夫娜爱上了一个贫苦的
孤儿尼基塔,后来生了一个儿子,她把儿子投进水井,而她的父母也把
她同婴儿一起活埋。但在 1860 年写的这首诗中,则把蒂塔丽夫娜写成
是爱上一个俄国军官和生了一个儿子的少女,在等待军官从出征中归
来。

她现在等待着

她爱上的军官从出征的地方归来。

一八六○年十月十九日于圣彼得堡

"虽说不打倒躺下去的人"*

虽说不打倒躺下去的人，

但也不能让坏人安然长眠。

你啊，哦，你这条母狗！

无论是我们本人，无论是我们的子孙，

全世界的人都要咒骂你！

对你生下来的

那些肥头胖耳的狗崽子，

不是诅咒，而是唾骂。苦难啊！苦难啊！

我的不幸，我的悲伤！

你什么时候才能消逝？

或者是沙皇和他们奴才大臣们

---

* 谢甫琴科写的这首诗是有感而发的。1860 年 10 月 20 日早晨，"守寡的
皇后"，尼古拉一世的遗孀，亚历山大二世的母亲亚历山德娜·费奥多
罗夫娜逝世。谢甫琴科早在 1844 年写的长诗《梦》(喜剧)中，曾讽刺
过沙皇尼古拉一世和这位"瘦小、细腿、体弱的皇后"，因此被贬为小兵，
流放到中亚细亚去。尼古拉一世亲自在批语中还要对他"严加监视，禁
止写诗和作画"。当尼古拉一世逝世和亚历山大二世登基宣布大赦时，
由于这位皇后的坚决要求，亚历山大二世将谢甫琴科从准备释放的政
治犯的大赦名单中划掉并且说："要是我能宽恕他的话，那就是太屈辱
了我的母亲和我的先父了。"因此谢甫琴科是深知道这位"穿裙子的刽
子手"对他的迫害的。

哦,用走狗们来残酷地把你陷害!
他们陷害不了! 而人们将会不动声
色地,
不用任何暴力,
就把沙皇送上断头台。

一八六〇年十月二十日于圣彼得堡

"无论在这儿,还是在所有的地方"

无论在这儿,还是在所有的地方
——到处都糟糕得很。
可怜的心灵很早就醒来了,
振作一会儿,
就又躺下,可怜的人啊。
可是自由却在守卫着心灵。
他说道:"醒来吧,痛哭吧,可怜的人!
太阳还没有出来。到处是黑暗、黑暗!
在大地上找不到真理!"
轻佻的自由欺骗了小小的心灵。
太阳一出来,白天就来临。
于是所有高高在上的
残暴的沙皇们都战栗起来……
于是在世界上出现了真理。

一八六〇年十月三十日于圣彼得堡

“哦，人们！可怜的人们！”*

哦，人们！可怜的人们！
为什么你们需要沙皇？
为什么你们需要看管猎狗的人？
要晓得，你们不是狗，你们是人！

     是个冰天雪地的夜晚，下着小雨，
飘着白雪，到处一片严寒。
涅瓦河的流水，把薄薄的冰块，
悄悄地从桥下冲到什么地方。
而我，就在这样的寒夜里，
一边走着，一边咳嗽着。
我看见：一些衣衫褴褛的女孩子向前走着。
活像是群羔羊。

* 这首讽刺诗是在沙皇尼古拉一世的妻子、亚历山大二世的母亲亚历山
德娜·费奥多罗夫娜葬礼时写的。圣彼得堡孤儿院的一群女孩子，在
一个看守人的监视之下，被赶到彼得保罗大教堂去参加她们的“最高庇
护人”的葬礼。
    这首诗在 1861 年发表在《基础》月刊第 6 期上。第 1—4 行、第
19—20 行均由于审查的原因被删掉；第 23 行的“大地上所有的沙皇和
皇太子们”被改成“大地上一切虚假谎话”。

一个可怜的残疾的老爷爷，

弯着腰，瘸着腿，跟在她们后面，

好像是把别人家的羊群赶往牲畜场。

什么地方才有光明?!

什么地方才有真理?! 苦命啊! 苦命!

这些饥寒交迫的女孩子，

就像羊群一样，

被驱赶着去向她们的"慈母"①

"表示最后的哀悼"。

什么时候审判才会来临?

大地上所有的沙皇和皇太子

什么时候才会遭到严惩?

在人们中间什么时候才会出现真理?

真理一定会来到；当太阳一升起，

就要把这片玷污了的大地烧光。

一八六○年十一月三日于圣彼得堡

① 指尼古拉一世的妻子。

"白天消逝过去,黑夜消逝过去"*

白天消逝过去,黑夜消逝过去。
你用双手抱着头尽在烦恼,
你惊讶地问道:真理和科学的传播者啊,
为什么还没有来到?

一八六〇年十一月五日于圣彼得堡

---

* 这首诗最初于1861年发表在《基础》月刊上。高尔基在意大利卡普里岛讲授俄罗斯文学史时,曾指出:"谢甫琴科——大家都知道,或者至少大家都觉得:他是用诗人和预见者的眼睛看人民的生活的;'白天消逝过去,黑夜消逝过去,⋯⋯真理和科学的传播者啊,为什么还没有来到。'"

"溪水从白桦树旁"

溪水从白桦树旁,
沿着深沟流向盆地的空旷。
一株红艳艳的绣球花树啊,
在水边开得多么漂亮。
绣球花树开得多么漂亮,
白桦树显得年轻美丽,
在它们周围,柳树林
和蔓藤在闪耀着绿光。

溪水从树林后面
一直流下山岗。
几只小鸭子
在水草中间浮游漂荡。
母鸭和公鸭
紧跟在它们后面浮游,
寻觅着浮萍,
同孩子们谈笑欢乐。

溪水流到城边,

汇成了一个池塘。
姑娘们前来取水，
一边取水，一边歌唱。
爸爸和妈妈走出茅舍，
在花园里闲逛。
该选谁做他们的女婿？
他们在考虑商量。

一八六〇年十一月七日于圣彼得堡

"有一天夜里"

有一天夜里

我走在涅瓦河上……

我一边走着，一边这样沉思默想：

我想："假如奴隶们不是那么服从恭顺……

这些该诅咒的宫殿①

就不会耸立在涅瓦河上！

人们就会像亲姊妹、亲兄弟一样，

可是……现在什么都没有啦……

既没有上帝，也没有半神半人。

一群猎狗和看管猎狗的人横行在世上。

而我们却像机灵的看狗奴那样，

在饲养着这些飞跑的猎狗，还一面在流泪悲伤。"

我就这样在夜里面

漫步在涅瓦河上，

心里在沉思默想。

我没有觉察到：

在河的对岸，好像在深坑里

---

① 指圣彼得堡涅瓦河旁的冬宫等建筑物。

有一些小猫在眨着眼睛——
那是在使徒大教堂的门①前点的
两盏路灯在闪着光亮。
我醒悟过来了,
对着它我画了十字,还对它唾了三次口水,
于是我又重新想起了
我起初想着的那些事。

一八六〇年十一月十三日于圣彼得堡

---

① 教堂指涅瓦河对岸彼得保罗要塞的纪念使徒彼得和保罗的大教堂,门
指彼得保罗要塞的大门。在沙皇统治时代,这所要塞是囚禁政治犯的
地方。

"我们相遇了,结婚了,生活在一起"

　　　我们相遇了,结婚了,生活在一起,
我们年轻了,成长了,
还在小茅舍旁边
开阔了一个小树林和果园。
我们骄傲得有如公侯一样
孩子们在游戏,
他们也慢慢地长大……
军官们拐走了姑娘们,
男孩子们被抓了去当兵。
而我们就好像又分散开啦,
就好像结了婚啦——但又没有生活在一起。

　　　　　　　　一八六〇年十二月三日于圣彼得堡

"该是时候了吧"*

该是时候了吧,

我的可怜的伴侣,

我们应该抛弃掉那些毫无用处的诗章,

开始准备好马车,

好奔向那遥远的路程,

到另一个世界上去,我的朋友,到上帝那儿去,

到那儿去休息。

我们疲困啦,面容憔悴,

可是我们的理智还算清醒。

这我们就心满意足啦! 让我们去睡觉吧,

让我们到茅舍里去安歇吧……

你要知道茅舍是那样幸福愉快! ……

哦,别去,别去

---

* 谢甫琴科于 1861 年 2 月 26 日(俄历 3 月 10 日)清晨五时半长逝,
  上面这首诗是他在逝世前十天写成的,是他最后的诗的遗言。前
  半首诗后面注有"2 月 14 日"的字样;后半首没有注明日期,估计是
  第二天续成的。诗中的"伴侣""朋友""你"都是指缪斯女神而言。
  当这首诗在《基础》月刊第五期上发表时,编者曾注明:"这首诗
  (可能题名为《致缪斯女神》),是我们永远思念的塔拉斯的最后的
  诗的遗言。"

时间还早,朋友啊,时间还早——

我们还必须同起同坐——

一同看看这个世界……

我们一同看吧,我的命运啊……

瞧,世界是那样广阔,

是那样高大,那样愉快,

那样明亮,那样深湛……

我们一同去吧,我的星星啊……

我们一同登上山岗,

我们要好好休息,这时候,

你的姊妹们那些星星

无穷无尽地,在天空里

飘浮着,闪耀着。

稍等一等吧,我的姊妹,

我的神圣的女友!

我要用纯洁的嘴唇

去祈求上帝,

让我们慢慢地

踏上那遥远的旅程——

我们将沿着那混浊的

无底的"忘川"①行走。

朋友,你将用

神圣的话语来为我祝福吧。

---

① 忘川,地狱里的冥河,人过了冥河和饮了冥河的水,即忘却人间的一切事情。

〔2 月 14 日〕

现在，不管这样或那样……
我们先走进
塔斯库拉庇俄斯①的房间——
也许，他忽然又把哈隆②
和纺织女神帕尔凯③欺骗了……
当智慧的老爷爷正沾沾自喜，
我们要躺着创造出史诗，
我们要飞翔在大地之上，
我们编写成的六脚韵的诗句
只配拿到顶楼上去
供老鼠们去当早餐。
后来按照音符歌唱着散文，
但怎样都不成调……我的朋友，
哦，我的神圣的伴侣，
当火还没有熄灭的时候，
让我们愉快地到哈隆那儿去吧——
　　我们要跨过混浊的
　　无底的"忘川"，
　　我们带着神圣的光荣，

～～～～～～～～

① 塔斯库拉庇俄斯，古希腊和罗马神话中的医药之神。
② 哈隆，在冥河上渡亡灵去冥府的神，每个亡灵渡河时都要在嘴里含一枚钱币作为过渡费。
③ 据古希腊罗马神话，帕尔凯是命运三女神之一。克罗托手持纺锤，负责纺织人的生命之线；拉克西斯手持缠线轴，决定生命之线的长短；帕尔凯手持剪刀，负责剪断生命之线。

那永远是年轻的光荣……

可是我的朋友，

我们也可以没有光荣，

只要我们的力量还够，

我们要跨过地下的佛勒革同河①，

跨过斯提克斯河②，就到了天堂，

正像跨过辽阔的第聂伯河，

在树林里——在古老的树林里，

我要建一所小茅舍，

在小茅舍的周围种满果树，

你来到这凉爽的地方，

请你像女皇一样坐下来。

我们回想起第聂伯河、乌克兰，

那树林里的愉快的住所，

还有草原上的荒冢古墓，——

于是我们愉快地唱起歌……

一八六一年二月十五日于圣彼得堡

① 佛勒革同河，冥土的河流之一。

② 斯提克斯河，古希腊神话中的冥河，围绕着下界的九曲河流，水黑难渡。

"外国文学名著丛书"书目

第 一 辑

书　名	作　者	译　者
伊索寓言	〔古希腊〕伊索	周作人
源氏物语	〔日〕紫式部	丰子恺
堂吉诃德	〔西班牙〕塞万提斯	杨　绛
泰戈尔诗选	〔印度〕泰戈尔	冰 心　石 真
坎特伯雷故事	〔英〕杰弗雷·乔叟	方　重
失乐园	〔英〕约翰·弥尔顿	朱维之
格列佛游记	〔英〕斯威夫特	张　健
傲慢与偏见	〔英〕简·奥斯丁	王科一
雪莱抒情诗选	〔英〕雪莱	查良铮
瓦尔登湖	〔美〕亨利·戴维·梭罗	徐　迟
欧·亨利短篇小说选	〔美〕欧·亨利	王永年
特利斯当与伊瑟	〔法〕贝迪耶	罗新璋
巨人传	〔法〕拉伯雷	鲍文蔚
忏悔录	〔法〕卢梭	范希衡 等
欧也妮·葛朗台 高老头	〔法〕巴尔扎克	傅　雷
雨果诗选	〔法〕雨果	程曾厚
巴黎圣母院	〔法〕雨果	陈敬容
包法利夫人	〔法〕福楼拜	李健吾
叶甫盖尼·奥涅金	〔俄〕普希金	智　量
死魂灵	〔俄〕果戈理	满 涛　许庆道

书　名	作　者	译　者
当代英雄	〔俄〕莱蒙托夫	草　婴
猎人笔记	〔俄〕屠格涅夫	丰子恺
白痴	〔俄〕陀思妥耶夫斯基	南　江
列夫·托尔斯泰中短篇小说选	〔俄〕列夫·托尔斯泰	草　婴
怎么办？	〔俄〕车尔尼雪夫斯基	蒋　路
高尔基短篇小说选	〔苏联〕高尔基	巴金　等
浮士德	〔德〕歌德	绿　原
易卜生戏剧四种	〔挪〕易卜生	潘家洵
鲵鱼之乱	〔捷〕卡·恰佩克	贝　京
金人	〔匈〕约卡伊·莫尔	柯　青

第 二 辑

荷马史诗·伊利亚特	〔古希腊〕荷马	罗念生　王焕生
荷马史诗·奥德赛	〔古希腊〕荷马	王焕生
十日谈	〔意大利〕薄伽丘	王永年
莎士比亚悲剧五种	〔英〕威廉·莎士比亚	朱生豪
多情客游记	〔英〕劳伦斯·斯特恩	石永礼
唐璜	〔英〕拜伦	查良铮
大卫·科波菲尔	〔英〕查尔斯·狄更斯	庄绎传
简·爱	〔英〕夏洛蒂·勃朗特	吴钧燮
呼啸山庄	〔英〕爱米丽·勃朗特	张　玲　张　扬
德伯家的苔丝	〔英〕托马斯·哈代	张谷若
海浪　达洛维太太	〔英〕弗吉尼亚·吴尔夫	吴钧燮　谷启楠
哈克贝利·费恩历险记	〔美〕马克·吐温	张友松
一位女士的画像	〔美〕亨利·詹姆斯	项星耀
喧哗与骚动	〔美〕威廉·福克纳	李文俊
永别了武器	〔美〕欧内斯特·海明威	于晓红

书　名	作　者	译　者
波斯人信札	〔法〕孟德斯鸠	罗大冈
伏尔泰小说选	〔法〕伏尔泰	傅　雷
红与黑	〔法〕司汤达	张冠尧
幻灭	〔法〕巴尔扎克	傅　雷
莫泊桑中短篇小说选	〔法〕莫泊桑	张英伦
文字生涯	〔法〕让-保尔·萨特	沈志明
局外人　鼠疫	〔法〕加缪	徐和瑾
契诃夫小说选	〔俄〕契诃夫	汝　龙
布宁中短篇小说选	〔俄〕布宁	陈　馥
一个人的遭遇	〔苏联〕肖洛霍夫	草　婴
少年维特的烦恼	〔德〕歌德	杨武能
德国，一个冬天的童话	〔德〕海涅	冯　至
绿衣亨利	〔瑞士〕戈特弗里德·凯勒	田德望
斯特林堡小说戏剧选	〔瑞典〕斯特林堡	李之义
城堡	〔奥地利〕卡夫卡	高年生

第 三 辑

埃斯库罗斯悲剧二种	〔古希腊〕埃斯库罗斯	罗念生
索福克勒斯悲剧二种	〔古希腊〕索福克勒斯	罗念生
欧里庇得斯悲剧二种	〔古希腊〕欧里庇得斯	罗念生
神曲	〔意大利〕但丁	田德望
西班牙流浪汉小说选	〔西班牙〕克维多　等	杨　绛　等
阿拉伯古代诗选	〔阿拉伯〕乌姆鲁勒·盖斯　等	仲跻昆
列王纪选	〔波斯〕菲尔多西	张鸿年
蕾莉与马杰农	〔波斯〕内扎米	卢　永
莎士比亚喜剧五种	〔英〕威廉·莎士比亚	方　平
鲁滨孙飘流记	〔英〕笛福	徐霞村

书　名	作　者	译　者
彭斯诗选	〔英〕彭斯	王佐良
艾凡赫	〔英〕沃尔特·司各特	项星耀
名利场	〔英〕萨克雷	杨　必
人性的枷锁	〔英〕威廉·萨默塞特·毛姆	叶　尊
儿子与情人	〔英〕D.H.劳伦斯	陈良廷　刘文澜
杰克·伦敦小说选	〔美〕杰克·伦敦	万　紫　等
了不起的盖茨比	〔美〕菲茨杰拉德	姚乃强
木工小史	〔法〕乔治·桑	齐　香
恶之花　巴黎的忧郁	〔法〕波德莱尔	钱春绮
萌芽	〔法〕左拉	黎　柯
前夜　父与子	〔俄〕屠格涅夫	丽　尼　巴　金
卡拉马佐夫兄弟	〔俄〕陀思妥耶夫斯基	耿济之
安娜·卡列宁娜	〔俄〕列夫·托尔斯泰	周　扬　谢素台
茨维塔耶娃诗选	〔俄〕茨维塔耶娃	刘文飞
德国诗选	〔德〕歌德　等	钱春绮
安徒生童话选	〔丹麦〕安徒生	叶君健
外祖母	〔捷〕鲍·聂姆佐娃	吴　琦
好兵帅克历险记	〔捷〕雅·哈谢克	星　灿
我是猫	〔日〕夏目漱石	阎小妹
罗生门	〔日〕芥川龙之介	文洁若

第 四 辑

一千零一夜		纳　训
培根随笔集	〔英〕培根	曹明伦
拜伦诗选	〔英〕拜伦	查良铮
黑暗的心　吉姆爷	〔英〕约瑟夫·康拉德	黄雨石　熊　蕾
福尔赛世家	〔英〕高尔斯华绥	周煦良

书　名	作　者	译　者
月亮与六便士	〔英〕威廉·萨默塞特·毛姆	谷启楠
萧伯纳戏剧三种	〔爱尔兰〕萧伯纳	潘家洵　等
红字　七个尖角顶的宅第	〔美〕纳撒尼尔·霍桑	胡允桓
汤姆叔叔的小屋	〔美〕斯陀夫人	王家湘
白鲸	〔美〕赫尔曼·梅尔维尔	成　时
马克·吐温中短篇小说选	〔美〕马克·吐温	叶冬心
老人与海	〔美〕欧内斯特·海明威	陈良廷　等
愤怒的葡萄	〔美〕斯坦贝克	胡仲持
蒙田随笔集	〔法〕蒙田	梁宗岱　黄建华
悲惨世界	〔法〕雨果	李　丹　方　于
九三年	〔法〕雨果	郑永慧
梅里美中短篇小说选	〔法〕梅里美	张冠尧
情感教育	〔法〕福楼拜	王文融
茶花女	〔法〕小仲马	王振孙
都德小说选	〔法〕都德	刘　方　陆秉慧
一生	〔法〕莫泊桑	盛澄华
普希金诗选	〔俄〕普希金	高　莽　等
莱蒙托夫诗选	〔俄〕莱蒙托夫	余　振　顾蕴璞
罗亭　贵族之家	〔俄〕屠格涅夫	陆　蠡　丽尼
日瓦戈医生	〔苏联〕帕斯捷尔纳克	张秉衡
大师和玛格丽特	〔苏联〕布尔加科夫	钱　诚
茨威格中短篇小说选	〔奥地利〕斯·茨威格	张玉书　等
玩偶	〔波兰〕普鲁斯	张振辉
万叶集精选	〔日〕大伴家持	钱稻孙
人间失格	〔日〕太宰治	魏大海

第 五 辑

书 名	作 者	译 者
泪与笑 先知	〔黎巴嫩〕纪伯伦	冰 心 等
华兹华斯 柯尔律治 诗选	〔英〕华兹华斯 柯尔律治	杨德豫
济慈诗选	〔英〕约翰·济慈	屠 岸
汤姆·索亚历险记	〔美〕马克·吐温	张友松
大街	〔美〕辛克莱·路易斯	潘庆舲
田园三部曲	〔法〕乔治·桑	罗 旭 等
金钱	〔法〕左拉	金满成
果戈理小说戏剧选	〔俄〕果戈理	满 涛
奥勃洛莫夫	〔俄〕冈察洛夫	陈 馥
谁在俄罗斯能过好日子	〔俄〕涅克拉索夫	飞 白
亚·奥斯特洛夫斯基戏剧六种	〔俄〕亚·奥斯特洛夫斯基	姜椿芳 等
复活	〔俄〕列夫·托尔斯泰	草 婴
静静的顿河	〔苏联〕肖洛霍夫	金 人
谢甫琴科诗选	〔乌克兰〕谢甫琴科	戈宝权 任溶溶
维廉·麦斯特的学习时代	〔德〕歌德	冯 至 姚可崑
叔本华随笔集	〔德〕叔本华	绿 原
艾菲·布里斯特	〔德〕台奥多尔·冯塔纳	韩世钟
豪普特曼戏剧三种	〔德〕豪普特曼	章鹏高 等
铁皮鼓	〔德〕君特·格拉斯	胡其鼎
加西亚·洛尔卡诗选	〔西班牙〕加西亚·洛尔卡	赵振江
你往何处去	〔波兰〕亨利克·显克维奇	张振辉
显克维奇中短篇小说选	〔波兰〕亨利克·显克维奇	林洪亮
裴多菲诗选	〔匈〕裴多菲	孙 用
轭下	〔保〕伐佐夫	施蛰存

书　名	作　者	译　者
卡勒瓦拉(上下)	〔芬兰〕埃利亚斯·隆洛德	孙　用
破戒	〔日〕岛崎藤村	陈德文
戈拉	〔印度〕泰戈尔	刘寿康